IL MANUFATTO DI ATLANTIDE

I THRILLER DI HARVEY BENNETT

LIBRO 6

NICK THACKER

PREMESSA

Questo libro è stato tradotto dall'inglese grazie a un servizio, per offrire ai lettori di tutto il mondo storie fantastiche. Ci auguriamo che vi piaccia e vi preghiamo di perdonare eventuali errori linguistici!

Per ringraziarvi, visitate nickthacker.com/italiano per scaricare gratuitamente un romanzo thriller!

IL BAMBINO ERA SEDUTO tra i due alberi, in attesa della morte. Sapeva che sarebbe arrivata: il suo custode glielo aveva detto. I due alberi avrebbero dovuto dare conforto, una sensazione di protezione.

Ma non potevano garantire la sicurezza.

Sarebbe morto, come tutti loro. Non era un pensiero che tormentava il ragazzo, ma che lo preoccupava. Sapeva della morte, come qualsiasi bambino della sua età. Lo capiva, era d'accordo. *Tutto deve morire.* La giungla intorno a lui, gli alberi, le piante e gli animali, tutto deve morire. Gli veniva raccontato attraverso le storie condivise intorno al fuoco, e a volte direttamente dai bambini più grandi quando lo portavano fuori con gli uomini a caccia.

A quei tempi non gli era permesso parlare, ma questo non significava che avesse frainteso. Sapeva cos'era la morte e sapeva che sarebbe arrivata. I due alberi offrivano conforto, ma non speranza. Anche loro sarebbero morti. Non oggi, forse tra molti anni, ma si sarebbero raggrinziti e sarebbero scomparsi proprio come i suoi antenati, le madri e i padri di sua madre e di suo padre, proprio come loro. Anche il suo custode sarebbe morto.

Ma la morte era una cosa facile da capire quando la si guardava da lontano. Quando era una storia raccontata da un anziano intorno al fuoco, o un ricordo descritto da un cacciatore dopo un'uccisione. Il bambino ricordava queste storie e gli inondavano la mente quando gli tornavano in mente.

Ricordava la morte dei suoi genitori, uno dopo l'altro, colpiti da un colpo di una tribù vicina, ancora più spietata della sua. Stavano raccogliendo cibo, con il loro unico figlio tra loro. Era rannicchiato nella boscaglia quando arrivarono, senza nemmeno rallentare per perlustrare la zona. Così era sopravvissuto e contemporaneamente aveva conosciuto la morte in prima persona.

Ricordava la sensazione. Il rapido scatto della vita portata via, senza rendersi conto che non avrebbe mai più parlato con loro. Se ne erano andati, brutalmente e velocemente, eppure tutto ciò che ricordava era il modo in cui sua madre aveva fatto cadere il cibo che portava con sé, rovesciandolo sul pavimento della foresta. Lo spreco; non aveva nemmeno allungato la mano per prenderlo.

Tornato al villaggio, aveva scoperto che non era cambiato in alcun modo. La sua famiglia e i suoi amici lavoravano, giocavano e dormivano come se nulla fosse accaduto. Nessuno aveva saputo dell'attacco finché lui non gliel'aveva detto. C'era stata una cerimonia, come sempre, poi era stato affidato a un custode e la vita era tornata normale.

La morte era qui e stava arrivando per lui.

Lo sentiva, più forte di quanto lo avesse sentito quando aveva preso i suoi genitori.

Più forte anche della sensazione che provava ascoltando le storie. La foresta prendeva tutti, dicevano, ma la presa era sempre molto più brutale quando non era la foresta a fare il lavoro.

Sentì le urla. Avevano trovato il villaggio. La sua casa, il suo custode. Erano tutti lì. Oggi non c'erano cacce e non c'erano gruppi di esplorazione. Tutti sarebbero stati al villaggio, a preparare il cibo e i vestiti. C'erano tre donne con i bambini in braccio, e avrebbero avuto bisogno di preparativi per i loro piccoli. Erano tutti lì, tutti a gridare. Gli uomini ululavano con sporadici canti di guerra, non uniti e organizzati ma spaventati, consapevoli.

Si accovacciò più vicino al suolo della foresta. Toccò il suolo, sentendo la foresta gridare di protesta per l'attacco. Era tutto parte di loro, parte di *lui*. Ormai era abbastanza grande da saperlo. Erano collegati, la foresta e gli alberi, gli animali e le tribù. Anche le tribù che combattevano erano collegate.

Il suo custode glielo aveva spiegato una volta, in termini di una storia di cui aveva dimenticato i dettagli. Ma ne conosceva la premessa: erano tutti parte della *stessa* storia, dello *stesso* mondo. La vita era molto più importante che provocare la morte degli altri.

Così era corso, senza pensare e senza guardarsi indietro, quando aveva sentito per la prima volta il pesante arrancare dei piedi, che si infrangevano nella foresta. Non erano un'altra tribù, non potevano esserlo. Erano troppo rumorosi, troppo grandi. Aveva paura, ma riuscì a scacciarla e a concentrarsi sulla corsa verso gli alberi. Gli alberi dove si era svolta la cerimonia, gli alberi che sovrastavano il loro piccolo villaggio. Si era arrampicato su di essi una volta, solo per scoprire che gli alberi non erano certo i più alti della zona. Avevano intaccato la chioma e in alcuni punti l'avevano persino scalfita, ma il tetto interno della chioma stessa, fu sorpreso di apprendere, era formato dalla base di alberi ancora più alti.

Quel giorno aveva imparato che il mondo era grande. Era grande e lui ne era una piccola parte. Non sapeva quanto fosse grande - la sua gente non si preoccupava di queste cose - ma era sempre affascinato dal pensiero. Gli alberi di cui aveva imparato a fidarsi incombevano su di lui, ricordandogli che anche quando pensava che la cosa più grande del mondo lo stesse fissando, c'era qualcosa di ancora più grande là fuori, da qualche parte.

Quelle cose più grandi si stavano schiantando intorno, provocando le urla e il conseguente silenzio della sua gente al villaggio. Non osava guardare, per paura di ciò che avrebbe potuto vedere. Forse sarebbe finita presto, ma poi? Dove sarebbe andato? La tribù più vicina era ostile e avrebbero colto al volo l'occasione per portargli la morte addosso, proprio come stavano facendo le persone più grandi.

Che fare, dunque? Aspettò, accovacciato, piccolo e tremante nella foresta, mentre i due alberi offrivano quel poco che potevano: conforto e compassione, che lui poteva sentire attraverso il terreno. Gli dicevano che erano lì, ma che erano dispiaciuti di non poter fare di più. Erano dispiaciuti di non poterlo aiutare, di...

Una delle persone più grandi si schiantò e si avvicinò al suo posto vicino all'albero. Per un attimo pensò, sperò, che non lo vedessero. Che in qualche modo fosse diventato un albero, o un cespuglio, o qualcosa che non sembrava aver bisogno della morte.

Ma loro lo videro. Lo capì quando i piedi della cosa si girarono verso di lui, la sua ombra si insinuò sopra e intorno a lui, consumandolo come se il suo proprietario non avesse nemmeno bisogno di muoversi per sapere che lo aveva catturato. Singhiozzò, una volta, poi si disse di essere forte. La *morte arriva su tutti noi*, si disse. *La morte non è il nemico.*

I piedi fecero un passo avanti e lui annusò la persona. Non si trattava certo di un'altra tribù. Le gambe erano coperte, così come i piedi. Una specie di stoffa o di pelle, a chiazze ma robusta, macchiata dalla sporcizia e dal fango del trekking nella giungla per giorni. Schizzi di limo sulle cose che coprono i piedi. Non erano sandali, ma qualcosa di più grande. Più forte.

I piedi si mossero di nuovo, ma non verso di lui. Si sono semplicemente spostati, muovendosi leggermente, lasciando una brutta striscia nel fango. Sentì una mano che gli afferrava i capelli, che aveva tenuto lunghi quanto bastava per coprire le orecchie. Erano neri, oleosi e belli, tra i più belli di tutti i bambini della sua età. Ne era orgoglioso.

La mano della persona gli ha strappato i capelli verso l'alto e lui ha urlato di dolore. I capelli rimasero attaccati alla testa e lui si alzò con la forza della mano della persona. Lottò contro la mano, ma questa si strinse intorno ai suoi capelli e lo tirò su, su.

Ora piangeva, apertamente. Era un bambino e sapeva che ai bambini era permesso piangere. Venivano incoraggiati a pensare alle loro lacrime con saggezza, come reazioni a un particolare sentimento. Si diceva che se si riusciva a capire il sentimento, si poteva combattere contro le lacrime.

Conosceva la sensazione: dolore. Perdita. Voleva il suo custode.

Voleva sua madre. Suo padre.

Voleva *chiunque*.

Alzò lo sguardo, costretto dalla mano che gli stringeva i capelli. Il volto era quello di un uomo, ma la sua pelle era chiara, non abbronzata dal sole ma brunita dal fango. I suoi occhi scintillavano, di un azzurro chiaro e verdastro che il ragazzo non aveva mai visto prima.

All'improvviso ebbe paura. La paura lo attanagliò più della mano tra i capelli e singhiozzò ancora una volta. L'uomo rimase in piedi, congelato. Lo esaminava. Lo interrogava.

Voleva parlare, chiedere perché. Capire. Le lacrime continuavano a scendere. L'uomo continuava a fissarlo.

Alla fine l'uomo liberò la mano dai capelli del ragazzo e prese una borsa che indossava. Anche questa era fatta di pelle, una specie di cuoio che il ragazzo non aveva mai visto prima. L'uomo osservò il ragazzo con quegli occhi scintillanti mentre frugava nella borsa.

Recuperò qualcosa dall'interno della borsa e lo tenne stretto in mano. Era affilato, appuntito e chiaro, come l'acqua che era stata indurita a forma di tubo e posta intorno a una punta lucida e brillante. Lo puntò verso il ragazzo, vicino al suo braccio sinistro.

Il ragazzo si scosse, singhiozzando.

L'uomo guardò il ragazzo, sorrise. Aprì la bocca e pronunciò parole che il ragazzo non conosceva, non capiva.

"Andrai benissimo, ragazzo", disse l'uomo. "Proprio bene".

CAPITOLO 1

L'UOMO lo osservava attraverso il vetro, con le mani e le braccia premute contro il vetro, come un animale che attende con ansia che il suo rapitore gli dia da mangiare. L'uomo ha girato la testa di lato, osservando il dottor Joseph Lin mentre armeggiava con la scatola grigia di metallo che aveva tra le mani.

La dottoressa Lin sapeva cosa voleva quell'uomo. Era quello che volevano tutti.

Libertà.

L'uomo era docile, domato da centinaia di cocktail di farmaci e sedativi, ma la dottoressa Lin non poteva fare a meno di pensare che i soggetti fossero sempre alla ricerca di un errore, di un'apertura. Qualcosa di cui potrebbero approfittare.

Oggi non avrebbe fallito. Non aveva ancora fallito e non lo avrebbe fatto ora. Il compito era semplice, persino insensato, ma proprio per questo era facile fallire quando lo si svolgeva. I compiti banali erano quelli di cui ci si doveva preoccupare: con questo tipo di compiti e di incarichi una persona poteva andare avanti a tentoni molto più facilmente, ed era lì che si commettevano gli errori.

Non era delle cose complicate e su larga scala che doveva preoccuparsi. I compiti a più livelli che richiedevano una comprensione sfumata di qualcosa o una mano delicata erano, in un certo senso, più facili da eseguire in modo impeccabile. Era il migliore al mondo in questo tipo di cose, ed era il motivo per cui si trovava qui.

Erano le cose *facili*, semplici e ripetitive quelle a cui doveva fare più attenzione. Era così che lui, uno scienziato di fama mondiale, aveva finito per fare il lavoro di una delle assistenti di laboratorio; la ragazza era stata disattenta, aveva lasciato che una piccola svista diventasse un grande errore.

E qui in laboratorio gli errori erano inaccettabili. L'assistente lo aveva imparato a sue spese, ma in questo ambiente non c'erano seconde possibilità. Non c'erano lezioni: o si eseguiva o si veniva rimossi.

Il dottor Lin era dispiaciuto per l'allontanamento della ragazza, che era stata un'ottima assistente. Ma capiva anche le ragioni di questa scelta. Era calmo, centrato, non permetteva che l'allontanamento dell'assistente influenzasse il suo lavoro, e per questo era orgoglioso. Poteva fare il lavoro di un assistente di basso livello. Poteva abbassarsi a quel livello e portare a termine il lavoro. Avrebbe passato la notte in bianco - il suo stesso lavoro era in attesa del suo ritorno - ma avrebbe finito.

L'uomo si avvicinò al vetro con uno sguardo curioso. La dottoressa Lin lo osservò per un attimo. L'uomo girò di nuovo la testa e i suoi occhi scrutarono il volto del dottore. Il dottor Lin sapeva che non ci sarebbe stato nulla da leggere. Anche se il Dottor Lin fosse stato il tipo di uomo che lasciava trasparire la debolezza delle emozioni sul suo volto, quest'uomo dall'altra parte del vetro era incapace di riconoscerle e riconoscerle. Quella funzione della sua programmazione neurale era stata soffocata fino a diventare inutile. Il "gene dell'empatia" o "risonanza emotiva", come lo chiamano gli esperti di marketing al piano superiore. La capacità di un essere umano di riconoscere, riconoscere e rispondere a una particolare microespressione.

La dottoressa Lin aprì la scatola di metallo. Il coperchio si sollevò bruscamente, come se fosse stato montato per una scatola leggermente più piccola, e il dottor Lin sbirciò all'interno. Si avvicinò e prese la prima provetta che si trovava in cima alla pila. Chiuse la scatola e la posò sul carrello accanto a lui. Raggiunse la siringa sul carrello e inserì il tubo nella parte posteriore della siringa.

L'uomo all'interno lo osservava. Aspettando. Sapendo cosa stava per accadere, ma incapace di reagire in modo evidente.

Il Dr. Lin premette il tubo nella siringa fino a quando non sentì il leggero suono che indicava che il sigillo del farmaco era stato aperto ed era pronto per l'iniezione. Si girò verso l'uomo dietro il vetro e gli porse il farmaco.

"È l'ora della medicina, 31-3", disse. La sua voce era calma, addolcita dalla stanchezza. Era già sveglio da ventiquattro ore e sapeva che il suo lavoro sarebbe continuato per almeno altre dieci. Era contento che non ci fossero riunioni in programma, non c'era motivo di usare molto la voce.

L'uomo lo guardò, senza annuire o scuotere la testa. Lo fissò. Aspettava. Sapendo. Paziente, ma inconsapevole della propria pazienza. Affamato, ma sazio. Solo... *lì*.

La dottoressa Lin aprì la porta a forma di pugno al centro del vetro, rivelando un buco rettangolare. L'odore dell'altro lato si diffuse, un misto di sudore e feci. Fece una smorfia, poi si riprese. L'uomo non si mosse. La dottoressa Lin si avvicinò al buco, trattenendo involontariamente il respiro. L'uomo si avvicinò al buco rettangolare, poi si fermò a circa tre centimetri da esso. Guardò il dottor Lin, attese un suo cenno per continuare, poi si spinse contro il vetro. La pelle del braccio destro, appena sotto la spalla, spingeva ora attraverso il foro rettangolare nel vetro, e il dottor Lin si abbassò e puntò la punta dell'ago sull'area aperta della pelle.

Si chinò in avanti. Spinse l'ago sulla pelle dell'uomo. L'uomo osservava interessato, ma ignaro di ciò che stava accadendo. La dottoressa Lin trattenne il respiro, una vecchia abitudine. *Aiuta a calmare i tremori,* diceva sempre il suo supervisore di tirocinio. *Tutti tremano, anche quando non ci rendiamo conto di tremare.* Toccò la pelle e osservò l'uomo per vedere se c'era una reazione. Non c'era nessuna reazione. Infilò l'ago più in basso, nello strato sottostante la pelle, proprio prima di toccare l'osso.

Il dottor Lin continuò a guardare il volto dell'uomo con la sua visione periferica, un'altra abitudine, sapendo già cosa avrebbe visto. *Niente.* L'uomo era completamente indifferente all'ago, proprio come lo era stato tutte le altre volte. Il dottor Lin attese un attimo, poi iniziò a spingere il farmaco attraverso la siringa, fuori dal foro all'estremità dell'ago e nel flusso sanguigno dell'uomo.

Se c'era dolore, l'uomo non lo percepiva. Fissò il dottor Lin, entrambi quasi occhi negli occhi, e il dottor Lin spostò lo sguardo per concentrarsi direttamente sul viso dell'uomo. Ancora nessun cambiamento. Ancora nessuna registrazione di emozioni. Nessuna registrazione di nulla, in realtà.

Ma il dottor Lin sentì qualcosa. Sentì l'ondata di sorpresa, la bizzarra consapevolezza di ciò che stava accadendo. O meglio, di ciò che *non stava* accadendo. Le ragioni scientifiche alla base, ancora sconosciute a lui o a chiunque altro, le centinaia di studi e ricerche che aveva letto e analizzato, le conferenze e le presentazioni che aveva ascoltato e visto in vent'anni di professione medica. La sua mente correva tra queste risorse, ma ogni volta non trovava nulla. Ogni volta c'era una disconnessione, come se ci fosse qualcosa là fuori che stava dimenticando e che avrebbe spiegato tutto.

Ma non c'*era* nulla là fuori. Aveva controllato. Lo avevano fatto tutti. Per anni avevano controllato e ricontrollato. Avevano fatto ricerche, test, analizzato i risultati. Ma niente di tutto ciò corrispondeva a quello che vedevano qui. Il dottor Lin era il migliore al mondo in questo campo, e lui era rimasto perplesso per circa tre anni. Era una mancanza professionale e lui intendeva rimediare. Avrebbe trovato la risposta e l'avrebbe pubblicata. Avrebbe prevalso, come aveva fatto con ogni altra sfida nel corso della sua illustre carriera.

Finito di somministrare la dose di farmaco, abbassò lo sguardo sulla siringa. La estrasse dalla parte superiore del braccio dell'uomo con lentezza e attenzione, proprio come aveva fatto mille volte con mille pazienti, quando era solo un medico praticante. Era un'abitudine appresa, che poteva fare anche ad occhi chiusi. Ma *non* affrontò il compito con leggerezza. Una cosa semplice come questa, l'estrazione di una siringa vuota dopo la procedura di medicazione, sembrava una cosa così facile e semplice.

Ma è così che si commettono gli errori. Dando per scontato che uno fosse migliore del compito che stava svolgendo. Dando per scontata la propria competenza. Era successo alla sua assistente, che ora non era più con lui. Perciò non prese il compito alla leggera. Estrasse la siringa di proposito, facendola rotolare leggermente tra il pollice e l'indice per assicurarsi che il siero non colasse. In questo modo avrebbe anche evitato che il sangue si accumulasse intorno alla piccola ferita.

Si concentrò sulla siringa, prendendo tempo. Assicurandosi che non ci fossero errori.

Ecco perché non vedeva il volto dell'uomo. Il dottor Lin si stava concentrando sulla cosa sbagliata, guardando l'area sbagliata dietro il vetro. Stava fissando con attenzione la spalla dell'uomo e la siringa che stava estraendo con cura, quindi all'inizio non se ne accorse.

Poi qualcosa nel suo subconscio richiamò la sua attenzione. Gli urlò contro, come se lo implorasse di alzare lo sguardo e di notare ancora una volta il volto dell'uomo. Sentì la siringa tremare nella sua presa, vacillando un po'. Sbatté le palpebre. Una, due volte. Poi alzò lo sguardo e vide l'uomo.

31-3. *Trentuno trattino tre*, così si diceva. Il trentunesimo gruppo di soggetti che stavano testando, e il primo maschio del gruppo. In qualche modo legato a tutti gli altri soggetti.

La dottoressa Lin fece un passo indietro, poi un altro. Dapprima con fermezza, poi quasi inciampando. Sentì il carrello rotante dietro di sé e vi indietreggiò, senza riuscire a distogliere lo sguardo dall'uomo dietro il vetro. Lo fissò, sapendo che l'uomo lo stava fissando e che in pochi secondi le telecamere montate nella stanza avrebbero analizzato la situazione e inviato automaticamente un allarme. Avrebbero visto Lin fissare, avrebbero registrato l'infrazione e l'avrebbero inserita nel registro di sicurezza.

Ma non gli importava.

Come avrebbe potuto? Quello che stava vedendo in quel momento era semplicemente... inspiegabile.

Eppure il suo lavoro qui consisteva proprio nel trovare questa cosa e spiegarla. È sempre stato un compito difficile, ma d'altra parte nessuno sembrava credere che fosse possibile.

Continuò a fissarlo, anche quando sentì il segnale acustico che lo avvertiva del suo errore. Il dottor Lin rimase in posa, fissando gli occhi dell'uomo dall'altra parte del vetro, con la bocca che si apriva e si chiudeva lentamente mentre cercava di capire.

Perché? Perché ora? E come?

L'uomo lo fissò, con gli occhi inespressivi e stoici come sempre, ma non era sugli *occhi* che la dottoressa Lin si stava concentrando.

Era la bocca dell'uomo, leggermente rovesciata ai lati.

L'uomo dietro il vetro sorrideva.

CAPITOLO 2

"HA IDEA DA DOVE PROVENGA?". Chiese Reggie. Era in piedi vicino alla televisione, dove il signor E e sua moglie erano sullo schermo e lo guardavano.

La signora E scosse la testa. *Purtroppo no. Avremo i risultati delle analisi di laboratorio la prossima settimana, se non prima. Ma - e non siamo scienziati - le nostre prime indagini ci portano a credere che il cranio provenga dall'America centrale o meridionale".*

Mr. E si chinò, la sua caratteristica espressione stoica si irrigidì appena. Si muoveva come se non avesse il collo, né la capacità di spostare la testa dal suo punto fisso sulla parte superiore del corpo. *Mia moglie ha ragione",* disse, *"ma minimizza la sua conoscenza dell'antropologia".*

"Beh, allora le credo sulla parola", disse Reggie. "Da qualche parte in America centrale o meridionale. Come fai a dirlo?".

La signora E guardò per un attimo qualcosa fuori dallo schermo. *Anatomia umana e differenze nella struttura cranica tra le regioni del mondo conosciute. Ho fatto una semplice ricerca, in realtà. I risultati sono promettenti, ma, come ho detto, non siamo scienziati".*

Reggie annuì. Era seduto nell'ufficio di fortuna che aveva

aggiunto in un angolo del soggiorno di un piccolo appartamento ad Anchorage, in Alaska. L'organizzazione per cui lavorava - Operazioni Speciali Civili - aveva arredato un appartamento con una camera da letto nella città vicina mentre completavano le aggiunte alla sede operativa a tempo pieno. Era entusiasta di vedere come sarebbe stata la cabina trasformata in quartier generale, e lo era ancora di più di vedere la reazione del proprietario della cabina.

Harvey Bennett era un suo caro amico, ma non riusciva a immaginare una persona più resistente alla massiccia ristrutturazione in corso a casa sua. Aveva acquistato la baita un paio d'anni fa, ma il CSO aveva reclutato Ben e Reggie, aveva offerto a Ben abbastanza soldi che era stupido rifiutare, e aveva iniziato a trasformare la sua amata casa di legno di due stanze in una moderna oasi di comunicazione. Sarebbe stata aggiunta un'intera ala, con un secondo piano, e la superficie interna sarebbe stata sufficiente per ospitare altre tre cabine di Ben.

Reggie sorrise quando ci pensò. Ben avrebbe fatto finta di essere arrabbiato, si sarebbe lamentato con lui e con la sua fidanzata, Julie, ma in segreto avrebbe amato il nuovo spazio, rinnovato. Gli sarebbe piaciuto lavorare lì con i suoi amici e lui avrebbe apprezzato la compagnia.

"Quindi, se il laboratorio dà gli stessi risultati, saremo in grado di restringere il campo?".

Il signor E annuì. *Sì, ma il laboratorio dovrebbe essere in grado di farlo per noi. Sono in grado di isolare la specifica geografia ancestrale del campione, ammesso che abbiano campioni corrispondenti nel loro database"*.

"Capisco", disse Reggie. "Quindi è un gioco d'attesa".

Erano in attesa dei risultati delle analisi di laboratorio su un teschio umano scoperto due mesi fa sulle Montagne Rocciose, vicino al Glacier National Park nel Montana. Il teschio era stato trovato insieme a una mappa, a monete d'argento e d'oro ed era stato conservato in una cassa all'interno di una grotta. Tutto ciò era stato molto eccitante e l'interesse di Reggie per la storia e il desiderio di avventura si erano immediatamente risvegliati.

Ma dal momento in cui avevano portato il cranio in laboratorio, Reggie sapeva che sarebbe stato un "gioco d'attesa". Aspettare che il cranio venisse ricoverato, aspettare che una squadra iniziasse le analisi, aspettare i risultati. Sarebbe rimasto sorpreso dalla lentezza del lavoro se non fosse stato nell'esercito per anni. Il lavoro governativo richiedeva *sempre* un'eternità. Il laboratorio in sé non era un laboratorio governativo, ma era finanziato con soldi del governo.

Era in trepidante attesa di un aggiornamento da più di un mese, e i controlli settimanali con il signor E non erano stati sufficienti a tenerlo sazio. Ora, sentendo che erano così vicini a una risposta, ma ancora senza una direzione definitiva da esplorare, diventava sempre più impaziente.

Purtroppo sì", ha detto il signor E. *"Ma siamo ottimisti sul fatto che il laboratorio sarà in grado di indicarci la direzione giusta". Ma siamo ottimisti sul fatto che il laboratorio sarà in grado di indicarci la giusta direzione".*

Reggie allontanò la sedia dalla scrivania di vetro. Era una scrivania ad angolo, due semplici lastre di vetro temperato su un telaio di alluminio economico che aveva comprato usato, ma gli piaceva la sua semplicità. Non interferiva con il resto della stanza, passando delicatamente in secondo piano, a meno che non volesse vederla. A parte la scrivania, la sedia e il divano, non c'era molto altro nella stanza come arredamento. Aveva un televisore, ma al momento veniva usato come monitor del computer, quindi il divano si trovava al centro del salotto e fissava la parete bianca e vuota.

Si alzò e si stiracchiò. Si sentiva rinchiuso qui, nella sua casa temporanea. Non aveva un posto dove andare e non era uno che andava in giro senza meta in cerca di qualcosa da fare. Odiava la noia, la temeva come la peste, e stare seduto in un appartamento di Anchorage senza nessuno con cui parlare se non lo schermo di un computer cominciava a stancarlo. Aveva dei libri, ma li aveva già letti. Aveva del cibo e, sebbene gli piacesse cucinare, non amava la tentazione: qualsiasi cosa avesse cucinato l'avrebbe mangiata.

Quindi era frustrato. Voleva uscire, voleva qualcosa da fare. Voleva una missione.

"Dai, E", disse rivolgendosi alla parete opposta, sapendo che il microfono era più che in grado di captare la sua voce nella stanza altrimenti silenziosa. "Devo *fare* qualcosa. Non posso almeno fare un salto? Prendere un volo per Città del Messico o per qualche posto a sud del confine?".

Non c'è stata risposta. Aspettò. Ancora niente. Si girò di scatto, aspettandosi di vedere che il video si era temporaneamente bloccato. La connessione a Internet nell'appartamento era veloce, tecnicamente rientrava nel campo di ciò che gli addetti al marketing delle società di telecomunicazioni chiamavano "alta velocità", ma rispetto a ciò a cui era abituato non era meglio della connessione dial-up.

Mr. E possedeva un'azienda di telecomunicazioni, piccola in termini di capitalizzazione di mercato, ma grazie a una brillante carriera di networking e di frequentazione dei locali di Washington, aveva costruito un impero con pochissime spese generali e un flusso di cassa in grado di rivaleggiare con la più scaltra delle startup della Silicon Valley.

Guardò di nuovo lo schermo, mettendo a fuoco le persone bidimensionali. Il signor E e la signora E lo fissavano in netto contrasto l'uno con l'altra. Il signor E. era magro, brizzolato, di corporatura quasi gracile e proteso verso la telecamera. La signora E. era più larga di spalle, più alta, costruita come un carro armato russo e sorrideva con un sorriso largo e innaturale.

Si mise quasi a ridere. Aveva visto la donna sorridere. Avevano trascorso un po' di tempo insieme in Antartide e avevano scambiato convenevoli in numerose occasioni, ma il sorriso largo e peccaminoso era il marchio di fabbrica *di lui*, non di lei. Nemmeno lei lo portava bene: sembrava un ritmo strano, forzato, come qualcosa che sapeva di dover fare ma che non sapeva davvero *fare*.

"Co... perché stai sorridendo?". Chiese Reggie. Era sinceramente confuso.

Vi mandiamo da qualche parte", ha detto la signora E. *"Quindi fate le valigie". Quindi fate le valigie"*.

"Non ho mai avuto la possibilità di *disfare le valigie*", rispose.

Perfetto. Il suo volo parte domani mattina, di prima mattina. Può trovare un passaggio per l'aeroporto?".

Annuì, tirando fuori il cellulare e tenendolo davanti alla telecamera. "I ragazzi usano questi piccoli computer per ogni genere di cose, compreso programmare le corse all'aeroporto e chiamare le persone".

Se Mr. E ha capito la battuta, non lo si legge sul suo volto. Rimase seduto, immobile, sullo schermo. La signora E ha trovato in qualche modo il modo di allargare il suo sorriso. Le sue guance si allungavano, facendo apparire il suo viso smunto, come uno scheletro che fosse stato forzato attraverso la parte finale di un rullo compressore.

"Ok", ha detto. "Qual è lo stratagemma? Dove mi stai mandando?".

La signora E lanciò un'occhiata al marito, che non rivelò nulla. *Cavolo, quel tipo sa recitare,* pensò. La signora E, non avendo capito nulla dall'uomo seduto accanto a lei, si voltò verso la telecamera e affrontò Reggie.

Cozumel, Messico", ha detto.

"Cozumel? È un'isola, giusto?".

Lo è. E devi essere lì entro le 15.30, ora locale, di domani".

Si accigliò. "Perché? Pensavo che non avessimo ancora dati conclusivi dal laboratorio".

Non lo sappiamo", ha detto. *C'è stato uno sviluppo altrove e vorremmo che lei lo seguisse*".

"Uno sviluppo?"

Una situazione, se vogliamo.

Tornò verso lo schermo del televisore e il monitor del computer, spingendo via la sedia. "Che tipo di *situazione?* E cosa dovrei fare a Cozumel?".

Gli disse la signora E, mentre il marito sedeva in silenzio accanto a lei.

Non è possibile, pensò. *Non c'è modo di farlo.*

Mi ucciderà.

CAPITOLO 3

"DOTTOR LIN", disse ancora l'uomo, richiamando la sua attenzione. "Potrebbe spiegarci la sua infrazione?".

La dottoressa Lin deglutì. Non era bravo a confrontarsi. Era uno scienziato, un medico, pronto ad analizzare e prescrivere e fiducioso nelle sue capacità, ma non era mai stato a suo agio con questo genere di cose. Il consiglio di amministrazione era seduto intorno a lui, tre di loro di persona e quattro in formato digitale sugli schermi che curvavano intorno a un bordo della stanza.

Osservò le loro espressioni, cercando di leggerle. Le persone sugli schermi, tutte in collegamento dalle loro sedi in tutto il mondo, erano le più difficili. Sembravano percepire il suo sguardo e si sforzavano di mascherare le emozioni fissando direttamente le telecamere. Guardò l'uomo che aveva parlato, poi deglutì di nuovo. *Quest'uomo era incapace di nascondere le proprie emozioni.*

E in questo momento l'emozione dell'uomo era particolarmente facile da leggere: era furioso.

"Dottoressa Lin", disse una terza volta. "Devo ricordarle la gravità di questa...".

"N... no", balbettò la dottoressa Lin. "Mi scuso, stavo solo raccogliendo i miei pensieri".

Il sopracciglio dell'uomo si alzò, ma sembrava ancora accigliato. "Spero proprio che li abbiate *raccolti* tutti". Si premurò di controllare l'orologio, facendolo girare intorno al polso e portando l'avambraccio davanti al busto. Se il dottor Lin non fosse stato così terrorizzato, si sarebbe infastidito.

"Sì", ha detto. "L'ho fatto. Di nuovo, mi dispiace. Alla mia deviazione è stato posto rimedio, ed è una deviazione che non si ripeterà, in nessun caso...".

"Non dovevano esserci deviazioni in nessun caso, *in primo luogo*, dottoressa Lin", disse l'uomo. La donna sullo schermo dietro di lui annuiva.

"Sì, io - era chiaro, sì. Mi scuso".

L'uomo lo fissò.

"È stata una sorpresa anche per me. Non ero a conoscenza dell'effetto applicato dell'ultimo dosaggio del paziente 31-3 e...".

Uno dei membri del consiglio di amministrazione che ascoltavano da uno degli schermi, un uomo che la dottoressa Lin non aveva mai incontrato di persona, lo interruppe. "Dottor Lin, potrebbe gentilmente parlare come se si rivolgesse a un gruppo di professionisti *non medici*?" La voce dell'uomo era densa di accento del sud dell'America e sorrideva un po' mentre lo diceva. La dottoressa Lin non credette per un attimo a quel sorriso.

"Mi scusi. Sì, intendevo solo dire che non sapevo che il dosaggio *avesse* un effetto immediato".

"È il vostro lavoro essere consapevoli di queste cose?".

Lin deglutì di nuovo. "Sì".

"E perché non ne eravate a conoscenza?".

"Io... io stavo cercando di assicurarmi..." si fermò, guardò il signore del sud, poi continuò. "Stavo cercando di assicurarmi che non ci fossero errori con i farmaci".

"Quindi non stavi guardando il soggetto".

"Non lo ero, no. Ma la reazione mi avrebbe comunque colto di sorpresa, sia che osservassi o meno il volto del paziente".

"Soggetto", disse l'uomo, correggendolo.

"Sì".

"Quindi è rimasto sorpreso dalla reazione del *soggetto*? Perché?"

La dottoressa Lin si accigliò. *Devo proprio spiegarglielo? Erano* gli uomini e le donne che avevano *costruito* questa azienda. Sicuramente non avevano tempo per questo.

"Sarà tutto dettagliato nel mio rapporto, che preparerò e...".

"Sono certo che sarà così", disse l'uomo. "Ma poiché stavamo già tenendo una riunione del consiglio di amministrazione e sono certo che siamo tutti molto interessati a ciò che avete scoperto, vi chiedo di assecondarci".

La dottoressa Lin annuì. "Molto bene. Stavo somministrando un dosaggio del farmaco che abbiamo ideato appositamente per il 31-3. Era il cinquantatreesimo dosaggio in un periodo di quasi due anni, ed era un'operazione di routine".

"Per 'operazioni di routine' come queste, non abbiamo assistenti di laboratorio?".

"È così", ha risposto Lin. "La donna in servizio è stata rimossa di recente".

L'uomo osservò il volto di Lin. Sapeva già tutto, quindi questo era un gioco. Il gatto e il topo, e Lin sentiva che la trappola si chiudeva intorno a lui. "E per quale motivo è stata allontanata?".

Sentì la tensione nella stanza spostarsi, stringersi. La donna e l'uomo sullo schermo alla sua sinistra si sono avvicinati ai loro computer. L'uomo alla sua destra, seduto accanto al capo del dottor Lin, l'uomo che conduceva l'interrogatorio, lo guardò con ansia. Non conoscevano la storia completa e il dottor Lin sperava che l'avessero scoperta in un altro modo.

In qualsiasi altro modo che non sia questo.

"Lei - c'è stato un incidente di deviazione".

"Anche il 31-3?"

"Coinvolge anche il 31-3".

"E qual è stato l'esito di quell'incidente?".

"È stata sollevata dal suo incarico".

"È stata *rimossa*", ha corretto l'uomo.

"Sì".

L'uomo abbassò lo sguardo. Sul piano del tavolo di fronte a lui c'era una cartella di manila, ma era chiusa. Vi appoggiò le mani, ne tastò la superficie, poi rialzò la testa e fissò il dottor Lin. I suoi occhi grandi e luminosi fissavano quelli di Lin e lui poteva quasi sentire la pressione che lo spingeva all'indietro. Quest'uomo si eccitava in incontri come questo. Li *desiderava ardentemente*. La fossetta sulla guancia crebbe, scandendo i pensieri dell'uomo.

"Allora, dottoressa Lin, c'è stata un'infrazione che ha coinvolto la sua assistente di laboratorio, che è stata allontanata. Un giorno dopo, mentre somministrava un dosaggio di farmaci al soggetto, *è stata* riscontrata un'infrazione. Posso chiederle qual è stata la natura di questa deviazione?".

La dottoressa Lin sospirò. Sapeva che ormai non aveva senso nascondersi. L'avrebbero scoperto tutti, quindi tanto valeva cercare di controllare ciò che veniva detto. Si spostò in piedi.

"L'uomo ha sorriso".

"Il *soggetto* ha sorriso?"

La dottoressa Lin annuì. "L'ha fatto. Subito dopo che avevo finito. Ha sorriso, direttamente a me".

"L'hai provocato tu".

"Non ho fatto nulla del genere", ha detto la dottoressa Lin. "Ho somministrato la dose, ho estratto l'ago e l'ho visto sorridere".

La donna sullo schermo annusò, muovendosi sulla sedia per attirare l'attenzione senza sembrare scortese. L'uomo che si rivolgeva alla dottoressa Lin si fermò e si girò, aspettando. "Dottor Lin", disse la donna. "Non è *impossibile* che questi soggetti possano sperimentare ciò che lei descrive?".

"Credevamo che fosse così, sì", ha detto la dottoressa Lin. "Il dosaggio ha sempre avuto l'effetto collaterale indesiderato di togliere ai nostri soggetti la capacità di rispondere agli stimoli emotivi. Sorridere, salutare, inarcare le sopracciglia: tutti compiti impossibili".

"Eppure, il 31-3 ti ha *sorriso*".

"Infatti".

L'uomo riprese il controllo dell'interrogatorio schiarendosi la gola. "Dottoressa Lin, l'interesse di questo incontro con lei oggi non è quello di discutere la natura della risposta del soggetto, che avverrà in un secondo momento. Vorremmo piuttosto discutere la natura della deviazione stessa".

"Capisco, e farò in modo che non ci siano più deviazioni di questo tipo...".

"Dottoressa Lin", disse l'uomo. "Lei è il nostro miglior ricercatore. È stato assunto da uno dei più importanti istituti sanitari del mondo. Non possiamo permetterci di sprecare una risorsa preziosa come lei".

Il dottor Lin chinò il capo. "Grazie".

"Detto questo", continuò l'uomo, "non possiamo permetterci *altre infrazioni*. Provocare i soggetti, come avete scritto all'inizio, porterà solo a esiti selvaggiamente imprevedibili".

"Ma io non ho *provocato*...".

L'uomo alzò una mano. "Dobbiamo informarvi che qualsiasi altra deviazione o infrazione da parte di qualcuno della vostra squadra comporterà il vostro immediato allontanamento da questa struttura".

Ora era arrabbiato. *Non era mai* stato "rimosso". Non era mai stato lasciato andare. Era il migliore, il più richiesto. Aspettava che le offerte arrivassero a *lui*, non il contrario. Come si permettevano queste persone di calpestare la sua reputazione e la sua carriera solo per vendicarsi di un evento che non riuscivano nemmeno a *capire*? Come osavano dare per scontato che qualcosa fosse successo in un modo, quando lui aveva detto loro espressamente...

"Dottor Lin? Ha capito?"

Il volto di Lin si oscurò. Non poteva più farne a meno. Per queste persone era una pedina. Uno strumento da usare, abusare e scartare. Come lo era stata la sua assistente. Aveva commesso un errore e ne conosceva le conseguenze. Ma lui non era un *assistente*. Era uno stimato professionista. Non era uno che commetteva errori. Non aveva *commesso* un errore quando aveva fissato l'uomo dietro il vetro. *Sapeva* cosa stava facendo e stava *osservando* il soggetto. Il suo paziente. Loro non lo capivano.

E ora lo sapeva. *Non potevano* capirlo.

"Sì", disse. "Capisco perfettamente".

CAPITOLO 4

07:34. BBC WORLD NEWS.
PER IL RILASCIO IMMEDIATO.
LIMA, PERÙ.

Le prime notizie sembrano indicare la scoperta e la successiva scomparsa di una tribù di indigeni precedentemente incontattata negli altopiani peruviani. Situata a 300 chilometri a nord di Cusco, in Perù, vicino al denso Parque Nacional Alto Purus e alla più vicina città di Alerta, l'ultima posizione conosciuta della misteriosa città degli indigeni è nota solo a coloro che hanno viaggiato per visitarla.

Il dottor Rodney Barrett, stimato archeologo e professore emerito di Archeologia classica al King's College, ha riferito in un articolo di giornale non pubblicato che "ci sono stati segni di abitazione nella città, anche se le recenti indagini non hanno portato a nulla". Un caso davvero sconcertante".

Barrett ha rifiutato di essere intervistato, adducendo il jet lag dovuto alla sua recente gita nella regione giungla che confina con il Brasile e la Foresta Amazzonica, ma l'articolo di giornale che intende pubblicare il mese prossimo indica le prove che Barrett ritiene che la tribù fosse un gruppo docile e localizzato di popolazioni native.

La città è in realtà molto più simile a un piccolo gruppo di capanne, ancora ben tenute, con alcune strutture più grandi destinate alle esigenze più importanti della vita civile. Ad esempio, la struttura che chiamiamo Main No. 1, situata nell'area centrale della "città", è un grande edificio rettangolare costruito con canne e pali di legno, e crediamo che sia il luogo di ritrovo centrale per le pratiche mediche rituali e per i pasti".

Sebbene ciò sia tipico di molti insediamenti amazzonici di questo tipo, sia nel bacino che nei Paesi limitrofi, Barrett prosegue nell'articolo descrivendo una conversazione con uno dei suoi colleghi del King's College riguardo alla caratteristica più unica di questo ritrovamento:

La città stessa è stata abbandonata e, da quello che possiamo dedurre, è stata abbandonata abbastanza di recente. È davvero una cosa curiosa: la città sembra essere semplicemente scomparsa. C'era il fumo di un precedente incendio, c'erano canoe piene di lenze e attrezzi e persino il recente pescato del giorno. Nella sala principale è stato trovato un pozzo per l'affumicatura funzionante, pieno di carne di pesce e di selvaggina e ben oltre il punto di cottura".

L'équipe archeologica del dottor Barrett, composta da otto portatori di origine peruviana e brasiliana, tre studenti universitari e tre laureati in archeologia, ha confermato la teoria di Barrett.

Uno studente ha commentato la destinazione finale della spedizione: "È davvero strano. C'era una città, e ogni indicazione che questa città era stata abitata - abbastanza di recente - nella misura in cui una città di lavoro dovrebbe esserlo, ma non c'era nessuno in giro. Non c'è stata alcuna interazione umana con noi e nemmeno durante il viaggio di ritorno. Davvero inquietante".

Barrett rilascerà una dichiarazione al presidente del dipartimento e agli ospiti presenti tra una settimana, anche se non è stata fissata una data precisa; ulteriori informazioni saranno pubblicate online non appena ricevute.

CAPITOLO 5

HARVEY "BEN" Bennett guardava le acque cerulee dei Caraibi. Le punte delle onde si muovevano su e giù, miniature di un blu più chiaro sullo sfondo blu profondo dell'oceano. Era infinito, eppure era pieno, carico di vita e di creature e di un intero mondo che non capiva.

Non era mai stato attratto dall'oceano. Non lo disprezzava, di per sé, ma era qualcosa che non aveva mai sentito un profondo desiderio di avvicinarsi. Preferiva i boschi, il profumo profondo dei pini e della terra, l'aria umida e gli inverni freddi. Ben aveva riflettuto a lungo su questo, sul perché una persona fosse più attratta dal clima caldo e marittimo di un ombrellone in riva al mare che da una baita isolata e fredda, ma non era riuscito a giungere a una conclusione credibile. Doveva attribuire la cosa a una semplice differenza di personalità: c'era chi preferiva l'uno o l'altro, e chi preferiva l'esatto contrario.

E questo era l'esatto contrario di ciò che preferiva. Ancora una volta, non è che *non gli piacesse*, ma non l'avrebbe mai scelto come rifugio. Non avrebbe mai speso per la vacanza da migliaia di dollari che si stava godendo.

Tutto questo era un'idea di Julie, che lo spingeva a farlo da quasi un anno. Juliette Richardson era l'unica persona sul pianeta che avesse mai incontrato ad essere testarda come lui e, per qualche ragione incredibilmente fastidiosa, questo gliela faceva amare ancora di più. Non accettava un no come risposta quando aveva deciso, e questa vacanza non faceva eccezione.

Aveva pregato, supplicato e discusso, e alla fine aveva semplicemente iniziato a pianificare il viaggio da sola, pienamente consapevole del potere che aveva su di lui. Aveva fissato le date, sapendo che lui non era occupato e che era completamente libero, e aveva stabilito il programma, conoscendo le sue preferenze, i suoi gusti e le sue aspettative.

Per questo motivo, aveva poco da lamentarsi. Stava osservando l'oceano dei Caraibi meridionali mentre era seduto su una sedia a sdraio su qualcosa chiamato "ponte Lido". La ringhiera di fronte a lui bloccava la vista dell'acqua direttamente sotto il lato sinistro della nave, ma c'era abbastanza acqua nelle immediate vicinanze da poterne vedere in abbondanza, fino al punto in cui il sole al tramonto incontrava la linea piatta e orizzontale dell'orizzonte.

Indossava un costume da bagno aderente che Julie aveva scelto per lui. Fiori che non assomigliavano a nessun fiore che avesse mai visto nella vita reale, bianchi su sfondo blu. Il blu era un bel colore, ma aveva sempre la sensazione che il costume fosse troppo stretto, che rivelasse più di quanto fosse stato progettato per coprire. La sua camicia giaceva accanto alla sedia e ogni volta che una persona si avvicinava alla sedia aveva la sensazione di dover allungare la mano per afferrarla, coprirsi e scusarsi per aver esposto la parte superiore del corpo. Julie sembrava essere in grado di leggere direttamente nella sua lotta e di sapere esattamente cosa stava passando, cosa che sfruttava a suo vantaggio punzecchiandolo e facendo battute a sue spese.

La cosa peggiore per Ben, tuttavia, erano le calzature. Lei aveva acquistato un paio di infradito abbinate, che secondo lei erano un tipo di sandalo popolare indossato da molte persone, ma lui non aveva mai avuto la sensazione, in trentatré anni di vita, di avere meno piedi. Sarebbe stato più a suo agio con i calzini. Almeno i calzini rimanevano ai piedi. Lei gli aveva detto che le infradito avrebbero richiesto un po' di pratica per abituarsi, e il suo argomento contro questa linea di ragionamento era stato che qualsiasi tipo di calzatura che richiedesse "pratica per abituarsi" era meglio che rimanesse in valigia.

Le infradito al momento pendevano allentate dai suoi piedi, lo spazio tra il primo e il secondo dito era l'unica cosa che le teneva attaccate al suo corpo. Avevano iniziato a formarsi ai suoi piedi e lui stava cercando disperatamente di cambiare idea su quanto fossero diventate comode.

"A cosa stai pensando?" Chiese Julie dalla poltrona accanto a lui.

Guardò oltre, prendendosi qualche secondo in più per godersi l'*altro* panorama. Finora si era divertito durante il viaggio, contrariamente a quanto si era aspettato all'inizio. Il cibo era fantastico, l'intrattenimento era stato all'altezza delle aspettative e la sensazione generale di relax si era in qualche modo insinuata in lui, contro il suo desiderio di respingerla. Ma la parte migliore del viaggio, senza dubbio, era il panorama.

Non la vista sull'oceano, ma la vista sul ponte.

In particolare della sua fidanzata e della scelta degli abiti per questo viaggio.

Julie indossava un bikini con la bandiera australiana, i blu, i rossi e i bianchi che si univano per formare un'immagine meno attraente di quella della persona che doveva coprire.

Si spostò sulla sedia, senza toglierle gli occhi di dosso.

"Ben", disse, "sono qui sopra".

Lui sorrise, un sorriso imbranato a bocca aperta. "Mi scusi. Mi piace molto quel costume da bagno".

"Ti piacciono *tutti i* miei costumi da bagno".

Annuì. *Non c'è niente da dire.*

"Mi hai sentito?", chiese.

"Per quanto riguarda i vostri costumi da bagno?".

"Più o meno quello che stai pensando", ha detto.

Lui si mise a ridere. "Stavo pensando ai vostri costumi da bagno", disse.

Lei sorrise dietro grandi occhiali da sole di forma ovale. "Beh, *a parte* questo. Cosa ti passa per la testa?".

Scrollò le spalle, guardando ancora una volta l'infinita distesa di blu. "Non lo so. Niente, davvero. Mi sto solo godendo tutto questo".

"E tu?"

Si girò su un fianco. "Cosa vuoi dire? Non ti sembra che mi stia divertendo qui?".

Julie annuì. "È vero, ma sei anche... contemplativo. Di solito non ti perdi nei tuoi pensieri".

Si fermò a riflettere per un momento. Aveva ragione. *Ma cosa* sto *pensando?* Anche lui era confuso. Era seduto sul ponte di un'enorme nave da crociera, lussuosa e progettata esclusivamente per il suo comfort e divertimento, con la donna dei suoi sogni, e non riusciva a sentirsi completamente soddisfatto.

"Io... sento che c'è qualcos'altro".

"Qualcos'altro?"

Si accigliò. "Voglio dire che manca qualcosa".

Fu il turno di Julie di ridere. "Ben, sei in mezzo all'oceano su un hotel a 5 stelle galleggiante con cibo gratis. Cos'altro potrebbe esserci?".

"Lo so, lo so", ha detto. "Non è questo. Questo - tutto questo - è fantastico. E tu sei qui. Non è il viaggio, credo".

"Cosa c'è?"

Lui la guardò. "La vita?"

"Vita?"

"Sì, credo".

"Scusa Ben, non sono sicuro di aver capito cosa intendi".

Percepì un po' di ostilità nella voce di lei, un colpo di avvertimento. Se *dici quello che penso tu stia dicendo, ci sarà una rissa.*

Cercò di fare marcia indietro. "No, non si tratta affatto di te".

Ha alzato un sopracciglio.

"Sul serio", ha detto. "Io ti amo. Questo non è cambiato. Ma pensa a dove mi trovavo due anni fa. Non ci eravamo mai incontrati e io vivevo in una baita e scacciavo gli orsi dai campeggi".

Ben aveva trascorso tutta la sua vita adulta come ranger al Parco Nazionale di Yellowstone. Era stato un lavoro perfetto per lui, un individuo naturalmente solitario e isolato. Quando una minaccia terroristica gli aveva forzato la mano, lui e Juliette Richardson erano stati spinti a collaborare per scoprire l'accaduto e rimediare al disastro.

Si erano avvicinati e poi innamorati, e le loro avventure insieme li avevano portati da Yellowstone alla foresta amazzonica, poi in Antartide e in un rapido tour del Midwest degli Stati Uniti. Non era una vita che Ben avrebbe mai immaginato e, pur sentendosi orgoglioso dei risultati ottenuti nell'ultimo anno e mezzo, c'era ancora... qualcosa.

"Vuoi tornare a Yellowstone? Continuare a dare la caccia agli orsi?".

Scrollò le spalle. "A volte sembra avere un certo fascino".

"Lo capisco, Ben", disse Julie, ancora sdraiata mentre il sole le bagnava il corpo. La sua testa era inclinata, rivolta verso Ben, che poteva vedere il profilo dei suoi grandi occhi attraverso gli ovali scuri degli occhiali da sole. "Ma tutti devono crescere".

"Crescere?", chiese. Lui alzò un sopracciglio, strizzando l'altro occhio. Era uno sguardo che lei conosceva bene.

"Mi dispiace", disse lei. "Non volevo dire questo. Ma comunque, tutti cambiano", disse.

"Forse non cambio".

Sorrise. "Di sicuro cambi meno di chiunque altro abbia mai

conosciuto. Ed è questo che amo di te. Ma comunque... non sei d'accordo che è ora di passare dal 'tipo forte e silenzioso'?".

Si alzò a sedere, guardò l'acqua, poi si rivolse alla fidanzata. "Mi dispiace", disse. "Cosa c'è di sbagliato nel "tipo forte e silenzioso" e, soprattutto, perché *devo* cambiare?".

Scosse la testa. "Non hai capito il punto. Non hai *bisogno di* cambiare, ma questo non significa che *non lo farai*. Tutti lo fanno, Ben, è l'ordine naturale delle cose".

"E allora *in* cosa dovrei cambiarmi?", chiese.

"Non lo so, Ben. Ma non puoi continuare a deprimerti tutto il tempo. Dovremmo rilassarci. Divertirci. Ci sposiamo tra due mesi, Ben, e non hai nemmeno pensato di chiedermi come sta andando l'organizzazione del matrimonio".

Cominciava a essere un po' frustrato. Dopotutto, era stato lui a sollevare la questione, e ora lei stava facendo del loro piccolo battibecco qualcosa di completamente diverso. Non aveva chiesto dei preparativi per il matrimonio perché non gli *importava*: voleva solo sposarla e non gli importava come fosse successo. Inoltre, lei si stava divertendo. Lei amava questo genere di cose, quindi lui si tenne alla larga da lei.

Sospirò e prese il suo drink. Era qualcosa con dentro del rum, una grande cornucopia di almeno due diversi liquori, tre diversi succhi di frutta e molto ghiaccio.

Molto ghiaccio.

Fissò il pentolone di alcolici, succo di frutta e soprattutto ghiaccio e sospirò di nuovo. Sentì la frustrazione crescere di nuovo mentre ripensava alla conversazione precedente con Julie, che aveva portato a una discussione sui soldi. Lei voleva questi cocktail di lusso, ma lui non era entusiasta del prezzo di quasi venti dollari per un secchio di ghiaccio con qualche aroma. Lei aveva sostenuto che non li avrebbero comunque pagati, che i drink, come tutto il resto, erano a carico dell'azienda e che lui avrebbe dovuto dimenticarsene e concentrarsi sul relax.

"Non riesco a rilassarmi", disse infine.

"Sì, lo sappiamo tutti", ha detto. "Chiunque ti abbia conosciuto. Lo sappiamo".

"Beh, vorrei poterlo fare. Tutto qui", disse. Era ancora seduto, e continuava a far girare la granita nel suo drink, in attesa che un impiegato della crociera passasse e gli chiedesse un altro bicchiere.

"Vorrei che lo facessi anche tu", disse Julie. Si sdraiò di nuovo sulla sedia a sdraio e fissò il sole. Era da poco passato mezzogiorno e il ponte era pieno di passeggeri della nave. I bambini sguazzavano e urlavano in una delle tre piscine, mentre adulti e ragazzi si contendevano un posto in una delle quattro vasche idromassaggio situate lungo il perimetro del ponte.

C'erano altri due ponti simili a questo, uno nella parte anteriore della nave e uno vicino alla poppa, entrambi su un livello superiore. Quando si erano imbarcati per la prima volta era rimasto stupito dalle dimensioni del posto e la novità non era ancora svanita. Julie lo aveva sorpreso più di una volta a fissare le lampade e le elaborate decorazioni del soffitto con la bocca aperta.

"Non si tratta di te, vero?". Chiese Julie.

Guardò verso di lei. Lei non lo guardava, ma lui scosse lo stesso la testa. "No, credo che non lo sia".

"È meglio che tu decida cosa fare, Ben", disse lei. "Siamo su una barca in mezzo all'oceano. Non puoi cambiare nulla qui".

Si alzò, si stiracchiò e lasciò la fidanzata a crogiolarsi al sole per andare a cercare un altro drink.

CAPITOLO 6

MISE IN EQUILIBRIO il drink sul bordo del bancone con una mano, mentre aspettava che il barista gli desse il conto. L'oggetto era all'interno di un vero ananas, pieno di rum, succo e ogni sorta di dolcezza. Uno stuzzicadenti lunghissimo attraversava due fette di arancia, una banana e una ciliegia al maraschino prima di infilarsi nell'ampia parte superiore aperta dell'ananas.

Ridicolo, pensò.

Ben voleva solo un Rum Runner, una bevanda tiki a base di rum e banana e di solito un tipo di liquore come la mora. Era dolce, fruttato e sembrava estivo, e a lui piaceva. Ma il drink che aveva in mano ora sembrava più il centrotavola di un matrimonio tropicale che una bevanda. La cannuccia aveva persino fatto un giro e lui sapeva che avrebbe buttato via il grazioso ombrellino viola incastrato nel lato dell'oggetto molto prima di portare il drink alla bocca.

Firmò per il drink, si voltò di nuovo verso il lato della nave su cui lui e Julie stavano oziando e si fermò.

Cosa...

Julie stava parlando con un uomo. Aveva la testa all'indietro e le ginocchia che si toccavano mentre rideva per qualsiasi cosa avesse detto l'uomo.

L'uomo non si vedeva, la sua testa era bloccata dal pavimento del ponte proprio sopra di loro, così Ben fece qualche passo in più e uscì da sotto il balcone. Provò una fitta di gelosia mentre Julie rideva, chiedendosi chi mai fosse -.

No.

Scosse la testa, tenendo ancora in mano l'ananas.

Non può essere.

"Reggie?", chiese.

Reggie si girò e sorrise. "Ben, bentornato! Come stai?" Si avvicinò e allungò la mano. "A proposito, bella ananas".

Ben annuì. "Grazie".

Si strinsero la mano, ma Ben non cercava di nascondere le sue emozioni. La sua espressione era di confusione e di fastidio, e a quanto pare Reggie se n'era accorto. Alzò le mani e indietreggiò di un passo. "Calma, amico", disse Reggie. "Non sono venuto a rovinare il tuo piccolo appuntamento. Mi ha mandato E."

"Quindi *sei* venuto a rovinare il mio appuntamento", disse Ben. "Reggie, perché sei qui?".

Il sorriso di Reggie crebbe. "Abbiamo un lavoro".

Ben guardò Julie, che non si era mossa dalla poltrona. La sua risata si era ridotta a un sorriso, piccolo e leggero sul suo viso minuto. Scrollò le spalle.

"Quale lavoro?"

"Possiamo parlarne...".

"Possiamo parlarne *adesso*, Reggie", disse Ben. "Perché siamo in *vacanza*. E non ce ne andremo finché non avrò bevuto una quarantina di questi ridicoli ananas". Alzò il cocktail e lo fece roteare nella mano. Colse lo sguardo di Julie mentre si trovava faccia a faccia con il suo amico e collega. Solo che in questo momento, in questo momento, non si sentiva né amichevole *né* interessato a lavorare.

Reggie si limitò a sorridere, il sorriso gigantesco che aveva sul volto quasi contraddiceva gli occhi dell'uomo. Se Ben non lo conoscesse meglio, avrebbe pensato che Reggie stesse fingendo, indossando il sorriso per il suo bene.

"Come sei arrivato qui?" Chiese Ben.

Reggie alzò le spalle. "Sono andato avanti. Ho attraversato il muro di sicurezza come se non ci fosse".

"Davvero?" Chiese Julie.

"Cercano alcolici, in realtà", ha detto. "Siamo onesti. Nella migliore delle ipotesi sono poliziotti in affitto, che lavorano al minimo sindacale per la compagnia di crociere. Non gli interessa chi sale a bordo".

Ben strizzò gli occhi alla luce, rivolgendosi direttamente a Reggie. "Come hai fatto *ad* arrivare qui?".

Il sorriso di Reggie si affievolì di qualche tacca. "Bene. Ho capito. L'ho fatto organizzare dalla signora E. Tramite l'autorità di transito, un paio di telefonate all'ente del turismo messicano, sono sicuro. Comunque, non è stato così difficile".

"Sei appena arrivato?"

Reggie scosse la testa. "No, sono rimasto a Cozumel mentre voi arrivavate, poi sono salito sulla nave quella sera. Mi sono rintanato sottocoperta con un simpatico membro dell'equipaggio di nome Suarez. Non parla molto inglese, o almeno non era interessato a parlare con me".

"Perché hai aspettato di venire a cercarci?". Chiese Julie.

"Vi state divertendo. Non volevo rovinare tutto".

"Grazie", disse Ben, con una faccia che nascondeva il sarcasmo. "Di sicuro non ci hai rovinato la vacanza".

"Cosa dovrei fare?" Chiese Reggie. "Il signor E ha detto che è urgente".

Ben sospirò. Diede un'altra occhiata all'acqua, alla luce del sole che si ritirava mentre la sfera arancione galleggiava verso il basso, proiettando il suo bagliore fino ai confini del loro mondo. Voleva stare qui a guardarlo, come aveva fatto tutte le altre sere del loro viaggio, ma sapeva che era tutto finito. Anche se non c'era alcuna possibilità che accettasse qualsiasi piano Reggie e Mr. E avessero escogitato, non sarebbe riuscito a toglierselo dalla testa. L'avrebbe influenzato e Julie l'avrebbe capito. Lei sapeva leggerlo come un libro, quindi non aveva senso cercare di nascondere i suoi sentimenti. Era curioso, preoccupato, interessato, arrabbiato. Tutte queste cose, tutte insieme. Reggie aveva rovinato la loro vacanza quasi perfetta e l'aveva condannata a morte, e ormai non poteva più farci nulla.

"Ok, Reggie", disse Julie. "Ben non ha intenzione di lasciar perdere, e nemmeno io. Vuoi andare a bere qualcosa?".

La bocca di Reggie si allargò di altri cinque centimetri. Il suo sorriso era contagioso, ma il monologo interno di Ben lottava contro il carisma dell'amico. *Un drink, sì* disse. *Un drink, ascoltarlo, e poi tornare in crociera. Tornare alla mia vacanza.*

Se lo meritava, e se lo meritava anche Julie.

Una bevanda.

CAPITOLO 7

TRE BICCHIERI dopo e Ben cominciava a sentirlo. Rum, poi whisky, poi una specie di cocktail che Reggie aveva spiegato essere di origine brasiliana, completo di un tipo di liquore chiamato cachaca, una specie di rum brasiliano.

Reggie aveva vissuto in Brasile per alcuni anni, gestendo un campo di addestramento alla sopravvivenza per dirigenti d'azienda che avevano bisogno di un modo per sentirsi di nuovo importanti. Aveva spiegato a Ben e Julie che gli erano piaciute le informazioni, la pratica, ma che odiava la clientela. Erano tutti molli, mentalmente e fisicamente. Quando le strade di Ben e Reggie si erano incrociate per circostanze sfortunate, avevano stretto una fantastica amicizia e da allora erano stati quasi inseparabili.

Ma ora, nella squallida e fumosa sala che Reggie aveva scelto per il loro "unico drink", Ben si sentiva come se desiderasse che lui e Reggie non si fossero mai incontrati. Ecco un uomo così concentrato sul suo lavoro, così allineato con la sua missione, che si sarebbe imbarcato su una nave da crociera per interrompere le vacanze dei suoi cosiddetti amici. Ben era frustrato per il fatto di dover perdere tempo ad ascoltare il suo discorso, ma era anche frustrato per il fatto di *volerlo* ascoltare.

"Qualunque cosa sia", iniziò Ben, "noi non la faremo".

"Calma, Ben", disse Reggie. "Abbiamo appena preso i nostri drink".

Julie sgranò gli occhi. "Abbiamo appena preso il *terzo* drink".

Avevano trascorso l'ultima ora a chiacchierare: anche se era difficile ammettere che Ben era contento di vedere il suo amico, *era* contento di raggiungerlo. Reggie gli piaceva. Sapeva solo che c'era qualcosa di più sotto la superficie. C'era un *motivo per cui si* era imbucato nella loro vacanza.

Reggie alzò le mani in segno di finta resa. "Bene, bene. Mi avete fregato. A proposito, offro io da bere".

"Lo sappiamo", disse Ben. "Perché siete qui?"

Reggie guardò il suo orologio, un oggetto militare ridicolmente sovradimensionato che Ben gli aveva già visto usare come arma. "In questo momento", disse Reggie, "siamo diretti verso nord. Giusto? Verso la Florida?".

"È lì che finisce la crociera, sì".

"Il signor E vuole che diamo un'occhiata a qualcosa laggiù".

"Florida?"

"Al largo della costa della Florida".

"Quindi le chiavi?"

Reggie scosse la testa. "Dall'altra parte. A est della Florida".

Julie aggrottò le sopracciglia. "Come le Bahamas?"

"Più a nord, in realtà".

"In mezzo all'oceano?". Chiese Julie. "Mi sembra un brutto posto dove mettere qualsiasi cosa, proprio là fuori dove c'è la possibilità di essere colpiti dagli uragani".

"Lo è, secondo me. Ma è lì che stiamo andando".

"È lì che *ti stai* dirigendo".

Reggie sorrise. "So che non vuoi essere coinvolto, Ben", disse Reggie. "Ma abbiamo bisogno del tuo aiuto. *Entrambi*".

"Siamo in vacanza. Ce ne siamo già occupati".

"L'abbiamo fatto. Ma non avete ancora saputo di cosa *si tratta*".

Ben incrociò le braccia. Il barista, un uomo che sembrava avere circa novant'anni, lo prese come un affronto e indietreggiò lentamente dal bordo del bancone. "Non c'è bisogno di sapere di cosa si tratta. Sono qui con mia *moglie*, Reggie".

"Fidanzata", ha detto Reggie. "Hai altri due mesi di tempo".

Ben guardò l'uomo seduto accanto a lui. "Esponi il tuo caso, e fallo in fretta. Abbiamo la cena alle otto". Gli occhi di Reggie si allargarono, ma prima che potesse dire qualcosa, Ben intervenne. "E *no*, non sei invitato".

"Ok, ok. Ecco come stanno le cose. Il signor E vuole che controlliamo qualcosa nella zona. Come ho detto, al largo della costa della Florida, a circa quaranta miglia a est di Palm Beach e venti a nord delle Bahamas".

"Che tipo di cose stiamo 'controllando'?".

"È un parco".

"Un *parco*?"

"Sì, come un parco naturale o qualcosa del genere".

"Un *parco naturale* in mezzo all'oceano?". Chiese Julie. Afferrò il suo bicchiere, un vodka cranberry fatto con vodka alla vaniglia, un nuovo intruglio che aveva scoperto di recente.

"Un parco naturale al largo della costa della Florida, sì", disse Reggie. "Non ne so molto di più di questo. Ma abbiamo un pass per una settimana".

"Se non ne sai di più, perché E ha bisogno di noi lì?".

Reggie scrollò le spalle. "Non l'ho mai chiesto". Ben lo guardò, non credendo al suo amico.

"Se dovessi indovinare?" Chiese Julie.

"Se dovessi tirare a indovinare, direi che ci vuole lì perché è il nostro *capo* e *ci ha detto di farlo*"."

Ben fece cenno di alzarsi, afferrando i braccioli di pelle della sedia e spingendosi verso l'alto. Le teste di Julie e Reggie si girarono di scatto verso di lui. "Ben..." disse Julie.

"No. Ho finito qui", disse Ben. Annusò. Il barista si affacciò e Ben gli fece un rapido cenno.

Reggie si alzò subito dopo, raggiungendo la spalla di Ben.

"Ascolta, amico", disse. "Non so di cosa si tratti. Ma so che non sarebbe nemmeno sul radar se il signor E non lo ritenesse importante. Addirittura cruciale".

Ben incrociò le braccia sul petto mentre Julie si alzava in piedi. "Non mentirmi, Reggie".

"Ben", disse ancora Julie.

Ben aspettava. Osservò il volto di Reggie. Si indurì, si ammorbidì di nuovo, poi abbassò lo sguardo e sorrise. "Ok, va bene. So *un po' di* cosa si tratta. Non il gioco finale, e nemmeno il vero 'perché', ma conosco il motivo per cui ci hanno mandato lì".

"E che cos'è?", chiese.

"La squadra di sicurezza del parco. Sono stati appena assunti, con un contratto di lavoro del dipartimento del parco".

"E?"

"E si tratta di una società chiamata Ravenshadow".

CAPITOLO 8

JULIE OSSERVÒ il linguaggio del corpo del suo fidanzato. Non era una maestra nel leggere i sottili indizi dei movimenti e delle espressioni facciali, ma era meglio della media. Per rendere le cose più facili, Ben era quasi incapace di nasconderle i suoi sentimenti. Lei pensava che lo facesse apposta, che la lasciasse entrare, che le permettesse di conoscerlo meglio, ma si scoprì che era in grado di leggere Ben più facilmente di chiunque altro avesse mai incontrato.

E questo lo faceva impazzire.

Cercava di nasconderle le sue emozioni, il che le rendeva solo più evidenti. Se era arrabbiato, teneva il broncio e aggrottava la fronte, poi si girava dall'altra parte in modo che lei non potesse vederlo in faccia.

Ora, in piedi nell'atmosfera fumosa delle profondità della nave da crociera, circondata da vecchi che sbuffavano sigari e dalle loro sfortunate mogli, si stupì di ciò che vide nella reazione di lui alle parole di Reggie.

Un'inversione completa. Un salto mortale, dall'amico riluttante e frustrato all'uomo impaziente e troppo entusiasta di andare. Lui faceva del suo meglio per nasconderlo, ma lei poteva vederlo dappertutto: le braccia che si rilassavano e si stringevano in continuazione, i palmi delle mani che si chiudevano e si riaprivano e la fronte che si corrugava. Stava pensando, cercando di capire come tenere i suoi pensieri per sé, pur sapendo che Julie stava leggendo ogni parola del suo monologo interiore.

"Ben", disse una terza volta. Finalmente lui la guardò. La vide, come se fosse la prima volta quel giorno. "Ben, non siamo...".

"Julie", disse dolcemente. "È..."

"Lo so. Ma *no*. Noi *non ci andiamo*. Ben, pensaci. Siamo in *vacanza*. La prima che facciamo da quando, diavolo, ci siamo conosciuti".

"Una volta siamo stati al Broadmoor", ha detto.

"Siamo stati al Broadmoor prima di partire *per l'Antartide*. Per una *missione*, Ben. Non era una vacanza".

Ha lanciato un'occhiata a Reggie, poi a Julie. Si fermò su Julie. "Io... voglio trovarlo, Jules".

Strinse i denti. Abbassò lo sguardo e sentì il viso arrossire. *Non volevo pensare a questo. Di tutte le cose che avremmo dovuto fare in questo viaggio, tutte erano state fatte per non dover pensare a* questo. *A* lui.

Su Joshua Jefferson.

La loro amica e leader de facto del loro piccolo gruppo, le neonate Operazioni Speciali Civili, era stata uccisa a Filadelfia per mano di un uomo che aveva rapito Julie, inseguito il resto della sua squadra in giro per la nazione e infine era fuggito senza rispondere dei suoi crimini.

L'uomo era il fondatore e amministratore delegato della società di sicurezza privata Ravenshadow.

La stessa società di sicurezza che il parco aveva assunto.

"Lo troveremo, Ben. Ma non c'è motivo di..."

"Jules, siamo *arrivati*. Siamo già al parco. Siamo ai Caraibi, più vicini di quanto potremo mai essere a lui. Reggie, quanto tempo ci vorrà...".

"Mr. E ha un elicottero in attesa sulla terraferma, in partenza da Miami domani pomeriggio. Ci vorrà un'ora di volo da lì".

"Come farà a raggiungere la nave? Non c'è un eliporto".

Reggie annuì. "Ho capito che il signor E ha organizzato un piccolo gommone che porteremo fuori dal raggio d'azione della nave, poi l'elicottero ci prenderà da lì. Questo era il compromesso, dato che la compagnia di crociere era *assolutamente* contraria a tutta questa faccenda. Se ho capito bene, la società del signor E gestisce le comunicazioni per l'intera area operativa della nave".

Julie non riusciva a credere a quello che stava sentendo. "No, Ben. Fermati. Pensaci. Non stiamo prendendo una *barca gonfiabile da* una nave da crociera per poi essere prelevati da un *elicottero in mezzo all'oceano*. È una follia".

"È l'unico modo".

Sentì tutto il suo corpo riscaldarsi. "Ascoltati. Stai già tramando. Sei già a bordo".

"Ho già deciso".

Reggie fece un passo indietro, probabilmente senza rendersene conto. Si grattò la nuca.

Julie strinse i pugni. "L'hai fatto? Davvero? Bene. Goditi il viaggio, Ben".

Si girò verso Reggie e annuì una volta, l'unica cosa che le venne in mente di fare che non l'avrebbe fatta cacciare dal salone. Se ne sarebbe andata comunque, quindi avrebbe dovuto colpirlo. Non avrebbe potuto peggiorare le cose. Voleva prenderlo a schiaffi per essere venuto qui, per essersi imbucato nella loro vacanza e avergli fatto perdere tempo.

E voleva *uccidere* Ben. Lo amava per molte ragioni, non ultima la sua costante lotta per la giustizia. Era il primo a precipitarsi in una situazione pericolosa e l'ultimo ad andarsene. Era così che si erano conosciuti, infatti, a Yellowstone, mentre correvano dietro ai terroristi che avevano piazzato e fatto esplodere una bomba sotto il vulcano attivo più grande del mondo. Era audace, resistente e anche un po' spericolato, e ciò che gli mancava in termini di formazione professionale lo compensava con la sua forza di volontà e la sua determinazione.

C'era molto da amare in quell'uomo, ma quelle stesse caratteristiche erano facili da odiare. Non si sarebbe arreso, e lei lo sapeva. Aveva deciso di trovare l'uomo che aveva ucciso Joshua Jefferson e avrebbe perseguito senza sosta quell'obiettivo finché non fosse stato raggiunto. Ci pensava costantemente da quando avevano iniziato questa vacanza e, sebbene avesse fatto del suo meglio per nasconderlo a lei e godersi il suo tempo lontano, lei glielo leggeva addosso con la stessa chiarezza con cui glielo avrebbe detto.

Era arrabbiata con lui e con se stessa per esserne rimasta sorpresa. *Sapeva che* avrebbe reagito così, non appena Reggie avesse pronunciato le parole che lei conosceva. Sarebbe stato ossessionato, concentrato su nient'altro. Reggie lo aveva venduto con una sola parola.

Ravenshadow.

Come Ben, anche lei voleva catturare il capo dell'organizzazione. Voleva vendicarsi della morte del loro amico e collega e voleva che fosse fatta giustizia. Ma non era una lottatrice: era agile quando serviva, ma cercava di tenersi *lontana dalle* risse. Ben, invece, era avventato. Abbassava la testa e si precipitava in avanti, come un toro, in qualsiasi pasticcio si trovasse dall'altra parte.

Raggiunse la serie di doppie porte aperte alla fine del lungo salone dai soffitti bassi prima che Ben la chiamasse. Aveva aspettato che lei arrivasse qui, come prova. Per vedere se aveva *davvero intenzione di* lasciarlo qui con Reggie. Era furiosa, la rabbia le saliva dentro, si sentiva tradita, spiazzata, delusa e delusa allo stesso tempo.

"Julie", disse ancora Ben, più forte. "Julie, aspetta".

Reggie non disse nulla: sapeva che era meglio così. Ben avrebbe cercato di salvare la situazione, di farla sentire a posto, ma non avrebbe cercato di *cambiarla*. Aveva già preso una decisione, e ora avrebbe cercato di prendere una decisione anche per lei.

Controllò l'orologio. *7:54.* Avrebbe fatto tardi per la cena. Era una serata formale e aveva portato il vestito perfetto per l'occasione. Non avrebbe avuto il tempo di cambiarsi ora, e odiava essere in ritardo. Era un tavolo per sei persone e c'erano altre due coppie che condividevano il loro spazio. Si sarebbe sentita in imbarazzo per essersi presentata dopo l'appuntamento fissato, e ancora di più per essersi presentata senza il suo accompagnatore.

Ignorò i richiami supplichevoli di Ben e lo lasciò in piedi al centro della sala. Si diresse verso gli ascensori e attese con impazienza l'arrivo della macchina.

Al diavolo, pensò. Ho *fame.*

CAPITOLO 9

"BENVENUTI ALL'*OCEANTECH INSTITUTE*", *ha* detto Adrian Crawford. "E benvenuti nella nuova era della scienza e dell'intrattenimento".

Fece un sorriso più ampio, sapendo che la grande fossetta sulla guancia sinistra avrebbe aumentato l'effetto. Aveva fatto innamorare più di una donna in passato e, da quando aveva raggiunto l'età adulta, aveva puntato sul suo bell'aspetto come arma segreta, un'ultima carta da giocare dopo aver usato la sua intelligenza e il suo fiuto per gli affari per concludere la vendita.

"*OceanTech* è una nuova società innovativa e un'idea all'avanguardia, finanziata dai migliori venture capital e angel business, oltre che da un convinto sostegno da parte delle principali organizzazioni scientifiche ed educative no-profit di tutto il mondo".

Ridacchiò un po' sottovoce, sottolineando e rafforzando il suo carisma e il suo modo di fare, e allo stesso tempo divertendosi a parlare con un linguaggio non convenzionale. Un voto di sostegno convinto" significava solo che diverse organizzazioni erano d'accordo con la sua visione, e "importanti organizzazioni scientifiche ed educative senza scopo di lucro" significava solo che aveva ricevuto una risposta positiva alla domanda: "Devo costruirlo?".

Era tutto marketing, tutto il tempo. Ecco a cosa si riduceva il suo lavoro. Era qualificato, uno scienziato di talento, ma questa fase del processo era puramente superficiale: portare i filantropi più facoltosi e i guru dell'imprenditoria che vedevano il potenziale di un'opportunità d'investimento prima sul mercato.

Aveva bisogno dei loro soldi, anche se un anno fa erano stati completamente finanziati. Ma i finanziamenti erano volubili. C'erano quando ne avevi bisogno, finché non c'erano più. Nessuna proiezione, analisi dei dati o budgeting poteva cambiare la realtà di una startup in crescita con grandi progetti. Le cose cambiavano e lui doveva essere preparato.

Non gli dispiaceva. Dopotutto era bravo a farlo. Il consiglio di amministrazione aveva deciso all'unanimità di affidargli la raccolta di fondi, il che gli dava ancora più potere di quanto non gliene desse il dichiarato status di "presidente e amministratore delegato".

Le persone nella stanza gli sorridevano, con la schiena dritta, mentre si agitavano l'una intorno all'altra, cercando di farsi notare di più nella stanza. Per gli uomini nella stanza era una competizione, per le donne una sessione di raccolta di informazioni per i successivi pettegolezzi e intrighi.

Crawford osservava il tutto con lieve divertimento. Queste persone erano favolosamente ricche, ognuna di loro a pieno titolo, avevano realizzato tutto ciò che desideravano nella loro vita, eppure, se ridotte alla loro natura più semplice, non erano diverse da una serie di cricche scolastiche.

"Se volete cortesemente rivolgere la vostra attenzione agli schermi dietro di me", ha continuato, "tra poco inizieremo la presentazione. Se avete bisogno di un altro drink, una delle ragazze sarà nei paraggi per offrirvi uno champagne".

Il gruppo si muoveva alla ricerca degli schermi di cui aveva parlato. Il suo divertimento crebbe quando li vide strizzare gli occhi e aggrottare le sopracciglia, cercando di capire di cosa stesse parlando. Aveva previsto la loro confusione e l'aveva inserita nella sua presentazione. L'aveva provata quattro volte, proprio questa mattina, e sapeva che si trattava di una performance di livello mondiale. La sua eccitazione cresceva in attesa della prossima grande rivelazione.

Alle sue spalle, l'intera parete posteriore curva della stanza dal soffitto basso si illuminò di un brillante colore 4K e gli altoparlanti nascosti in tutta la stanza presero vita con il suono di un rombo basso e profondo. Le luci si abbassarono automaticamente e lui sentì i sussulti e i sospiri del gruppo riunito davanti a lui. La sala era elettrica e quasi si aspettava uno scroscio di applausi.

Questo verrà dopo, lo sapeva. *Tutto a tempo debito.*

Strinse il sorriso per esaltare la fossetta, allargando gli occhi e serrando la mascella mentre fissava la donna in piedi in prima fila, con un bicchiere di champagne in mano. Era la figlia di un petroliere e la moglie di un dirigente di Wall Street, ma lui sapeva che era *anche un'*amante dei buoni spettacoli. Uno spettacolo bello e *costoso*. Aveva anche una reputazione in alcuni ambienti facoltosi che lui sperava di sfruttare un po', da qui l'invito che le aveva rivolto in precedenza a continuare un tour della sua struttura in forma più *privata*.

Lei gli sorrise di rimando, con le labbra che spingevano in fuori come un piccolo broncio, gli occhi stretti ma ancora sorridenti. L'aveva in pugno ed era solo questione di tempo prima che si gettasse su di lui. Lui si spostò, sentendo l'eccitazione salire dentro di sé.

Si schiarì la gola proprio mentre il rombo profondo si placava e veniva sostituito da una piacevole e delicata triade d'archi, che si sviluppava lentamente e si diffondeva nota per nota in un'onda musicale a cascata. Era programmata per avvolgere la stanza di suoni da ogni angolazione, senza tuttavia sovrastare la sua voce.

"*Ocean Tech* è nata come una piccola società di ricerca, di cui ero il membro fondatore e lo scienziato principale. Stavamo facendo progressi nello studio delle proprietà fenomenali di alcune delle creature più misteriose del mondo. Analizzando e sintetizzando alcuni dei composti chimici e persino genetici di alcuni di questi esemplari, *Ocean Tech* è stata in grado di portare al mondo nuovi fantastici trattamenti per i disturbi che hanno continuato ad affliggere la razza umana per secoli".

Lo schermo alle spalle di Crawford si avvolgeva intorno alla stanza e mostrava rappresentazioni grafiche ben congegnate di tutto ciò che stava descrivendo. Un filamento di DNA, esploso, fatto girare e poi ingrandito per vedere le singole catene di aminoacidi. Gli aminoacidi si legavano con altri materiali e sostanze chimiche, per poi trasformarsi in una comune pillola. Sulla parete opposta, un semplice grafico illustrava i tassi di crescita e di successo dei prodotti medici e farmaceutici *di Ocean Tech*.

"La nostra linea di chemioterapia mirata ha dimostrato un aumento radicale del tasso di guarigione e remissione dei pazienti affetti da leucemia, per esempio. E il segreto? L'abbiamo trovato negli attributi mitocondriali del comune squalo Mako".

Il gruppo applaudì, un applauso silenzioso e impacciato, quando si accorsero di avere tutti in mano dei bicchieri di champagne. Adrian Crawford ha sorriso, allargando le braccia in un drammatico gesto di attenzione, poi ha continuato. "Ma sapevamo di poter fare *molto di più...*".

Lo schermo curvo si oscurò, in perfetto orario con il discorso di Crawford. L'intera stanza scomparve nell'oscurità e lui aspettò. *Tre... due... uno...*

Un minuscolo punto di luce si sviluppò in una sfera vorticosa e rotante al centro del gigantesco schermo curvo. Si era messo di lato per non ostruire la visuale, fissando il gruppo davanti a sé. Poteva vedere il bianco dei loro occhi, il riflesso scintillante della sfera nei loro occhiali, ma per il resto erano fantasmi dall'altra parte della stanza.

La sfera crebbe, ruotando più velocemente e assumendo una tonalità bluastra mentre si espandeva fino a riempire metà del centro dello schermo. La musica aumentò, un ostinato basso di violoncello con un tremolo di violino su note intere lente e ascendenti. Era drammatica, forse eccessiva, ma Adrian Crawford sapeva cosa stava facendo.

Vendita.

"Quello che vedete è una drammatizzazione della crescita delle strutture cellulari sintetiche con cui abbiamo lavorato". Fece una pausa, guardandosi intorno mentre i volti tornavano in vista. "Una *drammatizzazione* perché di solito non c'è musica quando accade".

Una risata si diffuse in tutta la stanza.

"Stiamo esplorando le possibilità di queste cellule sintetiche, ora che abbiamo la tecnologia per crearle. Pensate a una combinazione di ricerca sulle cellule staminali e nanotecnologia: un matrimonio perfetto tra due campi di ricerca all'avanguardia e, aggiungerei, un po' controversi. Ma, come tutti sappiamo, c'è una differenza tra le polemiche di *natura politica* e la ricerca scientifica *reale e tangibile*".

Osservò l'uomo in fondo, un senatore dell'Illinois largo e tarchiato. L'uomo sorrideva, accettando lo scherzo senza alcun segno di offesa. Queste persone erano tutte dalla parte di Crawford - se ne era assicurato molto prima di invitarli qui a chiedere soldi - e sapeva che qualche battuta verso la parte della barricata dei media sulla questione sarebbe stata ben accolta qui.

Il video continuava, la cella si divideva in un paio di luci bianche accecanti che crescevano, si gonfiavano e pulsavano di vita. Era stato fatto in modo magistrale, e si segnò mentalmente di inviare un cesto di frutta alla società che avevano ingaggiato per realizzarlo. "Queste cellule sintetiche costituiranno l'anello mancante della medicina", ha detto. "Speriamo che possano colmare il divario tra le sezioni di DNA dormiente che si trovano a frotte nel nucleo delle cellule umane e i moderni progressi della scienza".

Il video si concluse con la mitosi cellulare, con le piccole sfere che si dividevano e si dividevano ancora, fino a riempire lo schermo e a premere l'una contro l'altra, provocando una luce bianca e brillante che consumava completamente il display curvo del televisore. Illuminò la stanza da dietro e Crawford capì di essere una sagoma, solo la sagoma di un uomo.

"Ma la cosa più bella è che stiamo colmando il divario tra *scienza* e *umanità*. Per millenni, la scienza è stata relegata al regno dei brillanti, dei geni e degli intellettualmente superiori. Il pubblico in generale ha potuto beneficiare dei loro sforzi, ma non ha potuto *parteciparvi* attivamente.

"L'*Ocean Tech Institute* è il primo nel suo genere: un parco incentrato sull'educazione attraverso l'intrattenimento, un concetto già sperimentato in passato ma sempre fallito. L'*Istituto* sarà un laboratorio d'eccellenza e all'avanguardia, ma sarà trasparente in tutto e per tutto. La ricerca che si svolge qui sarà osservabile a tutti i livelli. Le famiglie potranno godere di un'atmosfera lussuosa e di una cucina fenomenale, e partecipare a una serie di attività scientifiche che stimolano l'immaginazione, promuovono la meraviglia infantile che tutti abbiamo provato e, soprattutto, introducono domande a cui *è necessario* dare risposta.

"*Ocean Tech* è quasi completato e stiamo operando quasi a pieno regime. Siamo un po' a corto di personale, ma per questo motivo sarete i nostri unici ospiti per la prossima settimana".

Adrian Crawford fece un passo in avanti, sotto l'illuminazione dall'alto e quella laterale dell'alcova che lo rimise a fuoco. Il suo sorriso si affievolì, un'espressione di serietà e intensità. "Voglio che vi divertiate qui. Voglio che sperimentiate ciò che abbiamo *veramente*

costruito: un hotel resort di lusso a cinque stelle galleggiante, progettato per catturare le vostre menti e introdurre nuove idee che pensa-
vate fossero solo sogni.

"Ci sono domande?"

La sala è esplosa in un applauso.

CAPITOLO 10

LA CENA FU SORPRENDENTEMENTE INSIPIDA. Julie aveva davanti a sé un piatto unico: coda di aragosta, controfiletto, aioli allo scalogno e verdure estive al vapore. C'erano due bicchieri di vino, perché non era sicura se scegliere il bianco o il rosso per la cena a base di pesce, ma non aveva bevuto nessuno dei due.

Le coppie intorno a lei avevano cominciato a ignorarla, capendo intuitivamente che era in difficoltà. Era buffo per lei come le persone diventassero *più* imbarazzanti cercando di non esserlo. Sarebbe stato meglio per loro far finta che lei stesse bene, farle domande sulla sua giornata e chiudere la questione.

Ma non poteva fingere di stare bene. Era arrabbiata con Ben e con il fatto che Reggie avesse pensato bene di trovarli e di parlar loro di questa missione. Il signor E avrebbe capito, e anche se non l'avesse fatto la signora E l'avrebbe convinto che era una cattiva idea requisire una vacanza di coppia per motivi di lavoro.

Capiva la pressione: erano vicini a Ravenshadow e al loro capo. Il Falco, o Vicente Garza, era uno spietato criminale che si nascondeva con successo dietro la facciata di una forza mercenaria privata, operante nel pieno rispetto della legge degli Stati Uniti. Ma aveva già commesso atti atroci in passato e Reggie, che lo conosceva da molto tempo prima del loro incontro di un paio di mesi fa, li aveva informati delle sue specifiche rimostranze nei confronti dell'uomo.

Ma questo non giustificava né Reggie né Ben. Non giustificava i signori E dal mandarlo qui.

E questo non giustificava nessuno di loro dal costringere Julie a interessarsene.

Si sedette a cena in silenzio, riflettendo. L'avevano presa in giro, tutti quanti, sapendo che era testarda quasi quanto Ben. Aveva passato un mese a lavorare fianco a fianco con il suo fidanzato per cercare di rintracciare il Falco e la sua contorta squadra di assassini, senza alcun risultato, e alla fine avevano deciso di arrendersi finché non avessero avuto una pista. Erano andati in vacanza, cercando di dimenticare tutto questo, di dimenticare Joshua Jefferson e il suo brutale omicidio, il rapimento e la tortura di Julie e il loro misero fallimento a Philadelphia.

Ma le importava ancora. Non poteva nasconderlo a se stessa, anche se lo aveva efficacemente nascosto a Ben.

Sapeva di voler trovare il Falco e sapeva che avrebbe seguito Ben ovunque avesse deciso di andare. Lui aveva bisogno di lei, anche se non se ne rendeva conto. Tutti loro avevano bisogno di lei e lei aveva bisogno di loro. Erano una squadra ora, e lei non era utile a nessuno seduto al tavolo di un enorme ristorante a poppa di una nave da crociera, di fronte a un'infinità di cibi.

Julie scosse la testa. Sorrise un po', per dispetto. Non ne era felice. Per niente. Ma era la verità, e lei era sempre stata una che si concentrava sulla verità e sul suo significato piuttosto che sul desiderio emotivo che avrebbe potuto ingannarla nel prendere la decisione sbagliata. La verità era che *voleva* trovarlo, *voleva* stare di nuovo con la squadra e *voleva* rimanere sulla nave da crociera a godersi la vacanza.

Ma quella nave era salpata. Nessuno dei due sarebbe stato in grado di godersi qualcosa se fosse rimasto qui. Nessuno di loro sarebbe stato più vicino a rintracciare Ravenshadow e a rendere giustizia al Falco, e avrebbero rimpianto per sempre di non aver colto l'occasione quando l'avevano avuta.

Maledetto Reggie, pensò.

Si schiarì la gola. Gli altri presenti al tavolo la guardarono. Una coppia dell'Iowa da un lato, una specie di agricoltore e sua moglie, entrambi grossi e muscolosi, che indossavano abiti eleganti che a malapena entravano nei loro petti uguali. Due uomini alla sua destra, una coppia di Miami in luna di miele, uno investitore e l'altro sedicente "marito trofeo". Sorridevano, l'imbarazzante attesa era evidente in tutti e quattro gli occhi.

"Mi dispiace", disse lei. "Ho avuto una giornata difficile. Mi scuso per non aver partecipato molto alla conversazione. Temo di dover andare".

Il marito trofeo le sorrise e pose la mano sulla sua. "Tesoro, va tutto bene. Vai a riprenderti quel fusto di uomo. Vale ogni..."

Il marito dell'uomo grugnì e lo interruppe. "Siamo con te, Julie. Non preoccuparti, rilassati e goditi il viaggio. Saremo qui domani sera, alla stessa ora. Non c'è bisogno di scusarsi". Le rivolse un sorriso genuino e ricco.

Lei ricambiò il sorriso alzandosi in piedi. Anche l'agricoltore dal torace robusto si alzò, ma era troppo tardi per aiutarla a sistemare la sedia, così lei gli fece un cenno educato e la infilò di nuovo sotto la tovaglia. Il gruppo la guardò raccogliere la sua pochette e la coppia alla sua destra la salutò con un cenno della mano mentre lei si voltava per andarsene.

Bella gente, pensò. *Peccato che non mi unirò a loro domani sera.*

CAPITOLO 11

"PRIMA CI FERMIAMO ALLE BAHAMAS", urlò Reggie nella cuffia. Il battito del lavaggio dei rotori riempiva ogni poro, faceva vibrare ogni osso del suo corpo. "Nassau. Non è sulla strada, ma era il volo più economico, credo".

"Il volo più economico per chi?" Chiese Ben. Era seduto nell'elicottero accanto a Julie, rivolto in avanti, proprio di fronte a Reggie. I tre avevano raggiunto le coordinate GPS dopo essere stati calati nell'oceano dal ponte superiore della nave da crociera con il gommone. Reggie non aveva paura di volare, ma avrebbe fatto del suo meglio per non dover mai più fare un giro su una carrucola di una nave da crociera in un gommone gonfiabile.

"Ci incontriamo con un medico. Lei viene con noi come supporto".

"Qual è la sua specialità?"

Reggie scrollò le spalle. "Probabilmente si tratta di un medico? Non l'ho organizzato io, non ne sono sicuro".

Julie sorrise. "Quindi siamo in quattro, in totale. Qual è la missione?".

"Recon, soprattutto. Il parco si chiama *OceanTech Institute*. Cerca di sfruttare una nicchia di mercato di famiglie nerd interessate e abbastanza ricche per una vacanza di lusso all'insegna dell'apprendimento e della scienza".

Ben arricciò il naso. "Sembra terribile. Come un campeggio in un museo per bambini".

"Nemmeno io mi aspetto molto", ha detto Reggie. "Ma E mi ha detto che hanno consolidato un'incredibile quantità di investimenti angelici iniziali e che hanno alcune società di venture capital pronte a fare il giro di boa. Inoltre, il loro amministratore delegato e presidente, Adrian Crawford, in passato ha fatto molto bene. Il suo consiglio di amministrazione è composto anche da una ricca élite della comunità scientifica e medica".

"Quindi hanno i soldi".

"Ne hanno abbastanza. Il parco stesso è una struttura semi-galleggiante al largo della costa della Florida e il suo sito web lo descrive come un 'resort di lusso all-inclusive con tutti i servizi che una famiglia può desiderare'".

"Sembra elegante", disse Julie. Le sue cuffie erano più grandi della sua testa e faceva continuamente fatica a tenerle in equilibrio tra le orecchie. "Forse sarà bello come la nave da crociera".

Reggie sapeva cosa stava insinuando. *Forse la nostra vacanza* non *finirà così presto. Forse questo posto sarà altrettanto rilassante.*

Poteva solo sperare.

"Dovremmo trovare Ravenshadow, vedere se riusciamo a localizzare Garza nel parco e portarlo dentro".

"Portarlo dentro? Non siamo poliziotti, Reggie".

"Inoltre non siamo esattamente dei civili. Cioè, *lo siamo*, ma abbiamo l'appoggio dei capi militari. Quindi siamo noi: entriamo, cerchiamo di trovarlo e lo riportiamo fuori *con discrezione*".

"Come?"

"Come lo prendiamo?"

"Come facciamo a tornare fuori?".

Reggie annuì. "Il nostro elicottero tornerà tra tre giorni. Ci faremo un'idea della struttura, ci divertiremo i primi due giorni, terremo gli occhi aperti e faremo la nostra mossa il terzo giorno".

"E se perdiamo il nostro passaggio?".

Sorrise. "Voi due sapete nuotare?".

Julie sorrise. "Giusto. Davvero, il nostro piano si basa sul tempismo? Dobbiamo arrivare a Garza nel momento perfetto per farlo fuori, arrestarlo e poi portarlo all'elicottero al momento giusto? E i suoi uomini? E il fatto che Garza stesso è un *assassino addestrato*?".

"Non è il piano più completo, lo ammetto", ha detto Reggie.

Gli occhi di Ben si allargarono.

"Ma potremo risolvere il problema una volta atterrati. Una volta che ci saremo fatti un'idea del parco potremo fare un piano più solido. Forse hanno un equipaggio ridotto all'osso, no? Mr. E ha detto che non sono ancora a pieno regime con il personale e gli impiegati, e gli unici altri ospiti del parco saranno una manciata di investitori, in visita prolungata".

Ben sospirò. "Ci sono altri civili lì? Reggie, questo è già un casino".

Reggie sorrise. "Cosa abbiamo mai fatto insieme che *non sia stato* un casino? Sentite, ragazzi, non è un problema così grande. O cerchiamo di prendere il Falco, o non lo facciamo. Non è un'operazione pianificata a lungo termine, è un'*opportunità*. Mr. E voleva sfruttare la nostra situazione. Voi due eravate vicini, io ero a un volo di distanza, e possiamo sfruttare il tempismo".

Ben si accigliò. "Significa che non sanno che stiamo arrivando?".

Reggie scosse la testa. "Non proprio. Il gestore di questo posto, Adrian Crawford, è stato più che felice di ospitarci; da quello che ho sentito, ha organizzato una festa di benvenuto. I vantaggi dell'essere CSO, immagino".

Era vero: ultimamente erano finiti sulla maggior parte dei principali quotidiani del Paese, a causa dei loro viaggi e delle loro avventure. La maggior parte dei resoconti era stata addomesticata e annacquata per dare loro la plausibilità necessaria e per garantire che non venissero rivelati dettagli espliciti, ma l'effetto era lo stesso. A questo punto erano considerati delle celebrità di serie B. Il pubblico amava l'idea che "persone normali" come loro affrontassero alcune delle sfide della nazione. Le forze armate erano troppo grandi, troppo frammentate e troppo disorganizzate per preoccuparsi delle questioni più piccole, e le forze dell'ordine locali e regionali spesso si scontravano con vincoli di bilancio, risorse e conflitti di priorità per occuparsene.

La CSO aveva carta bianca per intromettersi negli affari interni, purché non si trattasse di un'operazione militare in corso o di un'operazione a livello statale. I membri del consiglio della CSO provenivano da tutti i rami dell'esercito e approvavano le operazioni della squadra o le negavano, fornendo solo le informazioni sufficienti a giustificare la loro decisione.

Era un buon accordo e Reggie non aveva dubbi che il motivo per cui aveva avuto tanto successo finora era dovuto in gran parte alla vasta influenza e alla rete di Mr. E, oltre che alle dimensioni del suo portafoglio. Per Reggie, ex cecchino dell'esercito, la maggiore libertà era un'attrattiva sufficiente per il gruppo, anche senza considerare la fenomenale retribuzione.

"Ma Ravenshadow *non* lo sa", disse Julie. "È questo che stai dicendo?".

"È quello che penso. Non so se Crawford sia in rapporti stretti con Garza, ma non posso immaginare che dica alla sua sicurezza i nomi di ogni singola persona che entra nel suo parco".

"Probabilmente no", disse Ben. "Ma non c'è ancora nessuno *al* parco, ricordi? Solo una manciata di investitori e noi. Spiccheremo come un dito dolente".

"Forse", ha detto Reggie. "Ma scommetto che Garza sarà impegnato a sistemare i suoi sistemi e a preparare tutto per il lancio del parco tra un mese. Saremo sotto gli occhi di tutti perché saremo solo turisti. Entreremo e usciremo, speriamo con il Falco al seguito".

"Speriamo".

CAPITOLO 12

MENTRE ASPETTAVANO sulla pista dell'aeroporto di Nassau, Ben si rese conto di una cosa improvvisa. L'elicottero non era sceso, perché erano lì solo per fare rifornimento e prendere il quarto passeggero. Era seduto con Julie appoggiata al suo fianco, addormentata. Reggie sorrideva di qualcosa che stava guardando sul suo telefono, lasciando Ben ai suoi pensieri, una proposta alquanto pericolosa.

La consapevolezza che aveva avuto era che aveva *deciso*. Era una sola parola, una semplice parola. Aveva *deciso* e ora era *qui*.

Era una specie di breve storia della sua vita, composta da una sola parola. A diciotto anni aveva *deciso* di scappare di casa e di lavorare per diventare un ranger, finendo poi a Yellowstone. Aveva *deciso* di rimanere lì, di vivere una vita da recluso e un po' ritirato dal resto del personale e della squadra, fino a quando non aveva incontrato Julie. Lei era entrata nella sua vita come un turbine, prendendolo e portandolo via per aiutarlo a risolvere un crimine, ma ora si rendeva conto che era stato lui a *decidere*. Era stata una decisione consapevole e attiva. Qualcosa su cui aveva potuto scegliere, e aveva scelto di seguirla.

Aveva scelto di essere coinvolto nella CSO appena costituita e di accettare il ruolo che gli era stato affidato.

Se la si guarda con questa lente, nessuna delle sue vite è stata un incidente. Certo, erano successe cose su cui non aveva alcun controllo, ma a ogni passo, quando gli era stata data una scelta da fare, aveva preso una *decisione*.

Era davvero sconfortante. Sapere che la sua vita *era* sua, che era qualcosa di cui aveva quasi il pieno controllo. Non era sicuro se gli piacesse o meno. Non era sicuro che gli piacesse perché non era sicuro di ciò che *voleva* veramente. Amava Julie con tutto il cuore, di questo era sicuro. Ma l'aveva accompagnata durante il loro corteggiamento, permettendole di prendere l'iniziativa su cose come l'organizzazione del matrimonio, delle vacanze e di ogni altra decisione importante.

Ma questa, di per sé, era una *decisione*.

Aveva *deciso* di mettersi in secondo piano. Aveva *deciso di* non preoccuparsi di queste cose. E ora se ne stava rendendo conto.

Cosa sarebbe cambiato se avessi deciso qualcosa di diverso tutte quelle volte? Dove sarei?

Non poteva essere sicuro di nulla, ma era quasi certo che non sarebbe stato *qui* vicino. Non sarebbe stato neanche lontanamente vicino alle Bahamas, fermandosi sulla strada per esaminare un "parco scientifico", e non sarebbe stato con Julie o Reggie.

Non avrebbe combattuto una guerra contro un uomo che un anno prima aveva ucciso un uomo che conosceva appena.

Sbadigliò, sentendo il peso dei pensieri che gli giravano per la mente e la stanchezza del viaggio che lo colpivano tutti insieme. Per un momento desiderò di essere Julie, abbastanza piccola da poter infilare i piedi sotto di sé e accoccolarsi al fianco di Ben e stare davvero comoda. Lui era troppo grande per farlo. Alto, con le spalle larghe e, grazie all'aiuto di Reggie nell'ultimo semestre, in ottima forma. Ma questo rendeva ancora più difficile mettersi a proprio agio. Non poteva riposare su un arto in particolare, perché il suo peso corporeo l'avrebbe fatto addormentare in pochi minuti, e non poteva accucciarsi e riposare perché non c'erano molte sedie o sedili al mondo abbastanza grandi da poter essere utili.

Osservò l'asfalto, concentrandosi sulle linee ondulate di calore che si alzavano dal cemento. Fuori faceva caldo, ma all'interno dell'elicottero c'erano 65 gradi. Era umido, il che lo faceva sembrare più fresco, ma lui non si lamentava. Gli piaceva la sensazione del freddo che si infrangeva sulla sua pelle.

Una porta si aprì sul lato di un edificio vicino e vide uscire un uomo che portava una valigia in una mano. Era del tipo con le ruote, ma l'uomo doveva sentire il bisogno di mettersi alla prova, perché la trasportava in un modo che lo faceva pendere quasi di 45 gradi di lato per bilanciarla correttamente.

Dietro l'uomo e la valigia, una donna varcò la soglia e uscì sull'asfalto bollente. Ben si sentì raddrizzare, poi si rilassò per non svegliare Julie. Ma i suoi occhi erano fissi sulla donna. Alta, magra, con la pelle scurita dal sole e i capelli neri e ricci, la donna sembrava aver trascorso tutta la sua vita sull'isola. Indossava pantaloncini cargo corti e attillati, ripiegati in basso, scarponcini da trekking e calzini bassi alla caviglia, che lasciavano intravedere quasi tutte le sue gambe perfettamente formate. Brillavano alla luce del sole, il loro colore marrone intenso contrastava con il bianco del cemento sotto di lei.

Lei scivolò in avanti più che camminare, e lui la osservò per tutto il tempo. Anche il suo viso era lungo e sottile, con lineamenti piccoli e occhi che sembravano spuntare da sotto la pelle.

La camicetta celeste era abbottonata fino al secondo bottone e lui poteva vedere una grande collana di perline appesa al collo. Portava una cavigliera abbinata.

Reggie fischiò. "Wow", disse. "Sembra che questo viaggio sia appena diventato molto più divertente".

Ben lanciò un'occhiata all'amico. "Sei disgustoso. Cos'è, hai intenzione di invitarla a cena?".

Reggie sorrise. "Mangiamo tutti insieme, credo. Quindi sì, forse. A meno che tu non voglia chiederlo prima a lei, nel qual caso vedrò cosa sta combinando Julie".

"Risparmiati, amico", disse Ben. "È meglio che tu tenga d'occhio il dottore".

La dottoressa si avvicinò al lato dell'elicottero e si mise una mano sulla testa per proteggersi i capelli. L'uomo lottò contro il peso della valigia e finalmente la posò quando lei raggiunse il portellone aperto. Reggie si sporse per afferrare il bagaglio e lo issò all'interno, senza sforzo. L'uomo lo guardò con rimprovero, ma Reggie si limitò ad allargare il sorriso.

"Reggie", urlò alla donna.

"Cosa?", urlò lei in risposta.

Salì sulla scala ed entrò nell'hangar dell'elicottero, poi si guardò intorno per cercare un posto a sedere. Julie si svegliò, si stiracchiò, guardò la donna e le fece un cenno.

"Ho detto che mi chiamo Reggie!".

"Ehi, amico", disse Ben nel microfono delle cuffie. "Ti sentiamo tutti forte e chiaro. Smettila di farmi saltare i timpani".

Si mise a ridere, poi prese il quarto paio di cuffie di protezione per le orecchie che penzolavano dietro il sedile e le offrì alla dottoressa. Aspettò che le indossasse, poi ripartì. "Mi chiamo Reggie", disse.

Lei sorrise, annuendo. "Piacere di conoscerla. Dottoressa Sarah Lindgren".

"Lindgren", disse Julie. "Svedese?"

Lei annuì. "Sono svedese-americana". Rise, una risata facile e calda. "Non sembro molto svedese, lo so. Sono cresciuta alle Isole Cayman, ma mio padre, Graham Lindgren, è svedese. Mia madre è giamaicana e io ho preso il suo aspetto".

Julie si spostò sulla sedia per rivolgersi a Sarah. "*Professor* Graham Lindgren?"

Sarah sorrise, impressionata. "Sì - hai sentito parlare di lui?".

"Ho fatto un semestre a Cambridge. Non insegnava lì?".

Lei annuì. "Sì, credo che l'abbia fatto. Professore ospite per qualche anno. Ha studiato archeologia?".

Julie ha riso. "Ho un master in informatica e una laurea in sistemi informativi. Ma sono *uscita con* un ragazzo che studiava antropologia e una volta mi ha trascinato alla conferenza di tuo padre. La sua idea di appuntamento".

Ben osservò lo scambio con divertimento, leggendo gli indizi facciali di Julie mentre spiegava questa parte del suo passato. Una parte che, notò, non *gli* aveva mai spiegato.

"E chi era questo cavaliere dall'armatura splendente?". Chiese Ben.

Julie sembrò per un attimo sorpresa, come se avesse dimenticato che tutti gli altri presenti nell'elicottero potevano sentire la sua conversazione con il nuovo arrivato, ma Sarah Lindgren si chinò facilmente in avanti e allungò la mano. "Tu devi essere Ben", disse.

Annuì. "È un piacere".

"Tutto mio", disse lei. Si guardarono per un attimo, poi lei si voltò verso Julie. "E sì", disse. "Anch'io sono interessata a sapere tutto su questo 'cavaliere dall'armatura scintillante'".

Julie arrossì. "Beh, era un'avventura. Solo un anno, forse. Il punto è che ricordo *molto* di più la conferenza di tuo padre che il ragazzo con cui sono andata".

"Oh?"

"Ha fatto una presentazione fenomenale. Ha parlato dell'idea che potrebbe esserci stata una 'razza padrona' che ha seminato diverse aree del mondo dopo che un evento cataclismatico ha cancellato la loro civiltà dalla mappa".

La testa di Sarah cadde all'indietro mentre sorrideva. "Ah, sì. La vecchia teoria degli 'antichi alieni'. Ne ho sentite di tutti i colori quando ero piccola. Ci ha trascinato in giro per il mondo per cercare di trovarne le prove".

"Alieni?" Chiese Reggie.

"Beh, non ci credeva necessariamente. Ma questa era la critica comune dei suoi coetanei. Tutti sembravano pensare che gli esseri umani si fossero alzati un giorno e avessero iniziato a camminare, raggiungendo alla fine tutti gli angoli del globo. Anche se nessuno sa *cosa sia* successo esattamente, è opinione comune che si siano diffusi *per primi* e che poi si *siano* sviluppati in sacche di civiltà".

"E tuo padre credeva che ci fosse una civiltà *prima di* tutto questo, giusto?". Chiese Julie.

"Precisamente. Ha esaminato le somiglianze tra le società antiche e i miti della creazione di tutto il mondo, analizzando le analogie. Alla fine ha creduto che ci fosse una razza di persone che si è diffusa dopo la distruzione della loro casa, raggiungendo queste società primitive e insegnando loro cose come l'agricoltura, la medicina e l'architettura".

L'elicottero cominciò a sollevarsi e Ben si strinse involontariamente la cintura di sicurezza. Il loro pilota era un professionista e non sentì quasi il sobbalzo del sollevamento dai pattini, ma fu l'accelerazione, contro la direzione della forza di gravità, a scuoterlo. Odiava volare. Lo aveva sempre fatto, anche se non era mai stato sicuro di aver sviluppato questa fobia.

Reggie e Julie amavano prenderlo in giro per questo, soprattutto perché trascorrevano molto del loro tempo nel CSO volando in un posto o nell'altro. Reggie era un pilota addestrato, piuttosto capace, e durante i viaggi dalla cabina ad Anchorage con il piccolo Cessna di proprietà del CSO, spesso coglieva l'occasione per far vivere a Ben un'esperienza da brivido, lanciandolo in una rapida picchiata o lanciando l'aereo in una direzione con una brusca rotazione. "Schivare un uccello", diceva. Ben non rideva mai.

L'elicottero continuò a salire e lui fece del suo meglio per ascoltare il resto della conversazione tra Sarah e Julie. Era una donna interessante, cresciuta con la saggezza archeologica dell'ossessione paterna, e senza dubbio aveva raccolto un bel po' di nozioni lungo la strada. Ma anche la sua carriera era impressionante: una laurea in Biologia evolutiva e una in Archeologia e Antropologia sociale all'Università di Edimburgo, e un dottorato in Antropologia all'Australian National University.

Inoltre, era umile. Carismatica, gentile e pronta a rispondere alle loro domande con una domanda a sua volta, Ben la prese subito in simpatia.

Notò che anche Reggie lo faceva.

Il suo amico era scivolato sul sedile dell'elicottero fino a dove la cintura glielo permetteva e il suo braccio era appollaiato precariamente vicino alla mano di lei. Era incollato al suo viso, osservando e recependo ogni parola che lei pronunciava come se fosse un profeta. Se lei se ne accorgeva, non lo dava a vedere.

Ben era divertito, sapendo che quel comportamento era tipico di Reggie. Era divorziato, attualmente single, e pensava molto bene di sé. Era un bell'uomo, alto, in forma, che si portava come un militare, con spalle forti e larghe e una mascella cesellata che avrebbe fatto la sua figura in un giocattolo dei GI Joe.

Ma Sarah sembrava molto più interessata a chiacchierare con Julie. La conversazione passò dal suo passato a quello di Julie, poi a come aveva conosciuto Ben e infine si trasformò in una chiacchierata tra ragazze, discutendo degli ultimi reality show che nessuna delle due aveva tempo di guardare.

Ben e Reggie li fissarono mentre parlavano, aspettando una pausa nella conversazione, che però non arrivò mai. Un'ora passò in fretta e Ben stava per addormentarsi contro il ronzio e le vibrazioni dello scafo dell'elicottero, quando la voce del pilota entrò nelle sue cuffie.

"Siamo qui", disse. "Mancano due minuti, ma dovresti riuscire a vedere l'anello esterno del parco dalla tua finestra, Ben".

Ben guardò l'acqua, il riflesso del sole era luminoso e gli affaticava gli occhi. Ci volle un attimo perché i suoi occhi si adattassero, ma poi, all'orizzonte, lo vide.

CAPITOLO 13

COME AVEVA DETTO IL PILOTA, la prima cosa che Ben vide fu un cerchio che si estendeva da est a ovest quasi fino a dove poteva vedere. All'inizio sembrava essere nient'altro che una linea all'orizzonte, come un molo biancastro che sporgeva dalla costa, ma non c'era alcuna linea di costa in vista.

Man mano che si avvicinavano con l'elicottero, poteva vedere i bordi, come si ripiegavano su se stessi per formare l'"anello" che il pilota aveva descritto. Se avesse dovuto tirare a indovinare, avrebbe detto che il parco aveva un diametro di un chilometro e mezzo, ma non c'era molto altro da fare se non l'intuito. L'oceano si estendeva su tutti i lati, dominando il paesaggio e oscurando il parco stesso.

La linea che venne messa a fuoco alla fine lasciò spazio alla sua vera forma: un "anello esterno", nel senso che al suo interno si potevano vedere altri anelli, cerchi concentrici impilati uno dentro l'altro, tre in totale. Sembravano galleggiare sulla superficie dell'acqua, anche se sapeva che dovevano essere ancorati in qualche modo al fondo dell'oceano. Non sapeva molto delle piattaforme petrolifere, ma la struttura che avevano di fronte sembrava essere stata progettata proprio in funzione di una piattaforma petrolifera. Semisommergibile, rotonda anziché squadrata, e circa dieci volte più grande.

Il cerchio che costituiva l'anello centrale sosteneva un edificio che si estendeva verso l'alto, alto probabilmente cinque o otto piani, arrotondato per adattarsi alla circonferenza dell'anello su cui si trovava. Gli altri anelli, più grandi, avevano edifici più piccoli che spuntavano dalla superficie, la maggior parte alti solo due o tre piani.

Il secondo anello era il più spartano, con solo pochi edifici che punteggiavano il perimetro. Erano bassi, tozzi e senza pretese, e la maggior parte di essi assomigliava a cabine sulla spiaggia, con tetti di palma e pareti di legno. L'anello più esterno, il più grande, era caratterizzato da un maggior numero di edifici, tutti vestiti nello stesso stile di cabana e di altezze diverse, ma Ben poteva vedere che questo anello era stato progettato per emulare una spiaggia. La circonferenza interna dell'anello era stata riempita di sabbia, dando all'acqua tra il primo e il secondo anello un aspetto più verde e più chiaro. L'elicottero sorvolò il bordo meridionale e virò verso est, dirigendosi verso l'eliporto sul lato opposto dell'anello più grande, e Ben ebbe modo di vedere la "spiaggia" artificiale che il parco vantava.

I puntini divennero singole sedie a sdraio, come quelle che aveva appena lasciato sulla nave da crociera, e spruzzi di colore vivace divennero ombrelloni e cerchi più piccoli di tavolini per le bevande. Le case in stile cabana vennero viste più da vicino e poté vedere che molte di esse erano in realtà strutture a tre lati con piani di bar installati, sedie da bar affondate nella sabbia sotto di loro.

"Sembra il ponte superiore della nave da crociera", disse Julie nella sua cuffia.

Ben annuì. "Sì, ma hanno importato la sabbia per completare l'effetto".

Il pilota interviene. "Il parco ha speso un sacco di soldi per questo posto. Sperano che ci siano abbastanza persone interessate a una vacanza "scientifica" all-inclusive".

"Pensa che ci siano?" Chiese il dottor Lindgren.

"Non ne ho idea. Non è proprio il mio genere, ma ho un nipote a cui potrebbe piacere. Non mi convince l'idea di 'apprendimento e relax'. Mi sembrano due cose che si escludono a vicenda".

Ben annuì, anche se non era sicuro di essere d'accordo. Qualcosa in quel posto lo incuriosiva. Era bellissimo, situato in una zona isolata dell'oceano vicino alle Bahamas e alla costa della Florida, ma a differenza dei parchi a tema che aveva visitato da bambino e dei depositi naturali in cui aveva lavorato da adulto, questo posto cercava di combinare i vantaggi di entrambi i mondi. Imparare a conoscere la natura e la fauna selvatica e allo stesso tempo godersi una vacanza all-inclusive sembrava un buon affare.

Sembra proprio quello che mi mancava dalla crociera, pensò.

La crociera, almeno nei pochi giorni in cui l'avevano sperimentata, era più un viaggio del tipo "rilassati e goditi il viaggio". Un viaggio circolare che finiva proprio al punto di partenza non aveva molto fascino per lui, anche considerando il cibo gratis. Non si considerava un intellettuale, ma gli piaceva imparare, studiare, scoprire. Aveva difficoltà a stare fermo, cosa che il suo amico Reggie poteva capire.

Julie, invece, era una rilassatrice *fenomenale*. Era una delle lavoratrici più tenaci che lui avesse mai conosciuto, che manipolava l'interno dei computer e dei loro programmi e li piegava alla sua volontà come voleva, ma quando era il momento di staccarsi e rilassarsi, aveva *finito*. Era in grado di guardare un'intera serie di Netflix in una notte, mentre Ben iniziava ad avere la febbre da baita dopo un solo episodio.

La crociera era un compromesso: Julie lo aveva convinto a partire mostrandogli l'imponenza della nave, tutti i servizi, tra cui una palestra e un centro di allenamento, e un esempio di menu. Gli piaceva l'idea di poter mangiare quello che voleva a qualsiasi ora del giorno, ma la cosa che lo aveva convinto era stata quando lei gli aveva mostrato un campione del suo menu *di costumi da bagno.*

Lui aveva accettato, e meno di una settimana fa erano sbarcati dal porto di Miami. Gli era piaciuta l'esperienza, ma aveva anche trovato difficile togliersi dalla testa il motivo per cui erano qui.

Non era tanto una *vacanza* quanto un *modo per dimenticare*. Joshua Jefferson, loro amico e collega, era stato brutalmente assassinato. Dovevano sposarsi tra due mesi, ma durante la crociera non faceva altro che pensare alla loro precedente missione a Filadelfia e al loro fallimento nel catturare il capo dell'organizzazione di sicurezza Ravenshadow.

Il problema era che la sua mente non era occupata da una crociera, ma solo da bere, mangiare e... divertirsi, niente che gli desse una sfida, niente che lo facesse pensare alla soluzione di un problema.

E questo *era il* suo problema: doveva costantemente pensare alla risposta a un problema o a un altro, cercando di trovare la soluzione a un problema che aveva. Una crociera offriva molto tempo per pensare, ma senza un problema specifico a cui pensare, era solo un vuoto costante e senza pensieri.

Un luogo come questo, un "parco scientifico", che riunisce il meglio dell'intrattenimento e dell'istruzione - qualunque cosa significhi - gli sembrava un'idea brillante. Sarebbe stato rilassante nel modo migliore. Cibo e bevande inclusi, oltre a un'enciclopedia a grandezza naturale da percorrere per trarre ispirazione.

L'elicottero virò e sorvolò l'eliporto sul più grande dei tre cerchi e si preparò ad atterrare. Si librarono a mezz'aria mentre il pilota raddrizzava il mezzo, poi abbassò l'acceleratore e Ben sentì l'elicottero scivolare verso il basso. Il pilota eseguì un atterraggio perfetto, con i pattini che spolveravano il terreno e rimbalzavano solo una volta prima di posarsi finalmente sull'asfalto, e Ben guardò Julie.

Lei si sforzò di sorridere. C'era tensione nei suoi occhi, ma non era arrabbiata con lui come quando erano partiti. Ma non era nemmeno *soddisfatta* di lui. "Non c'è niente da fare", disse.

Annuì. "Spero proprio che non sia nulla", disse.

CAPITOLO 14

L'UOMO che li accolse all'eliporto avrebbe potuto passare per un politico. Capelli perfettamente acconciati, scuri ma non troppo, con un inizio di colorazione salata ai lati, appena sopra le orecchie. Portava occhiali che ovviamente erano più che altro da vista, con montatura nera e spessa. Aveva una fossetta sulla guancia sinistra e sembrava che sapesse come usarla.

Reggie lo osservò con attenzione, valutando l'uomo mentre si avvicinava alla porta aperta dell'elicottero. Reggie fu il primo a scendere e allungò una mano. L'uomo la strinse tra le due, sorprendentemente stringendola al punto giusto, ma continuando a guardare Reggie negli occhi.

"Benvenuto, amico", disse l'uomo. "Sono Adrian Crawford".

"CEO e Presidente di *Ocean Tech*", *ha* detto Reggie.

Se Reggie non si sbagliava, gli sembrò che il sorriso di Crawford fosse peccaminoso, come se stesse recitando il ruolo dell'umile lodato.

"Beh, sì", rispose Crawford, scartando la sua affermazione. "Ma *soprattutto, sarò* il vostro concierge personale e il vostro rappresentante durante il vostro soggiorno".

Reggie sorrise in risposta. "Un onore, in questo caso. E quale prestigio ci è stato conferito per ottenere questo riconoscimento?".

Crawford non si scompose nemmeno. "Lei è qui in qualità di Operazioni Speciali Civili. La sua stessa reputazione le conferisce questo onore".

Reggie annuì. "Un paio di notizie e di editoriali di riviste, niente di cui scrivere".

"Eppure la *verità effettiva* dei tuoi risultati ha trovato comunque il modo di arrivare alle mie orecchie".

Ok, allora, pensò Reggie. *Stiamo lavorando con un professionista.* Quell'uomo era un politico, su questo non aveva dubbi. Si trattava ora di capire da che parte stesse quest'uomo e da che parte stesse. *Ti spacco la faccia,* pensò.

"Tuttavia", ha proseguito Reggie, "vi siamo grati per averci permesso di fare un salto con un preavviso così tardivo".

Crawford ha nuovamente respinto l'affermazione. "In verità, non è niente. Abbiamo molto spazio e, a parte un gruppo di insopportabili investitori e consulenti, sarete gli unici nel parco. Il nostro personale, pur essendo ancora ridotto, ha molto margine per accogliere qualche altro ospite".

Si girò di lato, aprendo il dialogo agli altri che erano appena sbarcati dall'elicottero. "Inoltre", disse, "sono ansioso di mostrare il nostro piccolo angolo di paradiso. Credo che stiamo per realizzare qualcosa di molto spettacolare".

Reggie annuì. "E a questo proposito, la *sua* reputazione la precede. Non vediamo l'ora di soggiornare".

Ben apparve accanto a Reggie. Aspettò che Crawford si accorgesse di lui, allungasse una mano e lo guardasse negli occhi prima di stringere. "Ben Bennett", disse Ben.

"*Harvey* Bennett, presumo?". Chiese Crawford. Eseguì la manovra della stretta di mano a due mani e del contatto visivo con

Ben, ma Ben sembrò essere completamente indifferente al fascino dell'uomo.

"Sì", disse Ben. "Piacere".

Crawford si rivolse alle due donne del gruppo. "E voi due siete la dottoressa Sarah Lindgren - grande fan di vostro padre - e Juliette Richardson. Presto Juliette *Bennett*, se non sbaglio".

Julie sorrise. "Sì, è vero. Due mesi, a meno che non continui a trascinarmi in giro per il mondo in questo modo".

Crawford gettò la testa all'indietro e rise. "Capisco il sentimento, ma vi anticipo che troverete le sistemazioni qui *piuttosto* lussuose. Sono orgoglioso del fatto che la prima incursione *della Ocean Tech* nel mondo dell'intrattenimento e delle attrazioni di ricerca sia stata lodata come uno dei progetti di ospitalità più ambiziosi di questo secolo".

Reggie lo lasciò finire, nutrendosi dell'eccitazione dell'uomo. "Beh, di certo siamo entusiasti di vedere questo posto, signor Crawford. E personalmente, non vedo l'ora di vedere il *bar*".

Crawford sorrise in modo obliquo, spingendo la sua fossetta verso il gruppo che ora era riunito intorno a lui. "Quale?"

"*Questa* sì che è una risposta degna di una recensione a cinque stelle, amico", disse Reggie.

Crawford si è illuminato, cogliendo l'elogio, e gli altri si sono spostati a disagio al fianco di Reggie.

"Allora andiamo avanti, che ne dite?". Disse Crawford, facendo loro cenno di avvicinarsi mentre si allontanava dall'elicottero. Stavano quasi urlando l'uno contro l'altro per riuscire a sentire il rumore dei rotori, e Reggie era grato per la tregua. "Il primo bar che incontreremo è sulla destra", spiegò Crawford, e Reggie riuscì a vedere il cabana house situato vicino al bordo esterno dell'anello su cui stavano camminando, rivolto verso l'interno. "È aperto, ma dovrò chiamare un barista per voi, il che potrebbe richiedere qualche minuto. Vi consiglio comunque di aspettare fino a quando non avremo raggiunto l'hotel principale. Ho mandato a prendere alcune specialità per ognuno di voi e credo che saranno tutte di vostro gradimento. Se però preferite qualcos'altro, non esitate a contattare uno dei miei collaboratori per farglielo sapere".

Reggie scambiò un'occhiata con Ben. *Sembra un po' troppo bello per essere vero,* pensò.

Ben annuì e Reggie poté immaginare la sua risposta. *Sì, è così.*

Reggie sorrideva, con un grande sorriso stampato in faccia. Il sorriso che nascondeva se stesso al mondo. L'aveva indossato bene per anni. Aveva imparato a usarlo.

Crawford era un uomo simpatico, esperto e perfezionato. Era un venditore, e di per sé questo andava benissimo per Reggie.

Tutto dipendeva da *cosa* esattamente quest'uomo stesse vendendo.

CAPITOLO 15

"BEN", ha detto, "riesci a credere a questo posto?".

Julie era ancora arrabbiata con il suo fidanzato, ma non poteva fare a meno di rompere temporaneamente la sua freddezza a causa della stanza in cui si trovava.

"Davvero", disse. "Penso che questo posto sia ancora più bello della nave".

La stanza in cui erano stati condotti da Crawford era una delle suite "diamante", parte di un'ala di stanze classificata come "Ala della Grande Barriera". Tutti e quattro si trovavano in quest'ala, separati in tre stanze in totale: una per Ben e Julie, una per Reggie e una per il dottor Lindgren.

E l'etichetta "diamante" sembrava certamente una descrizione appropriata. La stanza aveva la moquette più morbida e raffinata che Julie avesse mai calpestato, di colore marrone scuro e ornata da un motivo floreale ricamato che era sottile ma allo stesso tempo suggestivo. La moquette sfumava piacevolmente in un parquet chiaro che circondava l'area immediata accanto a una grande parete di vetro che dava sull'acqua. L'hotel si trovava nell'anello centrale delle isole, e lei poteva vedere le due più esterne illuminate dal sole luminoso di metà pomeriggio, l'oceano verde-blu brillante che si trovava tra ciascuno dei cerchi e si estendeva verso l'orizzonte.

La parete di vetro era curva e delineava il bordo dell'hotel stesso. Entrambe le pareti laterali della stanza si estendevano in diagonale dal corridoio d'ingresso principale verso il bordo più lungo che si affacciava sull'oceano, dando all'intera stanza una forma un po' triangolare.

Il letto era appoggiato sul tappeto contro la parete sinistra, il bagno era chiuso vicino ad esso e un grande televisore a schermo piatto si trovava su un centro di intrattenimento sulla parete opposta. Due poltrone si trovavano ai lati del televisore e un'altra sporgeva da sotto una scrivania nell'angolo della stanza.

"Sì", disse lei. "Penso che questo posto sia un *po'* più bello della nave".

Il pezzo forte della stanza si trovava tra l'estremità del letto king size e il televisore. Un pezzo di vetro spesso di forma ovale, lungo circa un metro e mezzo e largo un metro e mezzo, poggiava sul pavimento, offrendo una vista diretta sull'oceano sotto la stanza. Un paio di proiettori sparavano i loro fasci verso il basso dai loro supporti sotto la stanza, illuminando l'intero ovale - e riflettendo le pareti e il soffitto della stanza - in una meravigliosa gamma di colori verde-bluastri.

"È incredibile", ha detto Ben. "Hanno anche le tende automatiche. Guardate qui".

Julie guardò Ben che prendeva un telecomando sul tavolo accanto al letto, schiacciava un pulsante e le tende cominciavano a chiudersi sulla parete di vetro curva. Le tende erano di un marrone mogano, che si abbinava e contraddiceva perfettamente i colori del tappeto e del pavimento in legno chiaro. L'intero spazio era stato arredato in modo meticoloso e Julie non poté fare a meno di stupirsi della genialità di tutto ciò. Era stato progettato come un pacchetto completo: ogni pezzo si adattava all'insieme prima ancora di essere costruito.

La stanza scivolò nell'oscurità, l'unica luce emanata dal bagliore arancione dei due proiettori sotto l'ovale di vetro sul pavimento. Le ombre che proiettavano verso l'alto e verso la stanza erano morbide, solo linee e onde sfocate, che corrispondevano alle linee scintillanti dell'oceano stesso sotto di loro.

"Ben", sussurrò. "È incredibile". Alzò lo sguardo e trovò il suo fidanzato che si teneva in cima a una delle tende chiuse, con il corpo che ondeggiava leggermente. Improvvisamente si rese conto di ciò che aveva fatto.

Si mise a ridere. "Ben..."

"Ho sempre avuto un aspetto migliore con la luce soffusa", ha detto, continuando a ondeggiare.

"Non sei mai stato un tipo da ballo, però", rispose lei. "Hai intenzione di mettere su un piccolo spettacolo per me?".

Lasciò la tenda e si avvicinò al letto, togliendosi le scarpe. "Bisogna essere in due per ballare il tango, mia cara", disse.

"Buon Dio", rispose Julie. "Potresti almeno essere originale".

Anche lei si ritrovò a scivolare più vicino al letto, di fronte a Ben. Si tolse le scarpe basse, i piedi nudi freddi sul pavimento di moquette, ma si sorprese di quanto fosse morbido. *Questo posto non è solo per l'aspetto*, pensò. È un *vero affare*.

Ben stava già lanciando in ogni direzione la ventina di cuscini che si trovavano sul letto. Era come guardare un animale che sbrana una carcassa. Lei scosse la testa, ancora ridendo.

"Qualcuno dovrà pulire tutto questo", ha detto.

Alzò lo sguardo, senza fermarsi. "Hanno *sicuramente* qualcuno per questo".

Ben aveva raggiunto il fondo della pila, trovando finalmente i due cuscini sul fianco destinati al sonno, e li tirò su e lontano dal piumino, che tirò giù per metà.

Julie stava giocherellando con gli orecchini, piccole borchie di diamanti che Ben le aveva regalato prima del viaggio, quando bussarono alla porta.

Guardò Ben, con un leggero cipiglio sul volto.

Gemette. "Stavamo per..."

"Vado io", disse. Julie si avvicinò alla porta e girò la maniglia. La aprì e guardò il corridoio curvo.

Un uomo, vestito con una camicia nera e pantaloni lunghi neri, con scarpe nere lucide, la salutò. "Le sue valigie, signorina..." disse l'uomo, terminando la frase con un'inclinazione verso l'alto.

"Richardson".

"Miss Richardson, appunto. Benvenuta". L'uomo sorrise e alzò un sopracciglio, lasciando intendere che voleva portare le valigie all'interno. Lei aprì ulteriormente la porta e lui fece rotolare le valigie, lasciandole lungo la parete vicino all'armadio. Non guardò Ben.

L'uomo tornò fuori e fece un cenno a Julie. "Se hai bisogno di qualcosa, sono il numero 4 dei tuoi telefoni".

"Grazie", disse lei. L'uomo annuì di nuovo, si girò e iniziò a camminare lungo il corridoio. Lei chiuse la porta.

Ben stava aspettando, a torso nudo, accanto al letto.

"Wow", disse lei. "Ti piace proprio questo posto, eh?".

Sorrise, poi scrollò le spalle. "Ha sicuramente l'atmosfera giusta, non credi?".

Si avvicinò al letto e ricominciò a lavorare sui suoi orecchini. Sapeva che c'era altro di cui parlare con Ben, ma sapeva anche che lui sarebbe stato più propenso *a* parlare se prima avessero trascorso un po' di tempo a riallacciare i rapporti.

Inoltre, se il sorriso ebete sul suo volto le diceva qualcosa, era che non sarebbe stato disposto a fare *nulla* finché non si fossero "riavvicinati".

Stava per abbassare il suo lato delle lenzuola quando un altro bussò alla porta.

Ben gemette di nuovo, questa volta quasi correndo verso la porta. "Stavolta ci penso *io*", disse.

Si diresse verso il corridoio e si mise accanto al bagno per ascoltare. Aprì la porta, la fece scorrere velocemente e si mise una mano sulla vita.

Era Reggie. "Ehilà, amico", disse sorridendo. "Grazie per esserti tolto la maglietta per me, ma temo che non abbiamo tempo".

"Di cosa stai parlando?" Chiese Ben.

"Crawford ci vuole a cena, subito".

"Beh, Crawford può aspettare, Reg...".

"Stasera c'è una specialità di pesce", disse Reggie. "Si può mangiare *di* tutto, dall'aragosta alle cosce di granchio alle capesante, da quello che ho sentito".

Ben fece una pausa. Julie sgranò gli occhi. *Incredibile.* Se c'era qualcosa che attirava quell'uomo più di lei, era il cibo.

Come se fosse un segnale, il suo stomaco brontolò. Si avvicinò e cominciò a rimettere l'orecchino nel suo posto designato sull'orecchio e si diresse verso il punto in cui aveva posato le scarpe sul tappeto.

"Hai sentito, Julie?", chiese. "Mi piacerebbe restare, ma Reggie dice che *dobbiamo* partire subito per arrivare in tempo".

"Sì, ho sentito. La tua pancia è più grande del tuo...".

"Usciamo tra un minuto", disse Ben a Reggie, interrompendola. "Mi dispiace. Aspettate un po'?".

Ha sentito Reggie confermare, poi ha sentito la porta spessa chiudersi.

CAPITOLO 16

TUTTO È INCRIMINANTE, *si* disse. *Ogni singolo dato. Ogni singolo file. Ogni singola cosa che ho* toccato *in questo maledetto...*

La dottoressa Lin si fermò, pensando. *Smettila,* pensò. *Lei è più intelligente di così. È per questo che sei qui. Sei più intelligente di* tutti *loro.*

Si costrinse a rallentare, a pensare. Utilizzò un trucco che un collega gli aveva insegnato una volta. Fece alcuni respiri profondi e si concentrò sulle pareti, sul pavimento e sul tavolo di fronte a lui. Notò la freddezza della superficie metallica, il colore bianco sporco della vernice sulle pareti. Annusò, notando l'odore clinico e stantio, quasi da ospedale. Concentrandosi sulle caratteristiche fisiche dell'area circostante, costrinse la sua mente a rilassarsi e a preoccuparsi solo del presente. *Non c'è nulla di buono per chi si preoccupa del futuro,* pensò. Un vecchio idioma che suo padre era solito ripetere. *Non può venire nulla di buono...*

Era un trucco da quattro soldi, ma funzionava. Era un medico, quindi odiava questi "trucchi" che non si basavano su una scienza articolata e fondata su dati. Sembrava un espediente, come qualcosa che uno strizzacervelli avrebbe usato su un paziente per garantirsi il posto di lavoro.

Ma ancora una volta, ha funzionato. Aveva sempre funzionato. Il Dr. Lin lottava con l'ansia quando permetteva alla sua mente di correre verso il futuro, estrapolando un problema fino alla sua peggiore conclusione possibile. Spesso andava a letto sognando la soluzione di un particolare problema, per poi svegliarsi nel cuore della notte sudato, con l'ansia che lo stesso problema si decuplicasse improvvisamente.

Fece altri respiri profondi e li lasciò andare. Si calmò come meglio poteva. Cercò di concentrarsi sugli aspetti positivi: era solo un contrattempo temporaneo, questo problema, come tutti i problemi, aveva una soluzione.

Ma lui sapeva la verità. A differenza della sua mente irrazionale nel cuore della notte, che trasformava un fastidioso non problema in un terrore a grandezza naturale, questo problema era *reale*. Questo problema *era* a grandezza naturale.

Letteralmente.

E, cosa peggiore, Crawford lo sapeva.

Non c'era stato modo di evitarlo. Il dottor Lin aveva optato per la sincerità durante la riunione del consiglio, e ora stava riconsiderando quella decisione.

A cosa è servito che io abbia detto la verità? si chiese.

Raccolse il palmo appiattito dalla parte superiore del tavolo metallico e vi scivolò intorno fino all'altro lato. Il computer che aveva installato e configurato era lì, con lo schermo vuoto in attesa. Scosse il mouse e la scrivania, priva di icone e di disordine, lo fissò immediatamente.

Tutto ciò è incriminante.

Conosceva la risposta.

Qui c'era una ricerca che non poteva distruggere. Ricerche che *esulavano da ciò* che il disco rigido di un computer poteva ricordare.

Una ricerca che non si basava sugli 1 e sugli 0 del linguaggio binario dei computer, ma sul binario biologico del DNA, delle molecole e degli amminoacidi.

Una prova vivente e reale.

Non poteva fare nulla al riguardo. *Non avrebbe fatto nulla* al riguardo.

Ma poteva sbarazzarsi delle prove che aveva davanti.

Aprì un prompt di shell e digitò alcuni comandi. Basati su Unix, come preferiva, e le sue dita volavano sulla tastiera con la coerenza e la familiarità di un programmatore professionista. Il suo genio si estendeva oltre il suo ruolo primario e il suo lavoro quotidiano, in tutti i campi della scienza e della matematica, consentendo a Lin di esplorare e prosperare in molti settori non correlati alla medicina. I computer erano solo uno dei tanti "linguaggi" che aveva conquistato.

La finestra di dialogo del prompt lo fissò e lui la lesse velocemente, tre volte, per essere sicuro.

Nel dubbio, non c'è dubbio.

L'aveva letto in un libro da qualche parte, molto tempo prima. Non aveva mai saputo bene cosa significasse: sembrava che se c'era un dubbio, *c'era un* dubbio. L'affermazione puzzava di postulazione non verificata, il tipo di linguaggio fantasioso che prescriveva a quelle persone che pensavano che la medicina olistica e omeopatica fosse una vera medicina.

Ma ora, fissando il prompt, capì.

La domanda che si era posto, non provocata, era semplice: *devo premere il tasto?*

E la risposta, a voler essere sinceri, era piena di dubbi.

Nel dubbio, non c'è dubbio.

Dubitava di se stesso, cosa rara per la dottoressa Lin. Era la sua arroganza? Era per i posteri, per la sua mente che avanzava argomenti semi-razionali contro la sua natura migliore per motivi di guadagno a lungo termine? C'era un modo per guadagnare in questo?

No, lui lo sapeva. *Ho perso. È finita.*

Premette il tasto e il prompt visualizzò immediatamente il piccolo grafico della clessidra, seguito da una barra orizzontale vuota, che si riempiva lentamente man mano che il compito veniva completato.

E adesso? pensò. *C'è qualcos'altro?*

La sua assistente era già stata "rimossa", quindi sapeva che non sarebbe stata un problema. Se avessero avuto bisogno di lei per parlare, avrebbe parlato. Non c'era nulla da fare con lei. Si allontanò dal computer e guardò il banco di monitor su un altro tavolo, contro la parete in fondo alla stanza.

Tutti visualizzavano solo le informazioni raccolte e filtrate dal server, che si trovava al piano di sotto del livello 3. Il computer che aveva appena usato era la CPU di controllo dell'intera stanza, quindi non poteva fare altro da qui. I monitor iniziavano lentamente a visualizzare messaggi di errore e di "non trovato" man mano che i dati venivano rimossi dai sistemi di archiviazione.

I rinforzi.

Se ne rese conto allora, mentre fissava i monitor. C'erano backup su backup, un sistema di archiviazione dati ridondante in più parti su cui aveva fatto consulenza prima di accettare il lavoro al laboratorio. I backup erano accessibili solo scendendo fisicamente nello spazio e toccandoli, non a distanza.

Aveva anche consigliato di creare una struttura di backup *remota*, anche in questo caso accessibile solo fisicamente, per garantire che se si fosse verificato un guasto catastrofico qui nelle loro strutture, avrebbero almeno avuto un backup recuperabile.

Ok, questo è il piano, pensò. Aveva avviato la prima fase del processo, cancellando i file locali e la prima pila di dati. Questo avrebbe causato un po' di panico ai vertici, ma il consiglio di amministrazione e Crawford avrebbero reagito rapidamente, lavorando per portare i backup online. La seconda fase del piano consisteva quindi nel rimuovere i backup esistenti a livello locale, nel sottolivello 3, quindi trovare e distruggere l'ultima linea di difesa, i backup remoti.

Un compito arduo, soprattutto per un uomo solo. Ci sarebbero stati firewall e sistemi di sicurezza molto rigidi, e al pensiero di tutto ciò provò una fitta d'ansia. Afferrò il tavolo, guardò di nuovo la parete, il soffitto e il pavimento, e fece qualche respiro.

Stai bene, pensò. *Non c'è niente che tu non possa gestire.*

Era vero. Non era nulla che non potesse gestire. Nulla che non avesse già fatto prima, tecnicamente. Nessun compito è troppo grande per un uomo con il suo cervello. Sarebbe stato difficile e avrebbe richiesto un po' di fortuna per entrare nei posti giusti, ma stava già iniziando a formulare un piano d'azione.

Gli piacevano i progetti. Gli davano coraggio e combattevano l'ansia per lui.

Distolse lo sguardo dai monitor, che già cominciavano a illuminarsi con le righe di errori che sapeva avrebbero riempito gli schermi, e si diresse verso la fine della stanza.

Verso le gabbie di vetro.

Verso la prova *vivente*. La prova che non poteva - non voleva - cancellare.

Sarebbero ancora qui. Non avevano backup, ma non ne avevano bisogno. Erano *i* dati.

Sospirò pesantemente, sentendosi stanco.

CAPITOLO 17

LA DELUSIONE di Ben durò solo pochi minuti. Non vedeva l'ora di stare un po' da solo con Julie, sapendo che dovevano parlare di molte cose. Avevano lasciato la crociera in condizioni difficili, e un po' di tempo da soli e di chiacchiere sul cuscino sarebbero stati ben meritati.

Ma non appena uscì di nuovo nel corridoio e cominciò a seguire Reggie, il suo spirito si risollevò. Il corridoio era piuttosto semplice, non alludeva affatto alle fantastiche stanze che si trovavano dietro ogni porta, ma era semplice in modo ponderato. Immagini della costa delle Bahamas si estendevano su splendidi paesaggi, incorniciati sottilmente tra sottili cornici di metallo, senza vetro. La moquette del corridoio, a differenza di quella morbida e lussuosa della loro stanza, era più dura e sottile, senza dubbio la versione industriale e facile da pulire di uno stile piacevole. Aveva qualche motivo ricamato sui bordi, nastri dorati su uno sfondo marrone, e l'intero tratto di moquette curvava verso sinistra, seguendo la forma dell'edificio in cui si trovavano.

"Dov'è la sala da pranzo?" Chiese Ben.

Reggie lanciò uno sguardo verso di lui. "Quale?", chiese in risposta. "Ci sono tre ristoranti, uno dei quali si aspetta lo status di quattro stelle entro la fine dell'anno, una caffetteria a buffet e due ristoranti esclusivi per il brunch".

Julie fischiò al fianco di Ben. "In quale andiamo?", chiese.

"Nessuno di loro. Siamo al *tavolo dello chef*, apparentemente annesso al locale a quattro stelle ma non tecnicamente *parte* di esso. Lì incontreremo Crawford e il suo executive chef, ma il menu è speciale per la serata".

"Sembra che la serata sia speciale".

Reggie annuì. "Sembra proprio così, non è vero? Deve essere annoiato, non avendo nessun altro qui da intrattenere oltre agli investitori. A quanto pare sono tutti al piano di sopra, in alcune delle stanze più piccole, a godersi l'open bar".

Le sopracciglia di Ben sobbalzarono. "Anche a me non dispiacerebbe godere di questo", disse.

Reggie rise. "Non mi stupirei se ci portassero lì dopo cena. Pare che Crawford abbia un discreto gusto per il whisky".

Julie afferrò il braccio di Reggie. "A proposito, *amico*", disse. "Come fai a sapere tutto questo? Non mi sembra di ricordare nessun 'kit di benvenuto' sul nostro letto".

Reggie sorrise. "Ho avuto modo di conoscere un po' la mia signora delle borse", disse.

"La tua *signora delle borse?*" chiese lei. "Stai scherzando?"

"Beh, come si chiama. Non preoccuparti, Jules, le ho dato la mancia".

Fece l'occhiolino a Ben. Ben sgranò gli occhi. Julie fece un verso di disgusto.

"Eccola qui", disse Reggie, prendendo velocità mentre passava davanti agli ascensori e si dirigeva verso la serie di porte all'estremità opposta del corridoio. "Questa è la stanza della dottoressa Lindgren".

Una donna uscì dalla stanza, si voltò e sorrise a Reggie. Indossava lo stesso vestito nero dell'uomo che aveva portato i bagagli di Ben e

Julie, con una camicetta al posto della camicia. Fece un rapido cenno di saluto. "Salve di nuovo, signor Red".

Gareth Red, o "Reggie", come lo aveva soprannominato la sua unità, arrossì. Ben non era sicuro di aver mai visto quell'uomo fare una cosa del genere, ma capì perché non appena si avvicinò abbastanza alla porta aperta.

La dottoressa Sarah Lindgren uscì dalla stanza, indossando uno splendido abito da sera. Blu mare, stretto e corto. Le scarpe erano uguali, con un tacco corto che rivelava gran parte della parte superiore del piede. Aveva cambiato anche i capelli, i cui riccioli erano raccolti in un mazzo vaporoso che le pendeva dalla nuca e lasciava cadere qualche ciocca sul collo. Il rossetto era più lucido che colorato e il trucco era applicato in modo discreto.

"Ehi, dottor", disse Reggie.

"Per favore", rispose lei. "Chiamatemi Sarah. Tutti voi". Guardò ognuno di loro a turno e annuì. Diede una pacca sulla spalla alla donna che era uscita per prima dalla stanza, ma si rivolse a Reggie. "Elia mi ha detto che tu e lei avete già avuto modo di fare conoscenza".

Il rossore di Reggie tornò a farsi sentire e tutto il suo viso si scurì. "Io... sì... ci siamo conosciuti".

Sarah sorrise da dietro gli occhi calcolatori. "Bene, allora presumo che tu conosca già i nostri piani per la cena".

Reggie annuì. "Mi hanno aggiornato, grazie".

"Non l'abbiamo fatto", disse Julie. "Nessuno si è preoccupato di farci sapere che si trattava di un evento formale". Mentre lo diceva, fissava Sarah, innocente nel suo vestito, e Ben sentì il calore salire nell'aria.

"Mi scuso", ha detto Elia, con fare ovattato. "Il fattorino avrebbe dovuto informarla. Ma siamo a corto di personale, quindi può darsi che si sia semplicemente dimenticato...".

"Va bene", disse Julie. "Dovremo accontentarci di quello che indossiamo".

Ben guardò se stesso e Julie. Indossava infradito e pantaloncini da mare con una maglietta verde macchiata di ketchup dal pranzo di due giorni prima. Julie, invece, era splendida come sempre. Indossava un copricostume di cotone sopra il costume da bagno, le stesse scarpe basse che aveva indossato qui dalla nave e una cavigliera e una collana abbinate. I capelli erano raccolti in uno chignon veloce, i suoi capelli neri castano scuro erano "accidentalmente" perfetti.

"Bene", disse Reggie battendo le mani. "Ci siamo incontrati tutti, ci siamo riuniti un attimo e sono sicuro che abbiamo fame". Si girò verso la fattorina e allungò il braccio. "Ci indicheresti la strada, Elia?".

Lei annuì e cominciò a camminare, un po' troppo velocemente. Ben si trovò a correre per starle dietro. Raggiunse l'ascensore e premette il pulsante "su". La porta si aprì immediatamente e lei entrò, tenendo la porta per gli altri.

Ben seguì Julie e prese posto vicino alla parete laterale a specchio dell'ascensore. Si girò lentamente, rendendosi conto che gli specchi erano presenti solo su *tre* pareti della cabina.

La quarta parete, di fronte alla porta, era di vetro. Rotondeggiante, con una ringhiera metallica che si piegava all'altezza della vita. Erano essenzialmente al livello del mare, con l'acqua che si estendeva dall'esterno dell'ascensore fino alla costa opposta del secondo anello dell'isola più grande. L'acqua era più profonda di quella tra il secondo e il terzo anello, a giudicare dal colore blu più scuro.

Afferrò il braccio di Julie e la tirò vicino a sé mentre iniziavano a salire, assicurandosi che lei avesse una vista sui tre anelli circolari che costituivano il parco. Arrivarono in cima, al quinto piano, e la vista divenne sempre più sorprendente man mano che salivano.

L'oceano circondava il parco su tutti i lati, dando a Ben l'impressione che il luogo fosse molto più piccolo di quanto fosse in realtà. Ma poté constatare che l'anello più grande era enorme: si estendeva in un ampio arco intorno ai due anelli interni, con la spiaggia artificiale situata tra questo e la seconda sezione. I piccoli punti di sedie a sdraio e tavolini che aveva visto dall'elicottero quando avevano sorvolato la zona erano ora più piccoli, ma da questa angolazione poté vedere che i bar in stile cabana erano completamente riforniti, tre file ascendenti di whisky e rum e altri alcolici che non vedeva l'ora di provare.

La squadra non aveva mai discusso una politica ufficiale sul "bere sul lavoro", ma dato che il signor E non era un bevitore e gli altri erano responsabili al riguardo, Ben pensava che non fosse un problema, a meno che una situazione non diventasse un problema. Lui e Reggie, infatti, avevano bevuto un sacco di whisky mentre erano "al lavoro", dato che i confini tra l'essere pagati e l'essere fuori dal lavoro erano sfumati.

Sperava solo che questo viaggio permettesse loro di rilassarsi un po'. Era sempre più eccitato per la cena, con grandi aspettative per la qualità del cibo che sarebbe stato servito. Se il resto del posto era indicativo, questo parco sarebbe stato una struttura straordinaria e avrebbe avuto un buon successo.

L'ascensore suonò e le porte si aprirono. Ben si voltò e guardò mentre le porte si aprivano. La prima cosa che notò fu la dimensione del piano. Era piccolo e poteva vedere il lato opposto della stanza. Le pareti erano di vetro, curvate come il resto dell'edificio, e offrivano una vista a 360 gradi sull'intero parco. Al centro della stanza c'era un tavolo, anch'esso rotondo, e un candelabro acceso formato da noci di cocco e fronde di palma.

"Benvenuto, di nuovo!" La voce entusiasta di Crawford giunse alle orecchie di Ben prima che egli vedesse l'uomo.

Adrian Crawford era in piedi contro la parete di fondo, vicino a un carrello mobile pieno di piatti pronti.

"Entrate", disse, facendo cenno a tutti di venire verso di lui. "Il primo piatto è pronto. E non vedo l'*ora* di raccontarvi del parco! Venite a sedervi!".

CAPITOLO 18

IL CIBO ERA migliore di qualsiasi cosa avesse immaginato. Capesante perfettamente cotte, avvolte nella pancetta e servite sotto un velo di riduzione di vino bianco all'aglio e basilico, su un letto di rucola. E questo era solo *uno* dei piatti principali. Mucchi di granchio reale fresco, impilati in un torreggiante assortimento di anelli intorno a una grande ciotola di burro all'aglio, e una pila di filetti di branzino con un pesto di rosmarino e limone.

Le verdure avevano un aspetto altrettanto appetitoso. Broccoli e cavolfiori, cotti al vapore, e carote e barbabietole vicine.

È stato davvero scioccante. Tutto il cibo era sembrato apparire davanti a loro, anche se Ben aveva osservato i camerieri e la cameriera per tutto il tempo. Il cibo era stato rivelato dai piatti da portata d'argento e dai coperchi a cupola, disposti in posizioni precise al centro del tavolo.

"Spero che vi piacciano i frutti di mare", disse Crawford, prendendo posto a capotavola. "Ma se così non fosse, vi prego di farlo sapere a uno dei nostri camerieri. C'è un altro gruppo di ospiti che alloggia da noi e che pranzerà tra circa mezz'ora, e il loro pasto consisterà in una cucina più *terrestre*. Bistecca, pollo, agnello. Tutto cucinato in stile sud-caraibico".

Reggie aveva aperto la bocca per rispondere, ma Ben lo anticipò. "Uh, wow. Sembra tutto fantastico".

Julie lo gambizzò sotto il tavolo.

"Scusa, questo - *qui* - è tutto fantastico", disse Ben. "Non volevo insinuare -".

"Sciocchezze!" Disse Crawford. Il suo entusiasmo crebbe. "Shannon", disse, afferrando delicatamente il gomito della donna che stava versando acqua ghiacciata nel suo bicchiere. "Ti dispiacerebbe portare un assaggio della cena che serviremo il 2?".

Annuì, finì di versare, poi consegnò la brocca alla sua collaboratrice e uscì dalla stanza.

"Cominciamo, che ne dite?". Disse Crawford.

Ben annuì, eccitato dall'idea di iniziare a mangiare il cibo che aveva davanti.

"*OceanTech* è stato un mio sogno fin dalla più tenera età", ha esordito Crawford.

Oh, pensò Ben. *È un discorso. Pensavo che avremmo iniziato a cenare.* Rilasciò la sezione di cosce di granchio che aveva preso.

"Volevo combinare l'emozione dell'istruzione con l'eccitazione e il mistero del mare", ha detto. "Ero un po' un *nerd*, lo ammetto, ma ho capito una cosa su cui ho costruito la mia carriera: le persone amano imparare. Il problema è che non sanno *come* o *cosa vorrebbero* imparare. *OceanTech* e questo luogo, l'Istituto, sono il risultato di questo ragionamento.

"Combinando le meraviglie degli abissi con un ambiente rilassante, intrigante e *divertente*, l'*OceanTech Institute* spera di riaccendere la scintilla in tutti noi. La scintilla della *conoscenza*".

Ben voleva alzare gli occhi al cielo. Certo, questo posto era fantastico e il cibo aveva un aspetto fantastico - aspettava ancora con impazienza il momento in cui avrebbe potuto mangiare - ma lui non era mai stato uno che amava *imparare*. La scuola non era la sua materia migliore.

Reggie, invece, si stava godendo immensamente il monologo di Crawford, seduto sul bordo della poltrona, con i gomiti sul tavolo. Il dottor Lindgren era accanto a lui e si appoggiava allo schienale per vedere intorno a lui. Julie era seduta sul lato opposto del tavolo, accanto a Ben, e anche lei sembrava impegnata.

Non c'è nessun altro che ha fame? si chiese. *Cosa stiamo aspettando?*

Il cibo lo chiamava. Il suo stomaco brontolava. Julie lo inginocchiò di nuovo sotto il tavolo.

"Per ora basta", ha detto Crawford. "Ho un po' di voglia di esibirmi. Mi scuso, mangiamo".

Agitò le mani in segno di saluto e i due camerieri rimasti si precipitarono ai lati opposti del tavolo e cominciarono a servire i piatti a tutti. Crawford, tuttavia, non interruppe la sua presentazione.

"Quando ho iniziato a fare ricerche per questo posto, volevo costruire un luogo che potesse esistere indipendentemente dalla sua idea combinata. Volevo un resort a cinque stelle, in sé e per sé, e una sorta di museo. E volevo che entrambi fossero in grado di distinguersi come i migliori al mondo nel loro genere".

"E combinandoli si ottiene il meglio di entrambi i mondi", ha detto Reggie.

"Esattamente", ha detto Crawford. "L'istituto è perfetto per tutti: venite per studiare, imparare e crescere, oppure per rilassarvi e farvi coccolare. O, naturalmente, per entrambe le cose".

"Perché qui?" Chiese Julie. "Questa posizione è... strana. Sembra che qui sia più a rischio di uragani che dall'altra parte dello Stato, nel Golfo, da qualche parte. O almeno a nord delle Bahamas piuttosto che a nord-ovest".

Crawford esaminò Julie per un momento prima di rispondere.

"Una domanda intrigante, signorina Richardson. La risposta è abbastanza semplice, ma è una di quelle che non si aspetta".

Ben ascoltò con attenzione, improvvisamente interessato.

"Vorrei rispondere dandovi una breve panoramica della tecnologia che abbiamo messo in campo qui. Ammetto di essere piuttosto orgoglioso di questo posto, ma ho anche bisogno di fare pratica: considero questa settimana un lancio *morbido,* se volete". Sorrise, esagerando la fossetta sulla guancia e sembrando fissare direttamente Ben.

"Ha familiarità con le piattaforme petrolifere?". Chiese Crawford. Reggie e Julie annuirono, mentre Ben e Sarah li fissarono. "Beh, ci sono diversi metodi per costruire una piattaforma. La maggior parte delle piattaforme petrolifere che conosciamo sono fisse, cioè fissate al fondo dell'oceano, o semisommergibili, che, come dice il nome, galleggiano sull'acqua ma hanno al centro un peso sufficiente a tenerle in piedi".

Ben diede il primo morso alla coscia di granchio dopo averla immersa nella piccola ciotola di burro all'aglio che il cameriere gli aveva versato. Chiuse gli occhi, stupito dal sapore, e si perse l'inizio della frase successiva di Crawford.

"... un altro tipo di piattaforma, chiamata struttura a gambe tese, che è una sorta di ancoraggio - è strettamente tirata al fondale marino, il che elimina la maggior parte dei movimenti. I nostri due anelli esterni sono fissati in questo modo, le loro basi sono costituite da galleggianti con terreno artificiale installato su di essi. La torre centrale, quella in cui ci troviamo ora, è fissata direttamente, costruita nel fondale stesso.

"Ci sono anche due speciali veicoli sommergibili che si muovono su cavi, una sorta di skilift o gondola subacquea, che abbiamo progettato e stiamo lavorando per far brevettare. Viaggiano sotto l'acqua da un lato all'altro dell'anello più grande, fermandosi ciascuno al cerchio interno e a questa torre. Ci sono ponti, naturalmente, e gommoni che usiamo per i nostri ospiti, ma le navette subacquee permettono al nostro personale di spostarsi da un lato all'altro del parco senza dover essere visto dagli ospiti".

Ben aggrottò le sopracciglia. *Scelta interessante.* "Sembra costoso", disse.

Crawford rise. "*Non abbiamo* badato a spese, signor Bennett. Da qui la cena di lusso che abbiamo preparato per i nostri ospiti questa sera. Ho già detto che gli ospiti al piano di sotto sono alcuni dei nostri investitori? Sono qui per un tour simile, ma il loro finirà tra un giorno. Dopodiché, avrete la casa tutta per voi".

"Meglio fare una buona impressione su di loro", disse Ben.

"Infatti". Crawford bevve un sorso d'acqua. "Comunque, le due strutture - la torre centrale fissa e i due anelli esterni galleggianti - lavorano insieme per stabilizzarsi a vicenda. In questo modo si risparmia sui costi energetici e la costruzione è stata più *economica*".

"Ma perché non far galleggiare entrambe le sezioni, la torre e gli anelli?". Chiese Reggie.

"Già", interviene Sarah Lindgren, "sembra che si potrebbe trarre vantaggio spostando l'intero posto come una gigantesca nave da crociera. Portate il vostro parco museale ovunque nel mondo".

Crawford annuì. "Sì, sì, ci abbiamo pensato. Sarebbe anche una bella realizzazione e, come ha detto lei, ci avvantaggerebbe in termini di mobilità. Potremmo trasferirci in un angolo del globo durante la stagione calma, evitando qualsiasi catastrofe meteorologica. Oppure potremmo offrire pacchetti di esperienze diverse, come le crociere. Inverno ai Caraibi, estate in Alaska o in Antartide.

"Ma non avevamo scelta. Il ramo scientifico di *OceanTech* doveva essere qui. L'istituto è stato costruito su un tratto di terra poco profondo al largo della costa delle Bahamas in modo mirato, ancorato sul posto".

Ben guardò Reggie, osservando il suo amico che cercava di capire. Un tratto di terra poco profondo, ancorato in posizione, la "torre" in cui si trovavano si estendeva sia sopra *che* sotto l'acqua. Nel bel mezzo di un tratto dell'Atlantico spazzato dalle tempeste.

Erano qui perché *Ocean Tech* aveva bisogno di *questa* sede.

"Cosa c'è qui?" Chiese Ben. "Su cosa siamo seduti?".

La fossetta di Crawford crebbe e si restrinse mentre l'uomo provava diversi sorrisi e alla fine si stabilizzò su uno lusinghiero a cui Ben quasi credeva. "*Questa*, amico mio, è la domanda *perfetta*".

"*L'Ocean Tech Institute* è stato progettato e costruito in questa precisa posizione per via di ciò che si trova sul fondo dell'oceano proprio sotto di noi. Abbiamo fatto un sopralluogo e trovato questo punto, e proprio questo punto".

"Perché è poco profondo?"

"Perché è il luogo di un vecchio naufragio. In questo momento siamo seduti sul relitto della barca, dieci piani sopra di essa".

CAPITOLO 19

"È STATO DIVERTENTE", disse Julie, sospirando pesantemente mentre si accasciava sul morbido letto. Prima non aveva avuto il tempo di provare il materasso, di farsi un'idea della stanza, quindi fu sollevata nel constatare che era lussuoso come lo era stata la loro cena e il resto della stanza.

"Crawford è un personaggio", ha detto Ben. "Questo è certo. Ma mi piace".

"Anch'io", disse Julie. "Sembra simpatico e sicuramente appassionato del suo parco".

"Parco *delle Scienze*", correggerà Ben, sorridendole. Si stava togliendo le scarpe e i calzini, e lei sapeva che la camicia sarebbe venuta dopo. Aveva delle piccole abitudini come questa che lei aveva imparato. Scarpe, calzini, camicia. Piede destro, piede sinistro, camicia. I pantaloni o i pantaloncini rimanevano o si toglievano, a seconda di quanto fosse fresca la stanza. Presumeva che qui, in una stanza d'albergo climatizzata, si sarebbero tolti.

Non si sbagliava. Ben si spogliò degli slip e si buttò sul suo lato del letto. Per essere un materasso di lusso, non era molto adatto a distribuire l'impatto, e Julie si sentì scaraventata in aria per qualche centimetro prima di tornare a terra.

"La cena è stata *fantastica*", ha detto Ben.

"Si vede che ti è piaciuto. Profumi ancora di granchio".

Sorrise, digrignando i denti.

"E bistecca. E pesce. E pollo".

"Mi dispiace", ha detto. "È stato tutto bello".

"Anche le verdure erano buone. Avresti potuto mangiarne qualche boccone".

"Perché?", ribatté lui. "Occupano solo spazio dove potrebbe stare più *carne*".

Julie scosse la testa e guardò alla sua destra, cercando di trovare il telecomando della televisione. Non era particolarmente interessata a guardare la televisione, ma sapeva che era un modo rituale per addormentarsi la sera. Ben sarebbe uscito tra pochi minuti e lei avrebbe lasciato che i suoni di qualsiasi canale su cui era caduta la convincessero a dormire.

"Dovremmo parlare", disse improvvisamente.

Ben gemette. "Pensavo che fossimo..."

"Pensavi che avessimo superato la cosa. Ben, andiamo. Stavi per lasciarmi su quella nave".

"*Non* ti avrei *mai* lasciato, Jules. Lo sai."

"È questo il *punto*, Ben. *Sapevi che* sarei venuto con te, anche se non era quello che volevo fare".

Ben si sollevò su un gomito e la guardò da sopra il letto. "Stai dicendo che non vuoi stare qui?".

Ha alzato gli occhi al cielo.

"No, davvero. Questo posto è *fantastico*, Julie. *Molto* meglio della nave da crociera. Camere più belle, più grandi, meno persone. E mio Dio, il cibo".

"Non sto dicendo che non sia bello, Ben".

"Stai solo dicendo che non è quello che volevi fare. Capito".

Sbuffò, sentendo la rabbia e il risentimento tornare a galla come se non fossero stati temporaneamente placati nelle ultime ore.

"Cosa?" Chiese Ben. "Hai detto che volevi parlare, quindi...".

"Lascia perdere, Ben. Non ne vale la pena".

"Jules, io..."

"No. Lascia perdere. Sai una cosa, Ben? Sei sempre così preso dalle tue battaglie personali che dimentichi che ci sono *altre persone* intorno a te che si preoccupano per te".

Lui la guardò accigliato, ma lei tenne duro. *Ho ragione,* pensò. *E lui lo sa.*

"E questo cosa vorrebbe dire?".

"Esattamente quello che ho detto", disse lei. "Non ti interessa che siamo tutti qui, fai solo quello che vuoi e speri che noi veniamo con te".

"Reggie *ci* ha invitato, ricordi?".

"Reggie non ci ha *invitati*, Ben. Ci ha detto che era una *missione*. Ma non è questo il punto. Siete *venuti*, e sareste *venuti* indipendentemente dal fatto che io lo facessi o meno. Non ti sei nemmeno fermato a chiedermi...".

Qualcuno ha bussato alla loro porta. Un colpetto leggero e veloce.

"*Andiamo*", disse Julie, facendo oscillare le gambe sul bordo del letto e sul pavimento. "Non può lasciarci in pace?".

Raggiunse la porta e la aprì, senza preoccuparsi di guardare dallo spioncino. La spalancò, lasciandola sbattere contro il muro accanto a lei, con il piccolo tappo di gomma che rimbombava per l'impatto.

"Julie?" Chiese Ben. "Chi è?"

Lei lo fissò. "Io... non lo so". Fece un passo indietro, leggermente, permettendo all'uomo alla porta di farsi avanti. "Mi dispiace", disse. "Posso aiutarla?".

L'uomo era asiatico, basso ma in forma. Guardò Julie e annuì.

"Lo spero." Il suo accento era perfettamente americano. "Lo spero davvero. Ma non c'è molto tempo".

Julie si accigliò. *Lo invito ad entrare?* Scosse la testa, dissuadendosi. *Dovrei andare nel corridoio? E se mi attacca? C'è qualcosa che posso usare come arma, oppure...*

"Ho bisogno che mi aiuti", disse l'uomo. "Subito. *Per favore.* Devo uscire dal parco. Possiamo prendere il Subshuttle fino alla sponda opposta e poi all'eliporto, se solo chiamasse il suo pilota e...".

"Mi dispiace", disse ancora Julie. "Non so... non sono sicura -".

"*Per favore*", disse l'uomo, sottolineando maggiormente la parola questa volta. "Non c'è molto tempo. Saranno qui da un momento all'altro, e lei era la stanza occupata più vicina a...".

"Chi è?" Ben chiamò di nuovo.

"Resisti!" Julie urlò. *È stato stupido,* pensò. *Avrei dovuto chiedergli di venire qui.*

Ma non ne ebbe bisogno. Sentì Ben gemere di nuovo e iniziare a camminare verso la porta.

L'uomo mosse la testa a destra e a sinistra, freneticamente, scrutando il corridoio in entrambe le direzioni. Se avesse sentito qualcosa, Julie non poteva dirlo. Deglutì, poi tornò a guardarla. Per un attimo le loro espressioni si scambiarono, entrambe frenetiche e spaventate. Poi Julie tornò alla confusione, l'uomo alla frustrazione. Guardò ancora una volta in entrambe le direzioni, fermandosi a testa china a guardare alla sua sinistra.

"Troppo tardi", sussurrò. "Troppo tardi. Sono arrivati".

L'uomo si spostò, cambiando approccio. Tirò fuori qualcosa dalla tasca e lo porse a Julie.

Era uno smartphone. Lo schermo si accese quando lui le mise in mano l'oggetto, poi si spense di nuovo.

"Cosa?", chiese. "Chi c'è qui? E cosa dovrei fare con questo?", chiese.

Scosse la testa. "Ascoltami - mi stai ascoltando? Ascolta. Non c'è abbastanza tempo, ma ti servirà..." guardò di nuovo a sinistra, poi di nuovo verso Julie. "Ti serve il numero. *0-4-0-3-0-2*. Capito?"

Iniziò a ripeterlo proprio quando Ben raggiunse la porta. "Che succede?", chiese. Vide l'uomo, ma questi si era già voltato e si stava dirigendo in fondo al corridoio, alla sua destra. Julie lo osservò per un attimo. Poteva sentire i suoi respiri, forti e irregolari. Poi l'uomo prese il passo e iniziò a correre.

Frantumando.

CAPITOLO 20

REGGIE APRÌ la porta della sua camera d'albergo con un sospiro udibile. *Proprio quando stavo per versarmi un bicchiere di vino,* pensò. Lasciò che la porta si aprisse e si spostò di lato per permettere a Julie e Ben di passare.

Non era un gran bevitore di vino, ma aveva trovato una bottiglia di rosso nel mini-frigo nascosto dietro un'anta del mobile vicino all'armadio. Dopo cena si era trovato in uno stato d'animo insolitamente incentrato sul vino.

Ben fece un rapido cenno di saluto, ma Julie si diresse subito verso la parete di vetro in fondo alla stanza, puntando alla poltrona che si trovava lì.

"Entra pure, credo", disse Reggie. "Non... chiamare prima o altro".

Ben ignorò l'osservazione, ma Julie stava già parlando. "Il tipo era asiatico, ma sembrava americano. Probabilmente è cresciuto negli Stati Uniti...".

Si fermò quando si rese conto che Reggie non era l'unica persona nella stanza.

"Salve", disse la donna. Reggie rientrò nella stanza proprio mentre anche Ben notava la donna.

"Dottor Lindgren?" Chiese Julie.

"Mi dispiace, io e Reggie stavamo per...".

"Godetevi questa bottiglia di ottimo rosso californiano, un blend di merlot e cabernet", ha detto Reggie.

"Stavamo per *parlare*", chiarisce Sarah.

Julie lanciò un'occhiata a Ben, ma Ben guardava solo la donna, distesa sul letto di Reggie. Era completamente vestita, ma si era cambiata e ora indossava pantaloncini di jeans e una felpa grigia con la scritta "Jamaica" sul davanti a caratteri multicolori.

Reggie si schiarì la gola. "Certo. Io e lei stavamo chiacchierando in corridoio, ma sapevo che c'era di più da bere qui in camera. E poi era più comodo".

"Cosa... di cosa stavate parlando?". Chiese Julie.

"La missione, in realtà", rispose Sarah bruscamente. "Ho chiesto informazioni sulla CSO e su come siete arrivati a stare insieme, e sulle vostre precedenti missioni".

Ben si avvicinò all'altra poltrona e si sedette, lasciando Reggie a camminare per la stanza. L'estremità del letto era aperta, ma sapeva che c'era già un po' di stigma nell'aria e non voleva suscitare ulteriori domande da parte dei suoi compagni di squadra.

"E mi ha raccontato come è arrivata a far parte di questa missione", disse Reggie. Tornò verso la bottiglia di vino che aveva appena aperto, ancora appoggiata sul piano di lavoro.

"Ti dispiace se ne ripeti un po' per il nostro bene?". Chiese Ben. "Non sono sicuro che conosciamo i dettagli".

Julie interviene. "Beh, in realtà, credo che questo debba aspettare, vero Ben?".

La coppia si guardò e Ben annuì. "Giusto. Quindi c'era...".

"Un incidente", ha concluso Julie.

"Un *incidente*?" Chiese Sarah.

Reggie si avvicinò al letto e porse a Sarah uno dei due bicchieri di vino. "Volete qualcosa?"

Julie scosse la testa. "C'è del whisky lì dentro?". Chiese Ben.

Reggie si avvicinò per controllare, mentre Julie continuava la sua storia. "Quest'uomo, l'asiatico, era tutto agitato e spaventato. Aveva una gran fretta. Non so perché abbia bussato alla nostra porta, ma ho risposto e ci ha detto che non aveva molto tempo e che ci serviva 'il numero'".

"Il numero?"

"0-4-0-3-0-2", hanno detto Julie e Ben contemporaneamente".

"Interessante", disse Reggie.

"Strano", ha aggiunto Sarah.

"A cosa serve il numero?" Chiese Reggie.

"Questo, probabilmente". Julie tirò fuori dalla tasca il telefono dell'uomo e lo tenne in mano. "Non ho provato, ma probabilmente è la combinazione della schermata di blocco".

Tutti si fermarono a riflettere per un momento. Reggie si avvicinò a Ben e gli porse ciò che aveva trovato nel frigorifero. Due bottiglie di bourbon Wild Turkey delle dimensioni di un aereo. *Non male, non eccezionale.* Ben lo ringraziò e girò il tappo della prima.

"Vediamola, allora", disse Reggie. "Aprilo, Jules".

Reggie guardò Julie armeggiare per un attimo con il telefono extra-large, facendolo ruotare nella mano fino a quando non si trovò comodamente nel suo palmo. Alzò il pollice, preparandosi a digitare la combinazione.

Un leggero picchiettio proveniva dalla porta. Reggie si avvicinò e guardò attraverso il buco. "Crawford", disse.

Aprì la porta e la tenne ferma, con uno spazio appena sufficiente a impedire all'uomo di vedere l'interno. "Crawford, è un piacere rivederti. Ti inviterei a entrare, ma...".

Crawford lo interruppe alzando una mano. "Grazie, signor Red, ma non sarà necessario. Sono un po' di fretta, in realtà, e volevo solo verificare una cosa con voi quattro. La dottoressa Lindgren non era nella sua stanza, quindi...".

"Sono andati tutti a fare una passeggiata, credo. O almeno un giro in ascensore. Non ne sono sicuro, ma credo che stessero facendo una passeggiata per vedere i locali".

"Bene, bene. Molto bene. Li terrò d'occhio e se li vedete passate questo".

"Certamente. In cosa posso aiutarla?".

"Mi chiedo se abbia visto un uomo, di aspetto asiatico, un po' più basso di me".

Reggie scosse la testa. "No, mi scuso. Sono stato in camera mia da quando ho cenato".

"Giusto. Beh, è della massima importanza rintracciarlo".

Reggie si accigliò. "Perché? È pericoloso?".

"Oh, no, no", disse Crawford. "È del tutto innocuo, è solo... beh, temiamo che possa essere... sa, non è niente. Vi chiedo solo di farmi sapere immediatamente se lo incontrate".

Reggie annuì. "Assolutamente sì. Ha la mia parola. Se lo vedo mi assicurerò di chiamarlo. E lo farò sapere anche al mio gruppo, se li vedo per primi".

Crawford aveva un'aria solenne. "Grazie, signor Red. Spero che si stia godendo il suo soggiorno fino ad ora".

"È incredibile. Ben fatto, Crawford. Questo posto è davvero mozzafiato".

Il sorriso di Crawford tornò a farsi sentire, la fossetta che si insinuava nella vista di Reggie come se fosse una fossetta con attaccato un volto invece che il contrario. "Bene, bene. Grazie per il suo tempo e mi scusi ancora per il disturbo".

Reggie lo ringraziò e chiuse la porta. Tornò al centro della stanza.

"Ok, gente", disse rivolgendosi alle tre persone sedute sul letto e sulle sedie. "È ora di mettere insieme le idee. Sembra che qui ci sia un mistero".

CAPITOLO 21

"MA PERCHÉ SAREBBE VENUTO DA NOI?". Chiese Julie. Era seduta in piedi sulla poltrona, raggomitolata nei suoi vestiti. Per qualche motivo aveva freddo, anche se Reggie teneva la sua stanza qualche grado più calda della loro. Ben era seduto accanto a lei, disteso a gambe larghe, con il ginocchio destro che quasi toccava quello sinistro.

Sarah Lindgren era ancora sul letto, ma si era accavallata le gambe nude e le aveva infilate sotto di sé, in modo che Reggie potesse sedersi sulla metà inferiore del letto.

"Sì", disse Sarah. "Perché non andare alla polizia, o qualsiasi cosa ci sia qui?".

Ben e Reggie si scambiarono un'occhiata. "Abbiamo ragione di credere che non sarebbe stata una mossa intelligente", disse Reggie. "La sicurezza qui non è esattamente... in regola".

"In alto mare?"

"Degno di fiducia".

"So cosa vuoi dire, ma perché? Hai esperienza con loro?".

Ben annusò, Reggie si guardò intorno nella stanza. Julie decise di intervenire. "Sì, lo sappiamo", disse dolcemente. "Il gruppo che protegge il parco si chiama Ravenshadow. È il gruppo che ci ha inseguito sul sentiero di Lewis e Clark e a Philadelphia".

"Sono loro che hanno ucciso il tuo amico", disse Sarah. Non era una domanda, ma una constatazione.

"Sì", disse Reggie. "Joshua Jefferson. Lo hanno ucciso a sangue freddo e avrebbero ucciso tutti noi. Sono scappati, ma il nostro direttore, il signor E, li ha rintracciati qui. Siamo venuti a cercare il loro capo, Vicente Garza".

Sarah sembrava per metà scioccata e per metà perplessa. "Ok, ha senso, credo. Ho contattato anche il suo direttore, ma, come le dicevo prima, sono qui solo per seguire alcune ricerche che sto facendo".

Ben si spostò sulla sedia e si chinò in avanti. "Lavoriamo molto meglio insieme quando tutte le informazioni sono sul tavolo. Spero che non le dispiaccia ripetersi per il nostro bene".

"No, per niente. Io e Reggie avevamo appena iniziato, comunque. Mi ha parlato un po' del gruppo che stavate cercando di trovare qui, ma non avevo capito che si trattava della forza di sicurezza a contratto. E gli ho detto che stavo seguendo una pista trovata in un articolo online".

"Un articolo online?" Chiese Julie. "Qualcosa su un blog, o su Wikipedia?".

"No, una rivista, in realtà. Con revisione paritaria, di solito. Il tipo di roba che di solito fa il giro delle università, pubblicando cose di cui alla stragrande maggioranza del pubblico non interessa nulla".

"Quindi un po' più affidabile di un semplice blog", ha detto Ben.

"Esattamente. L'articolo però è stato ritirato. Circa un'ora dopo la pubblicazione".

"Un'*ora*? Mi sembra una cosa veloce. Come hai fatto a prenderlo?".

"Ho un feed RSS che analizza le parole chiave e raccoglie tutto ciò che è correlato alle mie ricerche".

Ben annuì come se avesse capito di cosa stesse parlando. Julie annuì perché sapeva di cosa stava parlando.

"Purtroppo non stavo conservando i download degli articoli, e non riesco a trovare alcun risultato della cache con i contenuti da nessuna parte online".

"Quindi non c'è più", disse Ben.

"Più o meno", rispose Sarah. "Ho una specie di memoria eidetica. Mi è stata utile per tutta la vita, ma non posso controllare ciò che la mia mente decide di conservare".

Reggie guardò il dottor Lindgren con rinnovato interesse. "Immagino che questo articolo non sia una di quelle cose che la sua mente ha deciso di archiviare?".

Scosse la testa. "No, non tutto. Solo la prima pagina, che potrei recitare. Ma i dettagli erano molto limitati e, pur ricordando qualcosa della seconda e della terza pagina della pubblicazione, non ne ricordo i particolari".

"Qual è il succo, dottoressa - Sarah -". disse Ben, "perché sei venuta con noi?".

"Beh, è per questo che sono venuto a parlare con Reggie dopo cena. Sarei venuto prima da voi due, ma...".

"Ero più vicino", disse Reggie. "Vero?"

Sarah sorrise. "Giusto".

"Vai avanti", disse Julie, con un filo di tensione nella voce.

"Giusto, mi dispiace. Ho contattato il signor E e gli ho chiesto se avesse informazioni su questo parco. Mi ha risposto subito e mi ha detto che avrebbe mandato una squadra di tre persone e che io ero il benvenuto, con tutte le spese pagate".

"Interessante".

"È quello che ho pensato anch'io. Ma capisco perché sei qui ora, e posso assicurarti che non sono a conoscenza di Ravenshadow o dell'uomo che ha ucciso il tuo compagno di squadra".

"Va bene così, Sarah. Non c'è bisogno di scusarsi", disse Reggie. Julie si aspettava che l'uomo allungasse una mano sulla sua gamba.

"L'articolo mi ha dato alcuni indizi, ma sono qui per scoprire il resto, se possibile. L'articolo parlava di un naufragio".

Gli occhi di Julie si allargarono. "Come ha detto Crawford. Questo parco si trova proprio sopra un naufragio".

"Giusto", disse Sarah. "In realtà è stato *costruito* sopra il relitto. E se l'articolo è credibile, hanno iniziato a dragare il relitto e a svuotarlo dell'acqua".

"Wow", disse Reggie. "È una cosa elaborata. Ed è esagerato, soprattutto per un'attrazione del parco".

"Non credo che debba essere un'*attrazione*", disse Sarah. "Almeno non del tutto. Probabilmente lo apriranno alla visione, dietro un vetro o qualcosa del genere, ma credo che stiano studiando il relitto in qualche modo".

Julie si alzò e si avvicinò al minifrigo di Reggie. "Ti dispiace?", chiese, lanciando la domanda al di sopra della spalla verso l'uomo sul letto.

"Per niente".

La aprì e trovò una bottiglia di Canadian Club da due bicchieri. *Dovrà bastare*, pensò. La aprì mentre tornava alla sua sedia. "Sarah - e lo dico senza offesa - tu sei un'antropologa, giusto?".

Sarah sorrise. "Non c'è niente da fare. Sì, avete ragione. E so cosa state pensando: perché un *antropologo* dovrebbe interessarsi a un naufragio? Quello sarebbe il territorio di mio padre. Antichi misteri, relitti sommersi nel mare e tutto il resto, giusto?".

Julie annuì.

"L'articolo diceva che avevano *trovato* delle cose nella nave. Non solo manufatti, come oro e argento, che hanno trovato, ma anche altre cose".

"Cose... come cosa?" Chiese Ben.

"Beh, come le persone".

"Persone?"

"Scheletri. Resti di ossa. Campioni strutturali che sembrano indicare che le persone all'interno della nave erano per lo più di origine spagnola".

"Per lo più?"

"Per lo più", disse annuendo. "E il resto era nelle altre pagine dell'articolo, quindi non ricordo bene i dettagli, come hanno fatto i test, quel genere di cose, ma ricordo che l'*altra* linea di discendenza principale sembrava essere quella degli Inca".

"Inca", disse Reggie. "Hmm."

"Sì", disse. "La mia ipotesi di lavoro è che questa nave facesse parte di una flotta di tesori, diretta in Spagna, quando è stata colta da una tempesta ed è affondata. Sicuramente c'era un tesoro a bordo, a giudicare dalle monete e dai manufatti trovati, ma credo che il *vero* tesoro - il *vero* motivo per cui questa nave stava tornando in patria - fosse il suo carico *umano*. Gli scheletri".

CAPITOLO 22

CARICO UMANO. Ben non era sicuro del motivo per cui il carico umano avrebbe dovuto essere importante per gli spagnoli, a meno che non avessero intenzione di usare le persone come schiavi, ma sapeva che non avevano ancora una storia completa. *Non avevano* davvero *idea di* cosa stesse succedendo qui, ma Ben aveva l'impressione che stessero per scoprirlo.

"Julie, dovresti controllare il telefono", disse.

Julie lo guardò stranamente per un secondo, poi i suoi occhi si illuminarono. "Me ne ero quasi dimenticata! Sì, controlliamo il telefono di questo ragazzo".

Tenne il telefono in alto e aspettò che la schermata di blocco lampeggiasse, aspettando la combinazione di numeri. Digitò il codice che le aveva dato l'uomo, *0-4-0-3-0-2*, e rimase a guardare.

La schermata di blocco si trasformò in una schermata iniziale, con una fila di cartelle e icone distribuite sulle tre righe superiori. C'erano le applicazioni standard, come *Impostazioni* e *Calendario*, oltre ad alcune che non capiva e che pensava fossero destinate al lavoro dell'uomo.

"Ha idea di cosa dovremmo controllare per prima cosa?". Chiese Julie.

"Informazioni sull'utente?" Chiese Reggie. "Magari per avere un nome?".

Lei annuì e già sfogliava le cartelle per trovare l'applicazione *Contatti. La* toccò, aprì la prima voce con l'etichetta *"La mia scheda"* e iniziò a leggere ad alta voce. "Dr. Joseph Lin. Impiegato alla *Ocean-Tech.* Ha un numero di telefono e un indirizzo e-mail".

"Bene, dottoressa Lin", disse Reggie, che ora passeggiava nella stanza tappezzata di moquette. "Quali segreti ha in serbo per noi?".

Continuò a leggere, ma nessuna delle informazioni era immediatamente utile. "Qualche altra idea?"

"Immagini", disse Ben. "Trova le foto".

Ben osservò il volto di Julie mentre navigava tra le cartelle e le schermate del telefono. Trovò l'applicazione e lui osservò la piccola parte di schermo che riusciva a vedere mentre lei apriva il primo album all'interno dell'applicazione.

Julie si bloccò e Ben notò che i capelli sulla sua nuca si drizzavano. Sussultò, poi deglutì. Appoggiò il telefono sulle ginocchia come se fosse improvvisamente caldo, senza volerlo toccare. Ma non distolse lo sguardo.

Ben si sporse per vedere, mentre Reggie correva verso di loro. Anche Sarah scese dal letto e si avvicinò.

Ben si mise una mano sulla bocca. *Dio, che schifo.* Tenne la mano lì, senza parlare.

L'immagine sullo schermo di fronte a Julie era quella di un braccio. Un braccio umano, steso su un tavolo di metallo vuoto. Non c'era alcun corpo attaccato al braccio, ma era chiaro che il braccio era stato *staccato* di recente.

Chiaramente, perché il punto in cui il braccio avrebbe dovuto incontrare la spalla era stato strappato via, la pelle e il tessuto muscolare aperto sanguinavano e si contorcevano sull'intera ferita aperta. Uno squarcio nella carne mostrava l'estremità dell'osso che faceva capolino, la testa dell'omero. Ben non sapeva bene cosa pensare. Una cosa era vedere l'immagine di un arto in televisione, o in un libro di testo, o persino in un articolo online. Ma sul *telefono* di una persona, un'immagine che quella persona aveva preso personalmente... era tutta un'altra cosa.

"Che *diavolo* è?" Chiese Reggie. "È reale?"

"Sembra di sì", disse Sarah. "E a giudicare dalla ferita, non è stato rimosso chirurgicamente".

"No, a meno che per te 'intervento chirurgico' non significhi 'brutalmente fatto a pezzi'".

"Wow", disse Julie. "Non posso - io non...".

"Jules, vai alla prossima immagine", disse Ben. Vide che nella parte inferiore dello schermo del telefono c'erano delle piccole icone che raffiguravano altre immagini della serie, anche se non riusciva a capire cosa fossero.

L'ha fatto. La foto successiva era dello stesso braccio, da un'altra angolazione. Questa immagine mostrava altri lividi, le cicatrici nero-violacee appena sotto la pelle della parte superiore del braccio. A Ben sembrava che una creatura massiccia avesse afferrato il braccio della persona e lo avesse strappato via dall'osso.

Ma qualcosa nella foto ha attirato l'attenzione di Ben.

"Vai alla prossima immagine", disse. Gli altri erano riuniti intorno alla sedia di Julie e guardavano il telefono.

Passò il dito a destra e l'immagine successiva riempì lo schermo. I sospetti di Ben furono confermati: l'immagine riguardava l'area accanto al braccio, appena visibile nell'ultima immagine ma in primo piano sullo schermo in questa.

Era il corpo a cui apparteneva il braccio.

"Che schifo", disse Reggie. "Odio vedere i cadaveri".

"Ne hai visti molti?". Chiese Sarah.

Le lanciò un'occhiata. "Solo un po'".

Il corpo era bianco, freddo e rigido. Si trattava di un'inquadratura del busto, dall'angolazione appena sopra il braccio mozzato, guardando il lato sinistro del corpo da cui si era staccato il braccio. C'era una ferita nel punto in cui il braccio era stato rimosso, ma la ferita sembrava essere stata pulita e ricucita, a differenza dello squarcio di sangue aperto del braccio. La spalla del busto sembrava ingrandita da questa angolazione, più larga e più alta della spalla opposta, e piccole protuberanze ossee spingevano verso l'esterno sotto la pelle cicatrizzata della ferita.

"Sono d'accordo con Reggie", disse Ben. "Che schifo".

"Che cosa abbiamo davanti, dottore?". Chiese Reggie.

La dottoressa Lindgren scosse la testa, ma non staccò gli occhi dal telefono in mano a Julie. "La vostra ipotesi è valida quanto la mia, ragazzi. È un corpo e un braccio. Sono stati rimossi l'uno dall'altro".

"Un'osservazione *curiosa*, dottore", disse Reggie. Nessuno rise.

"Sul serio", ha aggiunto. "Sono un antropologo. Per la maggior parte del tempo non ho la possibilità di guardare altro che vecchie ossa. Le mie lezioni di anatomia e di medicina mortuaria erano solo un programma di base, quindi non sono in grado di capire cosa stia succedendo qui oltre all'ovvio".

"Se dovessi indovinare?" Chiese Julie.

"Se dovessi tirare a indovinare", rispose Sarah, "direi che il braccio della persona è stato rimosso con violenza. Si può vedere dove le ossa si sono spezzate, e i tendini e la struttura muscolare indicano che c'è stato un forte trauma durante l'operazione".

Ben annuì. "Quindi questo Lin è un assassino".

"Non lo sappiamo", disse Reggie. "Era coinvolto in qualcosa qui, questo è certo, altrimenti non sarebbe venuto di corsa nel corridoio a cercare aiuto. E c'è una forte possibilità che stesse cercando di ripulire il suo nome: dopo tutto, vi ha dato il suo telefono e il codice di accesso".

"Giusto", disse Ben, "ma perché? Se era coinvolto in tutto questo, perché venire da noi?".

"Siamo state le prime persone che ha visto?". Chiese Sarah.

"Forse. Ma non ci sono altre persone come lui in giro? Personale, impiegati, qualcosa del genere?".

"Probabilmente. Potrebbe essere che per qualche motivo si trovasse qui, nell'albergo, invece che nel laboratorio. Crawford non aveva detto che l'hotel era l'anello centrale e il secondo era per i laboratori e gli alloggi del personale?".

Ben annuì. "Ci sono altre foto?", chiese.

Julie passò all'immagine successiva. Si trattava di un altro uomo, seduto, con la schiena appoggiata a un muro.

"Credo che sia ancora vivo", disse Sarah. "Ha la testa abbassata, ma sembra che stia dormendo".

Ben si rese conto che aveva ragione. Non riusciva a capire perché, ma l'uomo sembrava essere in un sonno profondo, ma non morto. Aveva la pelle scura, era nudo e aveva il braccio destro al fianco. Il suo lato destro era rivolto verso la telecamera, quindi Ben non poteva dirlo con certezza, ma sembrava che...

"Gli manca un braccio", ha detto Reggie. "Il braccio sinistro non c'è più".

"Riesci a capirlo da quell'angolazione?" Chiese Julie. "Non riesco a vederlo". Pizzicò lo schermo e allontanò le dita, ingrandendo l'immagine. La qualità era buona e l'immagine si ingrandiva con poca pixelatura. Tuttavia, era difficile capirlo.

"Credo", disse Reggie. "Vai al prossimo".

Julie scorse l'immagine successiva e questa volta Ben ne fu sicuro. L'immagine ritraeva una donna nello stesso tipo di spazio: tre pareti in vista con un soffitto molto basso. Una stanza stranamente piccola, e l'immagine era stata scattata da sotto la donna, con lo sguardo rivolto verso l'alto. Come se l'operatore fosse stato sdraiato sul pavimento per lo scatto.

"Immagino che questo risponda alla tua domanda", disse Sarah.

La donna non dormiva o era morta, ma era ben sveglia, rivolta verso la telecamera dalla sua posizione seduta lungo la parete di fondo. Il suo viso aveva un'espressione vuota mentre fissava in avanti. Anche lei aveva la pelle scura, i lunghi capelli neri che le ricadevano intorno alle spalle, non trattati e lucidi di olio, ma ancora graffiati dall'usura e dalle poche attenzioni. I capelli erano abbastanza lunghi da coprire il collo, ma non abbastanza da coprire i seni nudi.

E le mancava una gamba.

La testa di Julie cadde un po' all'indietro. Ben la fissò, cercando di dare un senso a ciò che stava vedendo. La donna non sembrava turbata, ma nemmeno felice. Le sue emozioni erano completamente diverse, sembravano inesistenti. Solo un guscio vuoto di donna. Non cercava di coprirsi, né sembrava che le importasse di essere fotografata. Semplicemente... *era*.

"Strano", disse Ben.

"*Molto* strano. A lei manca una gamba, a quel ragazzo probabilmente mancava un braccio...".

"E al primo ragazzo mancavano un braccio *e la* vita".

"Che diavolo è tutto questo?". Chiese Julie. "Pensi che stia succedendo *qui*?".

Reggie scrollò le spalle, guardando l'orologio. "Non ne ho idea. Spero di no. Ma si sta facendo tardi e nessuno ha mai risolto un mistero quando era stanco. Dormiamo un po'. Domattina, per prima cosa, possiamo parlare con il signor E e fargli sapere cosa sta succedendo".

Si guardò intorno. Ben non aveva alcun problema con la decisione di Reggie, anche se la sensazione assillante di voler capire in cosa si fosse cacciato questo dottor Joseph Lin stava crescendo.

Dovrà aspettare, pensò. *Avrei bisogno di dormire un po'. Tutti ne avremmo bisogno.*

Julie sbadigliò accanto a lui, spegnendo lo schermo del telefono. Lo guardò.

"Bene", disse Ben. "Rilassiamoci un po', dormiamo un po'. Domani è un nuovo giorno. Potremo alzarci presto, fare il check-in con il signor E, fare una buona colazione e poi vedere cos'è *davvero* questo posto".

CAPITOLO 23

LA MATTINA ARRIVÒ IN FRETTA. Ben si aspettava di svegliarsi e di renderti conto di essere ancora in un sogno. Gli sembrava di non aver dormito affatto, di essersi rigirato nella notte fino a quando l'intensità brutale del sole bruciava attraverso le tende aperte.

Gemette, alzandosi a sedere. *Dovrò chiuderli prima di andare a letto stasera,* pensò. Appoggiò i piedi sul pavimento e aspettò, stirando la schiena e il collo. Aveva circa trent'anni, ma a volte gli sembrava di essere vicino ai sessanta. Il suo corpo era nella forma migliore della sua vita grazie a un regime di allenamento opprimente ideato da Reggie e che seguiva da sei mesi, ma si stava rendendo conto che più invecchiava e più doveva lavorare sodo solo per far funzionare le cose come dovevano.

Julie russò un respiro veloce e sbuffante, poi si girò, rovesciò il braccio sul cuscino di lui e si distese al centro del letto. Era una dormigliona egoista, che occupava più della sua parte di spazio. Ben pensava che fosse carino, ma non glielo aveva mai detto. La guardò per un momento e sorrise. Gli sembrava di essere ancora sulla nave da crociera, al risveglio dopo una pigra giornata passata al sole e senza fretta di ricominciare tutto da capo.

Ma *non erano* su una nave da crociera, né si trattava di una vacanza. Avrebbe fatto del suo meglio per godersi il tempo qui con lei, ma voleva *lavorare*. Voleva trovare il Falco - Vicente Garza - e il resto dei suoi scagnozzi di Ravenshadow, e voleva consegnarli alla giustizia. O occuparsene lui stesso.

Era un'ipotesi fantasiosa, ma la CSO era stata creata per questo tipo di lavoro. Trovare risposte a problemi urgenti che il governo americano non poteva, non voleva o non doveva affrontare. Cose che richiedevano più attenzione di quanta ne potesse offrire un civile non addestrato, ma che non necessitavano necessariamente di una squadra di forze speciali.

Ben, Reggie e Julie - e in precedenza Joshua Jefferson - avevano costituito la spina dorsale dell'organizzazione, diventando una sorta di amalgama tra cacciatori di tesori, detective e poliziotti cittadini. Mr. E e sua moglie fornivano il supporto di alto livello, compresi i finanziamenti e la logistica delle comunicazioni, mentre i tre membri rimanenti della squadra diventavano la task force sul campo.

Ben non era del tutto sicuro di cosa avrebbero fatto esattamente qui, ma la missione, così come gli era stata spiegata dal loro capo, era semplice: capire cosa stesse facendo la *OceanTech* qui nel loro nuovo istituto, vedere se riuscivano a trovare Ravenshadow e l'uomo responsabile della morte di molte persone, e poi... fare rapporto.

È l'ultima parte che Ben ha dovuto affrontare con difficoltà. Si conosceva bene. Non era avventato o sconsiderato, ma non era sicuro che sarebbe stato in grado di trattenersi dal prendere in mano la situazione se *avessero* incontrato Vicente Garza. Peggio ancora, non era sicuro che *Julie* potesse trattenersi.

Si alzò in piedi e continuò a fare stretching, rimandando quei pensieri in fondo alla mente. Per il momento aveva preoccupazioni più importanti e il primo ordine del giorno era occuparsi degli affari. Entrò nella toilette e iniziò a chiudere la porta.

"Sei sveglio?", sentì dire a Julie.

Aprì di nuovo la porta. "Già. Perché?"

"Ho fame", ha detto.

Sorrise di nuovo. "Non mi sorprende. La mattina sei un ciccione".

"Ehi", disse. La stanchezza rovinò qualsiasi finta rabbia che stava cercando di mettere in atto.

"Chiamerò il servizio in camera", disse Ben. "Ho visto un menu sulla scrivania. Sembra che non ci siano limiti a quello che possiamo ordinare".

Julie rise, con la voce profonda e piena di sonno. "Beh, in questo caso, voglio pancake *e* waffle. Non si può mai ordinare, sai? O uno o l'altro".

"Sì", ha detto. "Ho sentito il discorso".

"Era solo per dire".

Chiuse la porta del bagno e decise di chiamare subito il servizio in camera, usando il telefono del bagno, in modo che fosse pronto per loro quando sarebbe uscito dalla doccia.

Aprì l'acqua, la sentì e vide che i getti erano sia sulla parete *che sul* soffitto, un notevole passo avanti rispetto al gocciolio che avevano avuto nel bagno a forma di fiammifero della nave da crociera. Sospirò, sapendo che, a prescindere da ciò che avrebbe portato oggi o domani, questa doccia sarebbe stata una forma di tregua per lui. Era un uomo semplice e una doccia bollente di solito bastava a calmare i suoi nervi.

Prima di poter entrare, però, sentì bussare alla porta. Si voltò, prese l'accappatoio da uno dei ganci vicino alla porta, lo indossò e si diresse verso la porta d'ingresso della camera d'albergo.

"Pronto?", disse rispondendo.

L'uomo lo accolse con un sorriso fin troppo gioioso per quell'ora del giorno. "Servizio in camera, signore", disse l'uomo.

"Di già?" Chiese Ben. "Stavo per entrare nella doccia".

Il volto dell'uomo assunse un'espressione di grave disappunto, e

Ben era sicuro che avrebbe avuto la stessa espressione se avesse preso a calci il suo cane. "Mi scuso, signore. Posso tornare tra qualche...".

"No", disse Ben. "Va bene così. Anzi, benissimo. La mia moglie-fidanzata sta morendo di fame. Entrate pure".

L'uomo fece come gli era stato detto ed entrò, portandosi dietro un carrello pieno di piatti e coperte d'argento. Lo tirò dentro la stanza e si fermò appena fuori dal bagno. Non guardò nel resto della stanza e Ben pensò che fosse per non mettere in imbarazzo l'altro ospite.

Sorrise, l'uomo si girò e si inchinò rapidamente, poi uscì dalla stanza.

Ben guardò i piatti. Ce n'erano cinque in totale e iniziò a togliere i coperchi da ognuno per vedere come si faceva colazione in questo posto rispetto alla nave da crociera. Non rimase deluso. I primi due, i più grandi, contenevano i pancake e i waffle, una torre di ciascuno. Il terzo e il quarto contenevano frutta e cereali, selezioni tropicali e ciò che supponeva fossero diversi cereali disponibili nelle isole caraibiche. Il quinto piatto era pieno di salmone affumicato, rosa e profumato di legno di quercia. Accanto al piatto c'era una lettera piegata.

Caro Harvey, iniziava il biglietto. *Ricordo che mi hai detto quanto ti sono piaciuti i frutti di mare ieri sera. Spero che non ti dispiaccia questa piccola indulgenza: ieri sera ho fatto arrivare in aereo del salmone per la mia cena e ho pensato a te. Buon divertimento - Adrian.*

"Che cos'è?" Chiese Julie.

"Salmone", disse Ben. "Oltre a un buffet mostruoso di pancake e waffle".

"Hai ordinato il salmone affumicato?".

Scosse la testa. "No. L'ha mandata giù Crawford, credo".

"Wow", disse Julie, senza nascondere l'espressione di shock sul suo volto. "Sta davvero cercando di impressionarci". Entrò in bagno e prese il suo accappatoio, se lo infilò, tornò fuori e cominciò a mangiare le frittelle senza prendere il piatto.

"Sì, è così", disse Ben. "E sta funzionando". Prese un pezzo di salmone e lo ispezionò, poi lo mise in bocca. Si sciolse, trasformandosi in un conglomerato di sapori: pesce, fumo, burro. Perfetto in ogni senso. Non aveva mai pensato al pesce come alimento per la colazione, anche se per gli altri abitanti dell'Alaska sapeva che il pesce era uno stile di vita. Chiuse gli occhi, masticò e deglutì. *Incredibile.*

Julie si dedicò di nuovo ai pancake, questa volta facendo scivolare tre dischi su un piatto. "Buono?", chiese.

Ben non parlò nemmeno. Masticava, faceva qualche rumore e teneva gli occhi chiusi.

"Ok", disse Julie. "Ho capito il senso".

"Allora, cosa c'è in programma per oggi?". Chiese Julie.

Ben aprì finalmente gli occhi, ma continuò a spalmare il cibo in bocca. Prima un altro filetto di salmone, poi una mezza frittella, poi un waffle intero. Julie lo guardava e aspettava, impaziente a giudicare dall'espressione del suo viso.

"Beh", disse, cercando di masticare e parlare allo stesso tempo. "Credo che dovremmo cercare di recuperare questa vacanza, giusto?".

Julie aggrottò le sopracciglia. "Davvero? Dopo quello che è successo?".

"Che cosa è successo?"

"Dottoressa Lin", disse Julie. "Non possiamo ignorarlo. Quell'uomo era... frenetico".

"Non stiamo ignorando nulla, Jules. Sto solo dicendo che dovremmo prenderci il nostro tempo, approfittando della nostra vacanza *prolungata*".

"È questo che è adesso?", chiese. La sua voce si era alzata di qualche nota e cominciava a suonare stridula.

"Cosa?"

"Tu... ci hai costretti qui, a seguire Reggie, apparentemente per poter continuare a lavorare, anche se avremmo dovuto...".

"Siate in vacanza", disse Ben. "Lo so. Ci stavo pensando e penso che sarebbe meglio prendere le cose con calma. Rilassarsi un po' e godersi il paesaggio".

Julie scosse la testa, stringendo i pugni accanto a sé. Nessuno dei due si era mosso dal carrello. Entrambi stavano mangiando dai piatti che avevano appoggiato sul bordo del vassoio rotante, prendendo i bocconi tra una parola e l'altra.

"Qual è il problema?" Chiese Ben. La sua stessa voce cominciava ad alzarsi.

"Il *problema*? Ben, stai scherzando, vero? Nessuno è così *ottuso*".

"Denso? Mi scusi, non sono sicuro di cosa stia parlando -".

"Ben, andiamo. Io e te dovevamo fare una bella vacanza di una settimana. Solo io. E tu. *Non* Reggie".

"Non l'ho costretto a presentarsi!". Ben gridò.

"No, certo che no. Ma non l'hai nemmeno buttato giù dalla barca".

"Oh, cosa? Dovevo forse buttarlo giù dal bordo?".

"No", rispose Julie, "dovevi dirgli di no. Che eravamo in vacanza. Che ci stavamo solo *rilassando*, proprio come hai detto che stavamo facendo qui".

"E perché *non possiamo* rilassarci qui? Perché deve essere per forza su una nave da crociera?".

"Perché *non possiamo*? *Perché*? Perché, Ben, questo è un viaggio di lavoro. Sappiamo entrambi che qui sta succedendo qualcosa, e il signor E e Reggie ci hanno voluti qui proprio per capire *di cosa* si tratta. Siamo qui perché *hai* detto a Reggie che l'avremmo fatto. Ti ho seguito, come faccio sempre, e...".

"Come *fai sempre?*" urlò Ben. "Ma che dici?"

"Da quando ci siamo conosciuti, a Yellowstone".

"Come scusa?" Chiese Ben. "*Mi hai* costretto a venire con te".

"E saresti *morto* se non l'avessi fatto, Ben. Non negarlo".

"Ma questo non significa che lo *volessi*".

Julie incrociò le braccia, ignorando il cibo e concentrando tutta la sua attenzione sull'uomo con cui aveva accettato di passare il resto della sua vita. "Sì, ne ero consapevole allora e lo sono anche adesso. Grazie per avermelo ricordato, Ben".

Ben si accigliò, prendendo un'altra fetta di salmone dal piatto.

"Sei un pezzo di bravura, lo sai?".

"Che cosa significa?" Chiese Ben, con la bocca piena di cibo.

"Significa che sei un idiota. E non sono sicuro che mi *interessi* quale sia il piano per oggi, onestamente. Vado a cercare Sarah".

"Bene", disse Ben. "Prendetevi un po' di tempo per le ragazze, per quanto mi riguarda. Io e Reggie siamo venuti qui per *lavorare*, per capire cosa sta succedendo qui. Ma divertitevi".

Negli occhi di Julie ora c'erano delle lacrime e Ben si sforzò il più possibile di non vederle. Ma sapeva che c'erano e sapeva di aver perso. A parte la sua testardaggine, sapeva che sarebbe stato lui a doversi scusare più tardi, che fosse oggi o stasera. Poteva nascondersi, ma non per sempre. Poteva ignorare i suoi sentimenti, ma non per sempre.

Dannazione.

Le donne erano complicate. Prima di Julie non aveva mai avuto una relazione, tanto meno una seria e duratura. Julie era l'amore della sua vita, ma gli veniva costantemente ricordato che l'amore richiedeva impegno e una buona dose di orgoglio.

Sbatte l'ultimo rettangolo di salmone, ignorando il resto dei cumuli di cibo davanti a loro, e apre la porta.

Uscì nel corridoio e girò a destra, dirigendosi verso la stanza di Reggie.

Lasciò sbattere la porta mentre usciva.

CAPITOLO 24

"PROBLEMI IN PARADISO?" Chiese Reggie, appena aperta la porta. Il volto malinconico di Ben lo fissò e Reggie gli fece cenno di entrare.

"Sì", disse Ben. "A dir poco".

"Mi dispiace, amico", disse Reggie. "Vuoi qualcosa da mangiare?".

Reggie aveva una colazione impressionante quasi quanto quella di Ben e Julie: cumuli di uova strapazzate, frutta fresca, strisce di pancetta e salsicce. Reggie si definiva un "fanatico delle proteine", mangiava praticamente di tutto, ma preferiva iniziare la giornata con una sana dose di grassi animali e carne. Aveva sviluppato questa abitudine durante il servizio militare, scoprendo che il suo corpo rispondeva meglio a una dieta povera di carboidrati e ricca di proteine e grassi, e non era mai riuscito ad abbandonarla.

E come uomo alto più di un metro e ottanta e con un peso di quasi 240 chili, soprattutto di muscoli, aveva un appetito famelico. Per quanto Reggie fosse in forma, la sua capacità di consumare più cibo di quanto un normale uomo umano dovrebbe essere in grado di consumare era una contraddizione.

Ben scosse la testa ed entrò nella stanza. "È che... non capisco".

"*Prendere* o prendere *lei*?" Chiese Reggie.

"Sì".

Reggie gettò la testa all'indietro e rise. "Non preoccuparti, amico mio. Le donne non sono state create per essere capite. È la ragione per cui so che qualsiasi entità superiore esista lassù ha un *forte* senso dell'umorismo".

"O una contorta".

"Su col morale, amico", disse Reggie. "Sei in paradiso, ricordi?".

"Sembra un purgatorio".

Reggie rise di nuovo. "Sciocchezze. Siamo qui per fare un lavoro, ma è un lavoro semplice. Troveremo il Falco, lo porteremo dentro e ci divertiremo mentre lo facciamo".

Ben fece un rumore. "Davvero? Te la sei bevuta? *Non siamo mai* stati mandati in missione e siamo finiti tutti rilassati e a nostro agio. Pensi che ora sarà diverso?".

Reggie sospirò. "No, credo di no. Se Vicente Garza è qui, non entrerà in silenzio. E probabilmente avrà intorno a sé non pochi dei suoi scagnozzi che lo proteggono. Quindi siamo in stato di massima allerta finché non avremo finito".

"Fantastico. Julie andrà fuori di testa quando glielo dirò".

"Amico, lei lo *sa* già. Non è stupida, e non penserai davvero che ti abbia seguito fin qui perché pensava che sarebbe stato un prolungamento delle sue vacanze, vero?".

Ben scosse la testa e scorse lo strato superiore di uova sul piatto. Non usò né la forchetta né il piatto, si limitò a spalmarne un po' in bocca e a masticarle lentamente. Reggie lo guardò per un attimo, poi prese una fetta di pancetta e lo seguì.

"Credo di no", disse Ben. "Ma... ma era così *strana* al riguardo. Come se fossi io il motivo per cui siamo qui. *Sei stato tu* a venire sulla nostra nave da crociera e a dirci del...".

Reggie alzò una mano. "Sì, ma non vi ho *fatto* venire io. Ben, è solo *preoccupata*. Lei ti ama. Diavolo, sta per sposarti per qualche stupido motivo. Questo significa che *ci tiene* a te e vuole essere sicura che tu stia facendo ciò che è giusto per *entrambi*".

"Reggie, perché diavolo ci hai detto di venire qui se non pensi nemmeno che sia una buona idea?".

Reggie fece un passo indietro, più in là nella sua stanza. "Ehi, amico. Non sto dicendo che sia stata una cattiva idea venire. È il nostro *lavoro* venire, ricordi? Abbiamo firmato per questo".

"Allora cosa stai dicendo?".

"Sto solo dicendo che ha ragione su di te, sai? Ti ha capito, amico, e non è una cosa così difficile da fare. Sei il tipo di persona che non si lascia andare finché non ha capito tutto. Qualunque cosa sia. Non la lascerai cadere, anche se questo significa correre a capofitto nel pericolo. È la tua più grande risorsa, ma anche la tua più grande debolezza".

Ben lo guardò come se stesse per mettergli fretta. Reggie si tenne pronto, non sapendo se Ben avrebbe cercato di placcarlo o sarebbe scoppiato in lacrime.

"Grazie. Apprezzo il voto di fiducia".

Reggie sorrise. "Senti, amico, non sto cercando di farti arrabbiare. Ti sto solo dicendo la verità. È incazzata perché ti conosce e sapeva cosa avresti fatto ancora prima di farlo. Non la biasimo, e non dovresti farlo neanche tu".

"Beh, non importa. È troppo presto per bere?".

Reggie rise. "Mai. Ma abbiamo in programma qualcos'altro. Ho pensato che io e te potremmo andare nell'ufficio di Crawford e fargli qualche domanda sul parco, sul suo passato, eccetera. Sarah e Julie andranno a dare un'occhiata all'area del personale e dei dipendenti, per vedere se c'è questo dottor Lin".

Ben si accigliò. "Avevi già organizzato tutto? Julie non mi ha detto nulla".

Reggie sorrise, con un sorriso sornione che gli cresceva sul volto.

"Julie non ha ancora saputo dei piani, ma io e Sarah li abbiamo fatti stamattina, dopo...".

"Basta", disse Ben. "Fermati e basta. Ho capito. Sembrava che aveste fatto amicizia in fretta".

"Cosa? Non è successo nulla. Solo due colleghi nerd che chiacchieravano della missione. Abbiamo pensato che sarebbe stato meglio anticipare la giornata, magari per avere un po' di tempo per stare insieme e rilassarci nel pomeriggio".

"Giusto", disse Ben. "Bene. Allora andiamo al sodo. Dov'è l'ufficio di Crawford?".

Il sorriso di Reggie crebbe, l'enorme sorriso che era arrivato a definirlo si allargò sul suo volto. "Questa è la parte migliore".

CAPITOLO 25

"SONO PREOCCUPATA PER BEN", disse Sarah mentre camminavano lungo il corridoio verso gli ascensori. "Sembra così concentrato sulla missione, così intento a trovare questo tizio, Vicente Garza".

Julie aspettò un attimo, riflettendo. "Beh, Garza ha ucciso il suo amico".

"Anche il *tuo* amico, vero? E di Reggie?"

"Sì".

"Allora perché Ben è quello che sembra così...".

"Senta, *dottor Lindgren*", disse Julie, con le parole che le uscivano di bocca. "Non la conosco e so che lei non conosce il mio fidanzato. Lui sta *bene*. È fatto così, ok?".

Sarah sembrava essere fisicamente ferita. Ha rallentato. "Mi... mi dispiace. Non volevo dire nulla".

Julie sospirò. "Lo so. È solo che... è complicato. È un tipo interessante".

"No", disse Sarah. "È colpa mia. Non avrei dovuto insistere. So com'è".

"Davvero?" Chiese Julie.

Sarah annuì mentre spingeva il pulsante dell'ascensore. Si stavano dirigendo verso i sottolivelli sotto l'hotel, dove la mappa nella stanza diceva che avrebbero trovato il laboratorio e il braccio di ricerca scientifica della struttura *Ocean Tech*. Il loro piano era semplice: Reggie e Ben si sarebbero recati nell'ufficio di Crawford e avrebbero fatto qualche indagine per conto loro, mentre Sarah e Julie avrebbero controllato le aree del personale per vedere se riuscivano a trovare qualcuno che conoscesse la dottoressa Lin.

Julie era scossa dalla rivelazione di ieri sera sul telefono della dottoressa Lin, ma era troppo presto per dire esattamente cosa stesse accadendo o cosa significasse. Avevano poche informazioni per poter fare delle ipotesi su cosa fossero incappati esattamente, ma Julie sentiva un inquietante senso di terrore intorno a tutto questo. Il volto del dottor Lin era impresso nella sua mente. La sua paura, i suoi borbottii frenetici, i suoi occhi tremolanti che vedevano tutto e niente allo stesso tempo.

Era terrificante e Julie non riusciva a liberarsi della sensazione che qualcosa in questo posto fosse... sbagliato.

Nessun altro sembrava condividere la sua opinione, almeno non ancora, ma come potevano? Non erano lì, non vedevano. Non sapevano. *Non potevano.* Aveva cercato di spiegarlo a Ben, ma lui aveva pensato che l'uomo si stesse semplicemente riprendendo da qualcosa che *aveva* visto.

La verità, ciò che Julie sapeva senza dubbio, era che quell'uomo - il dottor Joseph Lin - non era solo uno *spettatore*. *Ne* faceva *parte*. Aveva un ruolo in tutto questo.

Voleva sapere qual era quel ruolo e, soprattutto, voleva sapere perché. *Che cos'è questo posto?* La domanda rimase nella sua mente per molto tempo dopo che si era addormentata la notte scorsa, fissandosi nel suo subconscio e causando ogni sorta di sogni strani. Non si trattava di incubi, ma di sogni che si concludevano con una sudata fredda e il risveglio con la strana sensazione di essere qualcun altro per un breve momento.

Ripensò al periodo trascorso nella foresta amazzonica, in fuga dallo stesso uomo che Vicente Garza aveva ucciso. Allora stavano studiando i sogni, cercando di capire un legame anomalo tra un'antica tribù di persone e i loro discendenti utilizzando la tecnologia di registrazione dei sogni.

Se solo avessi qui quella tecnologia, pensò. *Forse potrei dare un senso a tutto questo.*

Ma sapeva anche che i suoi sogni non erano la causa del problema. Erano semplicemente un riflesso dei suoi pensieri, la macchina reattiva che il suo computer biologico aveva costruito per gestire circostanze strane e sconosciute.

"Juliette", disse Sarah. "Stai bene?"

Julie si staccò dai suoi pensieri e guardò Sarah. Erano in ascensore ora, in discesa, e Julie poteva sentire la leggera vibrazione della cabina dell'ascensore mentre scivolava lungo il suo cablaggio. "Mi dispiace", disse. "Mi sono assopita. Cosa stavi dicendo?".

Sarah sorrise. "Non si preoccupi. Ho solo detto: 'Sì, so com'è'. Anch'io avevo un ragazzo. Eravamo vicini, stavamo per sposarci, se mai si fosse deciso a chiedermi di sposarci".

"Che cosa è successo?" Chiese Julie.

"Lui... non l'ha fatto. Se n'è andato e basta".

"Davvero?"

"Davvero. È stato straziante. Voglio dire, sono una donna relativamente sicura di sé, ma ho i miei problemi di auto-immagine".

"*Tu?*" chiese Julie. "Voglio dire... scusa. Non volevo che suonasse così scortese. È solo che... sei... Sarah, sei uno schianto".

Sarah guardò il pavimento dell'ascensore. "Grazie. Io... sì, credo di non aver mai avuto problemi ad attrarre i ragazzi. È *convincerli che* ne vale la pena a lungo termine che sembra essere il problema".

"Sei brillante. Sei bellissimo. Probabilmente conosci il kung-fu o qualcosa del genere. Questo è il triumvirato, Sarah. Tutti gli uomini che hai incontrato sono stati intimiditi da te".

Sarah rise. "Magari! No, non conosco assolutamente il kung-fu".

"Eppure", disse Julie. "È così che funziona. I ragazzi vogliono che siamo tutte piccole principesse deboli che hanno bisogno di essere salvate. Tu non mi sembri il tipo da 'Barbie carina'".

"Beh, grazie. Non lo sono. Comunque, questo ragazzo era simile a Ben per certi versi". Si bloccò, gli occhi si allargarono. "Non che Ben avrebbe fatto una cosa del genere. Solo che la sua personalità è simile. Così concentrato, così intenso. Capisce?".

Julie sorrise. "Lo so. Cos'è successo al tuo cavaliere dall'armatura splendente?".

Sarah si sforzò di trovare le parole, guardandosi intorno nella cabina dell'ascensore che scivolava lentamente oltre il "Sub-1" e poi si avvicinava al "Sub-2". "È scappato con un'altra ragazza".

"Mi dispiace molto. La conosceva?"

Sarah annuì. "La mia compagna di classe e poi collega. Eravamo migliori amiche".

Julie si mise una mano sulla bocca. "Dio, è terribile".

"Sembrava la fine del mondo".

"Che cosa hai fatto?"

Sarah scrollò le spalle. "Quello che farebbe qualsiasi accademico incazzato, credo. Mi sono buttata a capofitto nel mio lavoro, ho pubblicato più documenti e articoli di ricerca di quanto una donna sana di mente dovrebbe fare e ho iniziato a costruirmi una reputazione".

"Non sembra così male".

"Ho perso quindici chili e ho rischiato di essere ricoverato in ospedale perché mi rifiutavo di mangiare".

"Oh".

"Niente di grave: l'ho superata, ho continuato a lavorare e alla fine sono diventata più riconosciuta di lei nel nostro campo".

"Deve essere una bella sensazione", disse Julie.

"Non proprio, in realtà", ha detto Sarah. "Questa è stata la sorpresa più grande. Pensavo di poterla 'battere' essendo più brava di lei nella nostra professione. Ma la sensazione di vittoria è stata di breve durata. Mi sentivo ancora derubata, come se mi avessero rubato la vita. Non lo amavo nemmeno più, ma era comunque... uno schifo".

"Ci scommetto".

L'ascensore suonò. Avevano raggiunto il livello più basso, il "Sub-3", e le porte cominciarono ad aprirsi.

Julie guardò Sarah. "Ehi", disse. "Voglio solo che tu sappia che mi dispiace. Ho avuto un brutto atteggiamento e tu sei nuova nel gruppo. Credo di essermi sentita intimidita anch'io. Mi piaci e non vedo l'ora di conoscerti meglio".

Sarah sorrise, un sorriso genuino che Julie non poté fare a meno di ricambiare. "Anch'io, Juliette. Sono entusiasta di questo viaggio e non vedo l'ora di scoprire che cos'è questo posto".

Julie sospirò mentre seguiva Sarah oltre la soglia e il terzo livello. *Vorrei essere entusiasta anche di questo*, pensò. *Ma ho la sensazione che non sarà niente di buono.*

CAPITOLO 26

L'UOMO si sedette in avanti sulla sua alta sedia di pelle. Quasi sul bordo, si muoveva lentamente, dondolando avanti e indietro solo leggermente, abbastanza da far notare che si stava muovendo, ma non abbastanza da sembrare disinteressato. Sul suo volto c'era un sorriso tranquillo. La fossetta era stata soppressa, ancora presente ma non evidente.

Ben entrò nell'ufficio privato di Adrian Crawford, mentre Reggie lo seguiva a ruota. "Buongiorno", si offrì Ben.

Il sorriso di Crawford crebbe. "Benvenuti, tutti e due! Grazie per aver trovato il tempo di venire a trovarmi qui".

È serio? Ben pensò. *Siamo noi quelli in vacanza.*

"Sappiamo che è impegnato, signor Craw...".

"Chiamami Adrian". Non ci fu nessun "per favore", nessun cenno di cortesia, solo una supposizione tra vecchi amici. "Odio quando la gente cerca di essere formale. Siamo tutti coetanei qui, non credi?".

Niente affatto, pensò Ben.

Reggie ricambiò il sorriso. "Certo, grazie Adrian". Avanzò e prese posto su una delle sedie di fronte alla scrivania di Crawford. Un'altra pelle marrone, ma questa non era girevole e aveva lo schienale più basso. Ben seguì l'esempio e si sedette sulla sedia adiacente a Reggie.

"Sono contento che tu abbia organizzato tutto questo", disse Adrian. "Mi scuso per non averci pensato io stesso. Sarà un'occasione *perfetta* per parlare da uomo a uomo".

Reggie annuì.

"Vorrei però che la sua fidanzata e il dottor Lindgren si unissero a noi", ha detto Crawford.

Ben aprì la bocca per spiegare dove erano andati, ma Reggie lo anticipò. "Stanno facendo un piccolo tour dell'anello esterno", disse rapidamente. "Prendono il sole, nuotano e probabilmente si godono il menu del mattino".

Crawford rise. "Certo che lo sono. E si tratta di un menu piuttosto ricco. Come ho detto ieri sera, al momento siamo a corto di personale, ma non di *certo* di forniture. Lei e il gruppo di investitori che alloggia qui avrete praticamente libero accesso a tutti i nostri favolosi bar, anche se, detto tra noi, non sono rimasto molto colpito dalle scelte di consumo degli investitori. Si tratta solo di fare a gara a chi offre bottiglie di vino più costose". Fece una smorfia. "Io sono più un tipo da whisky".

Il sorriso di Reggie si allargò e si sedette sulla sedia, mettendosi più comodo. "Beh, posso capirlo, Adrian".

Ben annuì.

"Bene, allora cominciamo. Reggie, mi avevi accennato che avevi qualche domanda da farmi?".

Reggie si rimise a sedere. "Sì, io... noi lo sappiamo. Come sapete, siamo qui per conto della CSO".

"Le Operazioni Speciali Civili. Un gruppo meraviglioso - siete cacciatori di tesori, no?".

La testa di Reggie si inclinò leggermente. Ben quasi aggrottò le sopracciglia, ma si trattenne. Non erano "cacciatori di tesori", ma di certo si erano imbattuti in quello che in passato poteva essere considerato un "tesoro". Scoperte biologiche e genetiche, nuovi farmaci e una quantità non indifferente di denaro vero e proprio, sotto forma di oro e argento. Ma la direttiva principale della CSO era quella di cercare e trovare gli autori di crimini contro il popolo americano, in patria o all'estero, che non rientravano nella giurisdizione - o nel regno della negazione plausibile - del governo.

Erano come una forza di sicurezza privata, con meno enfasi sulla risoluzione di casi di criminalità e più su casi di importanza storica. Erano guidati da un miliardario filantropo e ognuno di loro era membro del consiglio di amministrazione, insieme a un membro di ciascun servizio armato.

"Più o meno", disse Reggie. "Ma il tesoro che cerchiamo di solito non è quello che la gente considererebbe 'tesoro'. Siamo più che altro 'cacciatori di storia'".

"Capisco", disse Adrian. "E sono incuriosito. È anche per questo che ero così ansioso di ospitarvi: anch'io sono un po' appassionato di storia, anche se la mia formazione è nelle scienze applicate. Ho seguito le vostre carriere fin dai tempi dell'Antartide e devo dire che i risultati del vostro lavoro e la vostra reputazione vi precedono".

Cavolo, questo ragazzo è bravo, pensò Ben. Ora capiva come Crawford avesse ottenuto questo lavoro. Avrà anche avuto una formazione scientifica, ma era un venditore eccezionale. Quell'uomo potrebbe vendere ghiaccio a un eschimese.

"Grazie", ha detto Reggie. "E siamo entusiasti di essere qui. Questo posto è... beh... è fantastico. Lo sapete già, ma sul serio. Ben fatto".

"Grazie", ha detto Crawford. "Sono molto orgoglioso del nostro lavoro qui a *OceanTech* e spero che *Paradisum* sia solo uno dei tanti parchi di questo tipo che apriremo nel prossimo futuro".

"Anch'io". Reggie si spostò sulla sedia, segno evidente che stava per approfondire la conversazione. "Ieri sera hai detto che questo posto è proprio sopra un naufragio".

Adrian Crawford osservò il volto di Reggie mentre parlava, senza offrire nulla.

"...Che relitto è?".

Infine, parlò. "Non lo sappiamo, in realtà. Spagnola, di questo siamo certi. Probabilmente proveniva da una delle flotte di tesori che arrivavano dal Sud America, ma non abbiamo ancora un riscontro definitivo. Non è rimasto molto, se non una conchiglia e qualche incorniciatura".

"Perché costruirlo proprio lì? È una mostra?".

"Sì e no", ha detto Adrian. "È una mostra, ma è *anche* una vera e propria spedizione scientifica. Vogliamo sapere tutto su questa nave, e abbiamo già predisposto le squadre per il recupero e lo sgombero del relitto, mantenendo l'integrità del sito. Speriamo che possa fare da sfondo alla ricerca pubblica che svolgiamo qui a *OceanTech*. Il pubblico non ha idea di come siano questo tipo di spedizioni e il nostro sogno qui al parco è di cambiare questa situazione. Se il pubblico avesse una migliore percezione del significato di "immersione esplorativa" o "ricerca antropologica sottomarina", ci sarebbero molti più giovani uomini e donne che intraprenderebbero una carriera in questi campi. E ci sarebbe più pubblicità e più fondi".

Ben annuì. Era pienamente d'accordo con Crawford. A Yellowstone, lui e gli altri dipendenti del parco si erano spesso lamentati della mancanza di giovani interessati ai programmi all'aperto che gestivano e del numero sempre minore di persone interessate alle carriere nei parchi nazionali e statali. Erano per lo più d'accordo sul fatto che il problema principale fosse l'educazione: se i bambini avessero imparato a conoscere l'ambiente esterno in modo tattile e pratico fin da piccoli, avrebbero portato con sé quell'interesse e quelle conoscenze per tutta l'età adulta.

"Quindi hai intenzione di *mostrare* il relitto?".

Gli occhi di Crawford brillarono e Ben percepì la sua eccitazione salire. "Sì, certo. È esattamente quello che abbiamo in mente". Sorrise a ciascuno di loro, poi continuò. "Purtroppo la camera di osservazione non è ancora pronta: vorremmo prima sgomberare i rottami e pompare la stanza".

"Va bene", disse Reggie. "Sono sicuro che sarà impressionante. Crawford - Adrian, scusa - in realtà siamo qui per un motivo diverso, come probabilmente saprai".

Crawford annuì. "So che siete qui per un motivo diverso, anche se il vostro benefattore non è stato disposto a confidarmi quale sia questo motivo".

"Tende ad essere un po'... riservato".

"Infatti. Beh, se dovessi tirare a indovinare, in base ai vostri precedenti impegni che ho seguito, direi che siete qui per indagare sui nostri protocolli di sicurezza".

Ben guardò la parete alle spalle di Crawford. Vide le credenziali obbligatorie, i diplomi incorniciati di almeno tre istituzioni appesi intorno all'enorme finestra. Vide ritagli di giornale e articoli di riviste, che apparentemente dichiaravano qualcosa di lodevole che Crawford aveva fatto o a cui aveva partecipato. Non c'erano fotografie alla parete, ma lo sguardo di Ben cadde sulla scrivania.

C'era una foto sulla scrivania dell'uomo, rivolta verso il sedile di Adrian ma con un angolo, abbastanza diagonale da permettere a Ben di vederne una parte. Un uomo, una versione più giovane di Adrian Crawford, in piedi accanto a un ragazzo su una sedia a rotelle. Il ragazzo sorrideva, ma il volto di Crawford era una maschera priva di emozioni.

"Non è un'indagine", ha risposto Reggie. "I vostri affari sono affari vostri. Stiamo solo cercando di rintracciare un uomo con cui crediamo che il governo sia interessato a parlare".

"E che uomo è questo?" Chiese Crawford.

"È il capo della vostra squadra di sicurezza", rispose Ben. "Vicente Garza".

Crawford chiuse gli occhi e reclinò la testa all'indietro. "Sì, signor Garza. Ex-militare, un po' un braccio armato".

"Un po'".

"E che interesse ha il CSO nei confronti del signor Garza?".

"Il governo. Non la CSO. Ma - e sono certo che lei lo capirà - il 'governo', almeno di nome, non sarebbe disposto a fare il viaggio fin qui. Non servirebbe ai loro interessi, né ai vostri".

"Suppongo di no", disse Crawford. "Ma mi dica, signor Red, cosa dovrei fare in questa situazione? Consegnare il signor Garza a voi due? Lasciare che lo porti via dal suo posto qui sull'isola?".

Reggie scosse la testa. "Vogliamo solo un incontro".

"Naturalmente".

"Naturalmente?"

"Sì, certo che sì. E cosa devo dirgli della natura di questo incontro?".

Ben si accigliò. "Solo... ditegli che siamo qui per vederlo".

Crawford guardò Ben con sospetto. "Sono qui per *vederlo*. Giusto".

Reggie si piegò di più in avanti sulla sedia e Ben sentì la tensione nella stanza aumentare. Ben guardò Reggie, in attesa di qualche spunto, ma non ricevendone alcuno, continuò da solo. "Senta, signor Adrian, stiamo cercando di trovare un uomo che crediamo sia coinvolto in affari non proprio rispettabili a Filadelfia. Le siamo grati per la sua disponibilità a ospitarci qui per l'inaugurazione e, mi creda, non abbiamo mai visto niente di simile a questo posto. Ma siamo qui per lavoro. E il *nostro* lavoro è Vicente Garza".

Crawford lo fissò.

"Possiamo incontrarlo?"

"Naturalmente".

"Davvero?"

Reggie allungò una mano verso Ben e lo mise a tacere. "Adrian, grazie. Dicci solo quando e dove e noi saremo lì".

Crawford sorrise a entrambi, la tensione si alzò improvvisamente e lasciò completamente la stanza. La fossetta era tornata e persino Ben si sentiva a suo agio. "Infatti. Signori, grazie. Siamo già a corto di personale, ma gli ospiti non sono molti. Ci stiamo preparando per il nostro grande lancio e il signor Garza avrà bisogno di tutto il tempo necessario per preparare la sua squadra, ma sono sicuro di poter ritagliare un'ora per voi".

"Credo proprio che ci basterà un mezzo...".

"Qui le cose si fanno in fretta", ha detto Crawford, interrompendolo. "Un'ora gli darà il tempo di prendere il Subshuttle per tornare qui alla torre centrale. È una bestia lenta, ma efficiente. L'avete già visto?".

Ben e Reggie scossero la testa.

"Beh, consiglio vivamente un viaggio. È meraviglioso: una combinazione di ingegneria e arte, perfettamente equilibrata. È lento, come ho detto, ma ti dà il tempo di ammirare il paesaggio sottomarino".

"Lo faremo di sicuro", disse Reggie, alzandosi dalla sedia. "Quando dobbiamo aspettarci questa riunione?".

Crawford abbassò lo sguardo come se stesse esaminando un'agenda invisibile sul desktop. Guardò per un attimo, poi rialzò la testa e si rivolse a entrambi. "Ora vi chiamo. Credo che faccia una pausa pranzo tra un'ora; può andare bene?".

Reggie guardò Ben, ma stava già annuendo. "È fantastico, grazie".

Ben si alzò per andarsene, poi iniziò a camminare verso la porta. Sentì Reggie alle sue spalle.

"Dove dobbiamo incontrarlo?"

"Prenderete il Subshuttle fino al secondo anello. Scenda agli ascensori, li prenda al primo sottolivello e troverà l'ingresso del Subshuttle proprio alla sua sinistra. In caso di smarrimento, sulla parete fuori dalle porte degli ascensori di ogni piano c'è una mappa. Non avrete bisogno di documenti o di una scorta per entrare nella navetta; ho già disattivato il protocollo di sicurezza. Quando arriverete al secondo anello, troverete una sala da pranzo riservata al personale. Stile buffet. Un po' meno abbondante rispetto al banchetto di ieri sera, ma spero che sia accettabile".

"Andrà benissimo, Adrian. Di nuovo, grazie".

Ben aveva raggiunto la porta, ma si fermò e aspettò che Reggie lo raggiungesse. Rivolse uno sguardo a Crawford, ancora seduto alla sua scrivania. L'uomo sorrideva, ma aveva la testa bassa, ancora una volta intenta a esaminare il calendario invisibile che vi era appoggiato.

Reggie fece una smorfia a Ben mentre uscivano dalla stanza. Ben aspettò che se ne andassero, aspettò che la porta si chiudesse completamente. "Cosa?", chiese infine.

"È stato facile", ha detto Reggie.

"Troppo facile?"

"Forse. Vedremo".

"Qual è il piano?" Chiese Ben. "Pensavo che avremmo dovuto prenderlo tra tre giorni, quando l'elicottero sarebbe tornato".

"Non abbiamo scelta ora. Abbiamo un incontro con Garza, Ben. Forse si presenta, forse no. Se lo fa..."

Ben lo guardò. "Reggie, non sei stato onesto con me".

Reggie guardò a destra e a sinistra, su e giù per il corridoio curvo. Ora erano in piedi davanti agli ascensori, in attesa che salissero al loro piano. "Lo so...", cominciò. "Non ci sono stato".

Ben strinse la mascella.

"Senti, Ben. Il signor E voleva che prendessimo Garza, che lo portassimo qui. Voleva consegnarlo alle autorità; ha detto che lui e la signora E stanno lavorando per costruire un caso contro di lui che includa le prove di Philadelphia".

"È... buono, vero?". Chiese Ben. Era confuso e Reggie non lo aiutava.

"No, Ben. Non lo è. Non *abbastanza*, comunque. Voglio denunciarlo tanto quanto te".

Ben ha aspettato.

"Cioè non *voglio* denunciarlo. Non voglio che abbia *la* possibilità di essere scagionato per quello che ha fatto".

Ben sentì tornare la rabbia, la stessa che aveva provato quando aveva visto Vicente Garza - Il Falco - fissarlo mentre sparava e uccideva il loro amico, Joshua Jefferson. Strinse i pugni, la mascella e le mani in una gara di forza. "Dove vuoi *arrivare*, Reggie?", chiese. Non riusciva a nascondere l'emozione dalla voce, e non ci provò. Reggie sapeva che non era arrabbiato con lui.

"*È proprio* questo il punto, Ben", disse Reggie, con la voce ormai ridotta a un sussurro. "*Non ho alcun interesse* a consegnare quel bastardo alle autorità, solo per farlo marcire in una cella finché qualche potente avvocato non troverà un modo per liberarlo.

La testa di Ben si abbassò di lato. "Stai dicendo..."

"Sto dicendo che non incontrerò Garza per cercare di sottometterlo. Lo incontrerò per poterlo uccidere".

CAPITOLO 27

C'ERANO DUE NAVETTE, una al terzo e una al primo livello. Julie e Sarah erano scese con l'ascensore fino al più basso e ora si trovavano all'interno della navetta mentre scivolava nell'acqua nera e torbida, sospese sul suo cavo. Il sistema era semplice e rendeva il Subshuttle un metodo di trasporto efficiente e un'alternativa economica a qualcosa di più elaborato. Il cavo sembrava essere nient'altro che un tratto inossidabile di fibra metallica arrotolata, come quello che Julie aveva visto spingere gli impianti di risalita e le gondole lungo il loro percorso. C'era anche un sistema di zavorra per evitare che il Subshuttle tirasse o spingesse contro il cavo. Automatizzato, a giudicare dall'etichetta sul portello del pavimento della nave, che apparentemente conduceva alle viscere del Subshuttle e consentiva la manutenzione.

Il tetto della navetta era di vetro, che si estendeva ai lati e a metà strada, dove il vetro terminava in una plastica spessa e scura. L'intero sommergibile era di forma rettangolare, con bordi arrotondati. Si trovavano su un pavimento di plastica, come lo scafo di una barca, e tutto sembrava essere imbullonato e impermeabilizzato.

Nonostante lo spazio antisismico, l'ingegneria e il design del veicolo erano impressionanti. Il soffitto e le pareti di vetro davano a Julie la sensazione di viaggiare nello spazio, mentre l'unica luce proveniva dal sommergibile stesso e da qualsiasi raggio di sole li raggiungesse dalla superficie dell'acqua, a quaranta piedi sopra di loro. La parte anteriore e posteriore dell'imbarcazione erano identiche, la plastica inclinata sotto le finestre di vetro si incurvava dolcemente nel lungo pavimento piatto. I posti a sedere erano stati disposti su un corridoio, due per lato, per un totale di tre file.

"Impressionante", ha detto Sarah.

Julie annuì. Era un po' snervante trovarsi così in profondità all'interno di un sottomarino. Non era mai stata in un sottomarino e la cosa più simile che riusciva a immaginare era camminare attraverso un tubo di vetro che si trovava sott'acqua in un acquario che aveva visitato da bambina.

"Nervoso?" Chiese Sarah.

"Eh? Oh, scusa. No, solo... sì, un po', credo".

Sarah sorrise. "È un po' strano. Anche se siamo solo a trenta o quaranta metri di profondità, sembra molto di più".

"Sì", disse Julie. "Solo una quarantina di metri". Guardò fuori dal vetro sul lato di dritta della nave, osservando l'acqua che passava dal blu scuro al nero e di nuovo al blu. All'improvviso una sagoma passò vicino al finestrino.

Fece un salto indietro, ansimando. "Che cos'è stato?", chiese.

Sarah sembrava perplessa. "Non ho visto nulla. Dov'eri..."

Si bloccò. Julie la guardò. Stava guardando fuori dalla finestra opposta.

"Anch'io ho visto qualcosa", disse Sarah.

Julie si avvicinò alla parte anteriore della nave. "C'è un acceleratore o un pannello di controllo da qualche parte. Vorrei terminare questo viaggio il prima possibile".

"Sono con te", disse Sarah, andando verso il retro. "Qui dietro non c'è niente".

"Neanche qui sopra c'è niente. Nemmeno una fermata di emergenza".

"Immagino che dovremo sperare che quello che c'è là fuori *rimanga* là fuori".

Julie annuì, deglutendo. Stava osservando i progressi della navetta dalla sua postazione nella parte anteriore della barca. Le ampie finestre di vetro si gonfiavano verso l'esterno e l'acqua premeva verso di lei, facendo sì che le particelle galleggianti e i flussi di luce provenienti dalla superficie venissero distorti e ingranditi.

Inoltre, ha fatto sì che tutto il *resto* che fluttuava là fuori venisse ingrandito.

Sobbalzò di nuovo quando vide un'altra forma. Un'ombra che si muoveva da sinistra a destra attraverso la sua visuale. Era *enorme* e intravide una coda che passava davanti al vetro.

Anche Sarah l'aveva visto. "Ok, che *diavolo* è quella cosa?".

Julie scosse la testa. "Non ne ho idea, ma voglio uscirne. Adesso". Cominciò a indietreggiare verso il centro della navetta, aggrappandosi a ciascuno degli schienali delle sedie al suo passaggio. Lì incontrò Sarah ed entrambe le donne guardarono dritto davanti a sé, l'una verso l'altra.

"Non dovrebbe mancare molto, vero?". Chiese Sarah. "E non c'è... nessuna possibilità che entrino...".

"No", disse Julie. "Sono sicura che questa cosa è fatta di qualcosa di più forte di qualsiasi cosa ci sia là fuori".

La navetta scricchiolò e tremò un po', poi Julie la sentì sollevarsi nell'acqua. Stavano viaggiando verso l'alto su un'altura poco profonda.

Rimasero in piedi, silenziosi e immobili, finché Julie non sentì la navetta sbandare di nuovo, poi un fermo meccanico sbatté contro lo scafo della nave e si fermarono. Julie guardò verso la parte anteriore dell'imbarcazione, fuori dalla parete di vetro. L'acqua stava scendendo, defluendo intorno ai lati della navetta e sostituita da una luce bianca e brillante.

"Credo che siamo arrivati", disse Sarah.

"Credo di sì. Mi chiedo quanto tempo ci voglia per pompare l'acqua fuori dalla stanza".

La sua domanda trovò subito risposta: meno di un minuto, grazie a un paio di pompe massicce che risucchiavano l'acqua dal pavimento e la riportavano in mare. Il Subshuttle stesso formò la guarnizione della quarta parete e, nel giro di altri trenta secondi, la porta laterale si aprì, rivelando un lungo corridoio illuminato.

"Siamo arrivati", disse Julie, uscendo. "Immagino che questo sia il laboratorio".

L'anello era molto più grande di quello centrale che ospitava l'ho-tel, quindi i corridoi sembravano più dritti, anche se Julie poteva vedere i bordi curvarsi su entrambi i lati di lei. Sarah uscì e si mise accanto a lei.

"Allora", chiese, "da dove cominciamo?".

"Stiamo cercando chiunque conosca il dottor Lin", ha detto Julie. "E preferibilmente chiunque sappia a cosa stava lavorando".

"Giusto", disse Sarah. "Ma sarei felice di imbattermi anche in chi sa qualcosa di quello che c'è in giro là fuori".

"Non c'è da discutere. Cominciamo a trovare *qualcuno* in gene-rale. Non possono esserci troppe persone qui, giusto? Sicuramente sapranno qualcosa di questo posto e probabilmente anche della dottoressa Lin".

Julie camminava a sinistra, con Sarah Lindgren al suo fianco. Julie rabbrividì ancora una volta, ripensando alla misteriosa creatura che aveva ronzato sulla loro navetta all'andata. La coda lunga e sottile, il corpo scuro, più nero persino dell'acqua in cui viaggiava.

Spero che lo scopriremo presto, pensò. Cominciava a pensare che questo *Paradisum* fosse meno paradisiaco di quanto il nome lasciasse intendere.

CAPITOLO 28

BEN SI SENTIVA MALE, con la testa che gli girava. Si sentiva allo stesso modo in cui si sentiva dopo che lui e Reggie avevano bevuto un bicchiere di bourbon di troppo la sera. Era un tipo da rum e coca, e lui e Julie si concedevano un bicchiere di vino rosso insieme la maggior parte delle sere, ma quando Reggie stava da loro tirava fuori il bourbon.

E in questo momento si sentiva ubriaco. Non stava inciampando, né la sua percezione era compromessa, ma sentiva lo stesso stordimento fluttuante di un eccesso di alcol in corpo.

Lo ucciderà? pensò. Ben voleva che Garza fosse fuori dai giochi tanto quanto Reggie, e sapeva che Julie la pensava allo stesso modo. Joshua era stato un caro amico per tutti loro e tutti volevano che fosse fatta giustizia.

Ma non erano mercenari. Non erano assassini a sangue freddo. Ben sapeva come si era sentito in quel momento; lo ricordava come se fosse ieri. Ricordava dove si trovava, steso sul pavimento della palestra, ferito dalle sue stesse ferite da arma da fuoco. Ricordava di non poter vedere Julie, di non sapere se stesse bene. Ricordava il Falco in piedi sopra di lui, sorridente.

E ricordò Joshua che cadeva a terra, spegnendosi. Era morto giovane, più vecchio di Ben ma più giovane di Reggie di qualche anno. Un tipo integerrimo, ingannato a servire per un'organizzazione che riteneva degna della sua lealtà, fino a quando la spedizione in Amazzonia di mesi prima non lo convinse del contrario e si unì alla CSO come leader de facto.

Chiuse gli occhi mentre scendevano con l'ascensore fino al Sub-1, identificato dal grande pulsante circolare illuminato sul pannello. Lì avrebbero preso il Subshuttle per il secondo anello, dove si trovavano gli alloggi del personale, i laboratori di ricerca e l'appuntamento con Garza.

Ben strinse con due dita l'area intorno ai lati del naso, cercando di allontanare l'ansia crescente. Non possiamo farlo, pensò. *Non possiamo uccidere un uomo senza motivo.*

Sapeva che in effetti *c'era* un motivo. Ma che impressione avrebbe fatto al personale del parco? Agli investitori che visitavano il parco, se si fosse sparsa la voce? Che impressione avrebbe fatto ad Adrian Crawford?

E soprattutto, cosa sarebbe successo quando il signor E lo avesse scoperto? Quell'uomo era un gentiluomo docile e riservato, non privo di stranezze, ma certamente al di sopra di un omicidio a sangue freddo da parte di una squadra di cui era responsabile.

Si voltò verso Reggie. Erano occhi negli occhi, Ben era solo un po' più alto. Ma lui era più grosso. Robusto e intimidatorio quando voleva esserlo. E in questo momento voleva esserlo.

"Non posso permetterti di farlo, Reggie".

Reggie sorrise, poi si accigliò. Ben pensava di non sapere a che gioco stesse giocando.

"Non posso permetterti di uccidere Garza".

"Ben..." Reggie sospirò. "Ben, stiamo parlando di *Garza*. L'H..."

"*So* chi è, Gareth", disse Ben. "C'ero anch'io, ricordi?".

Reggie si avvicinò a Ben. Il suo sorriso si affievolì. "Cosa stai dicendo?".

"L'ho già detto due volte. Non ti lascerò uccidere...".

"Non me *lo permetterai*?".

"È quello che ho detto".

L'ascensore suonò, ma nessuno dei due si mosse. Ben intravide la linea di costa, ora sopra di loro, che sbatteva contro la parte superiore dell'ascensore di vetro. Il blu intenso dell'oceano fuori dalla finestra aleggiava, stringendosi intorno a Ben. Si sentiva costretto, persino claustrofobico.

"Mi *impedirà di* uccidere Garza. È questo che stai dicendo?".

"Reggie, te l'ho già detto. Non puoi entrare lì e ucciderlo. Lui - voglio dire, non è innocente - ma tu rappresenti la CSO ora. Non sei solo un ragazzo deciso a vendicarsi, con tutte le conseguenze del caso. So che questo era il tuo background e...".

Reggie rise, con un grugnito di scherno. "*Non sai nulla* del mio passato, Ben. Te ne ho raccontato alcuni pezzi e il rapporto che probabilmente hai letto contiene i dettagli di base. Esercito, cecchino, ho lavorato come sicario per un po'. Tutto qui?".

Ben annuì.

"Beh, non ne sai neanche la *metà*. Ecco come stanno le cose, amico: quando devo fare la cosa giusta o tirarmi indietro perché non riesco a capire come farla sembrare appetibile, *faccio la cosa giusta*. Pensavo che tu fossi lo stesso tipo di persona".

Le porte si aprirono e si richiusero. L'ascensore non si è mosso.

Ben strinse e strinse i pugni. Aveva voglia di prenderlo a pugni.

"Ben, entrerò in quella stanza e vendicherò la morte del mio amico. Puoi provare a fermarmi, ma ti *garantisco che è* una pessima idea. Sei un duro, ma sei un combattente capace perché *ti* ho *creato* così. Capito? Quindi se pensi...".

Ben si scagliò con un gancio destro, mirando dritto alla mascella dell'amico. *Farlo nel modo più duro, allora,* pensò.

Reggie schivò facilmente il colpo, alzò il gomito e lo abbatté sulla mano destra tesa di Ben, schiacciandogli l'avambraccio. Ben cadde immediatamente in ginocchio, incapace di controllare il dolore che gli bruciava il braccio e la spalla.

Reggie trattenne il pugno di Ben, continuando a premere con il proprio gomito. "Prova di nuovo, Ben".

Ben lo fulmina con lo sguardo.

"Avanti. Provate. Vedi cosa succede. Mi avete visto sconvolto. Ci sto arrivando, velocemente. Sei sicuro di voler stare dall'altra parte?".

Ben lottò contro la presa di Reggie, che però lo teneva in una morsa indistruttibile. Senza che il suo stesso braccio venisse strappato dalla sua sede, Ben era completamente incapace di muoversi.

"Ora ti lascio andare, Ben", disse Reggie. "Non voglio farti del male e mi piacerebbe avere un po' di rinforzi lì dentro. Ma ti dico subito che se provi a fare qualcosa o ti metti sulla mia strada...".

Si fermò. Ben aspettò, ancora con lo sguardo fisso. "Cosa?", chiese. "Hai intenzione di uccidere anche me?".

Qualcosa balenò sul volto di Reggie. Rosso, cupo, cupo, c'era e poi era sparito. Solo una leggera idea che l'uomo stesse pensando, o provando, qualcosa di diverso da ciò che cercava di mostrare all'esterno. La presa di Reggie si allentò un po'. Non abbastanza da permettere a Ben di liberarsi, ma abbastanza da permettergli di girarsi e rimettersi in piedi. Reggie glielo permise.

"Io... io entro, Ben", disse Reggie. "Ti prego, non fermarmi".

Ben rimase lì un attimo mentre Reggie schiacciava il pulsante per aprire la porta della cabina dell'ascensore. Uscì, girò a sinistra e scomparve.

Ben aspettò che Reggie fosse fuori dalla vista prima di emettere un respiro. Ne aspirò altri due, velocemente, cercando di riprendersi. Cercava di capire cosa voleva fare. Voleva urlare. Voleva rincorrere il suo amico e scusarsi, o affrontarlo. Non era sicuro di cosa.

Fece invece un terzo respiro, questo più profondo, e lo trattenne mentre varcava la soglia e usciva dall'ascensore. Girò a sinistra per seguire Reggie e trovò l'uomo in attesa di una porta che conduceva in un'anticamera, la porta e la parete intorno ad essa erano di vetro.

L'insegna sopra la porta recitava "Subshuttle 1" e, proprio quando Ben si fermò accanto a Reggie, la porta si aprì.

Reggie guardò Ben, poi la capsula in attesa dall'altra parte. Si avvicinò.

"Decidi tu, amico. Vieni?"

CAPITOLO 29

IL VIAGGIO in navetta è stato impressionante, ma privo di conseguenze. Come una coppia sposata che supera un rapido litigio, nessuno dei due parlò durante i dieci minuti di viaggio. Reggie provò qualcosa che non era abituato a provare. Era arrabbiato, ma in modo deluso. La rabbia era un'emozione che poteva gestire. La rabbia era un'entità conosciuta, per certi versi *confortevole*. Ci era abituato. Ma questa rabbia non era monodimensionale. Non si basava su un singolo fatto, né si concentrava su una singola idea.

Questa rabbia era basata sul tradimento. Ben era suo amico, a suo dire addirittura il migliore amico che avesse. Si fidava di lui e sapeva che anche Ben lo rispettava. Quando erano insieme erano inseparabili, e lo erano da quando erano usciti dalla foresta amazzonica dopo una missione riuscita.

Quindi il rifiuto di Ben significava per Reggie molto di più di un semplice disaccordo. In questa missione erano senza leader e Reggie aveva già assunto molto controllo. Aveva sempre ammirato Ben per la sua capacità di recupero, il suo senso della giustizia e la sua lealtà verso le persone a lui più vicine. Aveva sempre cercato in Ben la cosa giusta da fare, poiché sapeva che Ben avrebbe fatto tutto ciò che era necessario fare, non importa quale, purché fosse "giusto" nella mente dell'uomo.

Quindi ora, essere così sicuro di sé per poi essere ignorato dal suo migliore amico, era un'emozione strana per Reggie. Voleva compiacere Ben, voleva entrare nelle sue grazie, eppure una forza contraria nella sua mente gli diceva di lasciar perdere, di ignorare del tutto Ben e di andare avanti con ciò che sapeva essere giusto.

E uccidere il Falco era, senza dubbio, giusto. Nel momento in cui aveva preso Julie in ostaggio, Reggie sapeva che Vicente Garza sarebbe morto. E nel momento in cui il Falco aveva premuto il grilletto ponendo fine alla vita del suo amico, Reggie sapeva che sarebbe stato lui a ucciderlo.

Accelerò, non sapendo dove si trovasse Ben dietro di lui e non preoccupandosi abbastanza di voltarsi a controllare. Per essere un uomo grande come Ben, si muoveva furtivamente. Reggie percorse il corridoio e si diresse verso le porte di vetro in fondo, con l'etichetta "STAFF DINING" a caratteri cubitali in vinile bianco. C'erano poche altre persone nella stanza, sedute ai tavoli intorno all'interno, e Reggie aprì le porte ed entrò.

La stanza aveva l'odore di una mensa: molti odori interessanti e deliziosi che si mescolavano e creavano un effetto complessivo non proprio delizioso. Il caldo dell'ambiente aumentava l'atmosfera da mensa liceale, effetto dei forni che sfornavano piatti fin dalle prime ore del mattino. L'umidità dell'aria sembrava persino più alta, il che era sorprendente se si considerava che si trovavano in mezzo all'oceano, ma Reggie non ci fece quasi caso o non se ne preoccupò.

Scrutò la stanza. Un gruppo di tre scienziati, tutti uomini, ognuno dei quali indossava l'obbligatorio camice bianco, sedeva a un tavolo rotondo nell'angolo alla sua destra. Un altro gruppo, composto da due donne e un uomo, era seduto al tavolo di fronte a lui, il gruppo che aveva visto attraverso il vetro.

Dovrò fare in modo di essere discreto, pensò, calcolando già il posizionamento e la tattica. Non voleva che nessuno si facesse prendere dal panico e di certo non sarebbe stato contento di eventuali danni collaterali. *Trovare il Falco, isolarlo, farlo fuori.* Questo era almeno il piano di lavoro. Per esperienza, tuttavia, sapeva che i piani erano destinati a cambiare al volo. E per esperienza, la sua più grande abilità consisteva nell'adattare i piani al volo.

Non vide alcuna parvenza di sicurezza nella stanza. C'erano delle colonne di sostegno, tre in tutto, che poteva vedere, che sostenevano il soffitto della grande distesa di una stanza. La sala da pranzo aveva probabilmente duecento tavoli, ciascuno con quattro o cinque sedie, ma solo i due di fronte a lui e alla sua destra erano occupati.

Si inoltrò nella stanza. Ben apparve al suo fianco, silenzioso come al solito. Reggie avanzò e vide un altro gruppo di cinque persone, tutte in abiti casual, alla sua sinistra, circa a metà della stanza. Erano stati nascosti alla vista dalla colonna di fronte a lui e capì che avrebbe dovuto fare una ricognizione completa dell'area. Non poteva permettersi di non vedere chi c'era qui dentro.

"Laggiù", disse Ben, a voce bassa.

Reggie guardò dove era rivolto Ben e poi lo vide. Seduto con la schiena contro la finestra, di fronte a loro. Li guardava, ma non li vedeva veramente. O se lo faceva, non rivelava i suoi pensieri su di loro.

Reggie aumentò il passo.

Il Falco lo guardò avvicinarsi.

Ben continuò a camminare, affiancando l'amico. Reggie ebbe un momento di dubbio e si chiese cosa mai stesse pensando Ben. *Avrebbe cercato di sabotare tutto?* Reggie ignorò il pensiero. Ben poteva essere avventato a volte, ma non avrebbe mai messo in pericolo di proposito i suoi amici. E anche se il loro piccolo litigio era stato spiacevole, non sarebbe stato sufficiente a spingere Ben ad abbandonare completamente la loro amicizia.

No, Ben avrebbe giocato una partita diversa. Reggie ci pensò su.

Ha pianificato gli imprevisti e le possibilità, cercando di capire la prospettiva di Ben. Ben avrebbe cercato di impedire a Reggie di agire contro il Falco, ma non sarebbe arrivato a mettere in pericolo le loro vite. Avrebbe potuto discutere, forse anche supplicare, ma non avrebbe permesso al Falco di attaccare Reggie.

Quindi, fate in fretta, fate in modo che sia importante e fatelo prima che Ben abbia la possibilità di aprire la bocca.

Un buon piano come un altro, pensò Reggie. Era disarmato, ma questo non era mai stato un problema. I suoi trascorsi nell'esercito, le sue missioni successive come pistolero a noleggio e gli anni trascorsi a gestire un campo di addestramento alla sopravvivenza e un poligono di tiro in Brasile lo avevano trasformato in una macchina per uccidere, in qualsiasi situazione.

Il tavolo era scarsamente apparecchiato. Non c'era cibo, ma una tazza di caffè sedeva davanti a Garza, per lo più piena. L'argenteria era presente su tutti e quattro i posti a sedere, arrotolata in spessi tovaglioli di stoffa. Un distributore di tovaglioli di carta, che sembrava un po' superfluo, si trovava sul bordo del tavolo contro la parete, affiancato da una saliera e una pepiera ai lati.

Aveva già ucciso qualcuno usando l'orologio che indossava al momento, quindi tutti gli oggetti sul tavolo erano possibili strumenti.

Si avvicinò al tavolo e vide con la coda dell'occhio il gruppo più numeroso di cinque persone, vestite in modo casual, che si alzavano e portavano i piatti verso il secchio delle stoviglie sporche vicino alla linea del buffet. Stavano ridendo di qualcosa, completamente ignari della presenza di Reggie e Ben nella stanza. Due addetti alla linea del buffet erano fermi, intenti a lavorare su qualcosa con delle pinze, indossando delle retine per capelli e ignorando tutto ciò che accadeva nella stanza. Scherzavano e ridevano, posavano i piatti uno alla volta e uscivano dalla stanza nello stesso modo in cui erano entrati Reggie e Ben.

Dall'altra parte della stanza, alle spalle di Garza, vide un inserviente che puliva una fuoriuscita ancora più in là nella stanza ampia e curva. Le finestre di vetro davanti alle quali sedeva il Falco si estendevano per tutta la stanza, probabilmente per un quarto dell'intera struttura. Si trattava di una sala enorme, e il relativo vuoto era in qualche modo sconcertante.

"Ciao, Gareth", disse Garza. Era solo, con i folti capelli neri raccolti all'indietro sulla testa, una nuova acconciatura di cui Reggie non sarebbe stato un fan anche se l'uomo che la portava non fosse stato un assassino.

"Garza", ha detto Reggie.

"E ha portato con sé anche Harvey. Benvenuto, signor Bennett".

Ben lanciò un'occhiata al Falco. "Credo che ormai ci diamo del tu, *Vicente*. Non ti pare?".

Il Falco annuì. "Certo, naturalmente, Ben. Prego, siediti". Fece un cenno con la mano alle sedie del tavolo di fronte a lui. Reggie esaminò il gesto. Si sarebbero seduti di fronte alla splendida vista sull'oceano, con i profondi blu della scena subacquea interrotti dai brillanti raggi di sole che squarciavano l'acqua, illuminando i dintorni. I pesci danzavano e nuotavano fuori dalle finestre, incuranti della tensione a pochi metri da loro.

Piuttosto che obbligarlo, Reggie spostò la sedia e si sedette con le spalle al vetro, di fronte al tavolo di Garza ma rivolto nella stessa direzione. Se il tavolo non fosse stato tra loro, i due uomini sarebbero stati spalla a spalla. Ben si sedette sulla sedia accanto a Reggie, spostandola in diagonale in modo da essere rivolto verso Garza.

"Grazie per avermi incontrato", ha detto Garza.

Reggie sorrise. "Grazie per *averci* incontrato. Sono lieto che abbiate trovato il tempo di sedervi con noi nella vostra fitta agenda".

"Certo", disse Garza, ricambiando il sorriso. "È nella mia agenda da quando siete arrivati tutti qui".

Ben si spostò sulla sedia. "Era... era?"

Garza gettò la testa all'indietro e rise. "Pensate che non sappia *tutto quello che* succede qui al *Paradisum?* Questa è la mia squadra di sicurezza. I miei protocolli, le mie installazioni appaltate di ogni telecamera e misura di sicurezza. Tutto mio. So *tutto quello che* succede su ogni anello".

"Quindi... avevi già programmato di incontrarci?".

"Ho fissato l'appuntamento con Crawford appena sei atterrato. Gli ho detto che prima o poi saresti arrivato per chiedere un incontro, così mi sono ritagliato questo luogo e questa ora".

Reggie guardò Ben. *C'è qualcosa che non quadra.*

"Ascolta, Garza. Siamo qui per parlare con *te* e solo con te. Tutto qui. Non ci interessa questo posto, né Crawford, né...".

"So perché siete qui, ragazzi".

Reggie lo guardò. *Forse siamo finiti in una trappola,* pensò.

"So che vuoi vendicarti. Vuoi uccidermi, è così?".

Reggie sentì i pugni stringersi in palle strette. "Questo... questo è un inizio. E i tuoi uomini, alla fine".

"Giusto. Vuoi vendicarti per aver fatto fuori il tuo amico a Filadelfia. Jefferson, giusto? Joshua? Sembrava un bravo ragazzo. Un buon soldato, addirittura. Avrebbe fatto bene a...".

Reggie sbatté il pugno sul tavolo, facendo tintinnare e sferragliare l'argenteria di un posto precedente. Il distributore di tovaglioli scivolò di cinque centimetri verso Ben. "Non *osare* parlare di lui come se lo conoscessi, bastardo. L'hai *ucciso* e io sono qui...".

"Lo so, lo so", disse Garza. "Sei qui per uccidermi". Annusò, si alzò un po' sulla sedia e bevve un sorso del caffè che aveva davanti. "Questo l'ho capito. Ma il punto è questo. Io sono un passo - almeno - avanti a te. Lo sono sempre stato e lo sarò sempre. Non c'è modo di cambiarlo, quindi tanto vale che tu la smetta di cercare di avere la meglio su di me".

"Potrei ucciderti in questo momento, stronzo", disse Reggie. "Scegli l'arma. Forchetta? Coltello? Che ne dici di questo come oggetto contundente?", afferrò il distributore di tovaglioli di metallo nero e lo fece ruotare nella mano.

Mentre lo faceva, notò qualcos'altro nella sua visione periferica. Gli scienziati che erano seduti in un angolo della stanza si erano alzati e avevano iniziato a camminare verso il loro tavolo. Sorridevano, ma non era il tipo di sorriso che si usa quando si apprezza la battuta di un amico.

E, cosa peggiore, Reggie si rese conto di aver riconosciuto uno degli uomini.

Siamo sicuramente *caduti in una trappola.*

"Ben", ha detto.

Ben lo guardò. Il sorriso del Falco crebbe.

"Ben", disse ancora Reggie. "Dobbiamo..."

Non riuscì a dire il resto della frase. L'uomo più vicino a loro aprì il camice, un comodo travestimento per ciò che nascondeva sotto di esso, e tirò fuori una piccola mitragliatrice subcompatta. Gli altri due uomini accelerarono, con le loro lunghe code bianche che fluttuavano dietro di loro mentre prendevano posizione ai lati del tavolo.

L'inserviente sembrò improvvisamente interessato a ciò che accadeva al tavolo del Falco. L'uomo basso e baffuto posò lo straccio che stava usando e lo appoggiò al carrello. Osservò per un attimo la scena e poi iniziò a camminare verso il tavolo.

Mi stai prendendo in giro, pensò Reggie. *Anche lui?*

L'inserviente si sbottonò i primi due bottoni della sua uniforme blu monopezzo e allungò la mano nell'area davanti al petto. Un attimo dopo ritirò la mano, rivelando un fucile mitragliatore abbinato.

"Allora", disse Garza, catturando ancora una volta l'attenzione di Reggie, "siamo pronti a parlare?".

"Non abbiamo nulla di cui parlare", disse Ben.

"In questo caso, la riunione è aggiornata. *Sono* ancora piuttosto impegnato con il lancio morbido che avverrà la prossima settimana".

Gli uomini che circondavano il tavolo si avvicinarono alle parole del Falco, sollevando le armi e puntandole direttamente su Reggie e Ben.

Ben abbassò la testa. "Sembra che il nostro piccolo piano sia fallito prima ancora di arrivare qui, amico".

"*Il nostro* piano?" Chiese Reggie.

"Portateli alla centrale di sicurezza", disse il Falco. "Possiamo lasciarli in cella finché Crawford non avrà un'idea più precisa di cosa farne".

Due uomini si fecero avanti e afferrarono le spalle di Reggie, bloccandolo. L'inserviente e il terzo scienziato tennero fermo anche Ben.

"Presumo che voi ragazzi non siate davvero degli scienziati".

"O inservienti", disse l'inserviente.

"Reggie, Ben", disse il Falco. "Vi ricordate dei miei ragazzi di Ravenshadow? Non vedevano l'ora di incontrarvi ancora una volta. Anche il resto della mia squadra non vede l'ora di incontrare il resto della *vostra* squadra. Non è che per caso sai dove sono?".

Ben lanciò a Reggie uno sguardo che diceva: "*Quando tutto questo sarà finito, ucciderò anche te*". Ma c'era anche una punta di paura negli occhi dell'uomo. Stava pensando a Julie.

Anche Reggie lo era. E pensava anche alla dottoressa Sarah Lindgren. Le donne erano da qualche parte in questo anello, a curiosare nei laboratori e a cercare di scoprire tutto il possibile sul dottor Joseph Lin e sulle sue inquietanti immagini. Se avessero fatto o meno progressi su quel fronte non lo sapeva Reggie, ma di una cosa era certo.

Se le donne del loro gruppo fossero state viste da qualcuno dell'equipaggio di Ravenshadow, la missione sarebbe stata praticamente finita.

CAPITOLO 30

L'AREA del laboratorio sotto la superficie del secondo anello era misteriosamente vuota. Julie si aspettava una vivace comunità di scienziati e ricercatori, che correvano intorno al livello curvo mentre lavoravano agli esperimenti e ai progetti che erano stati loro assegnati. Ma non c'era nessuno nel corridoio. Nessuna porta si apriva e nessun segno di vita li accoglieva mentre camminavano.

Nonostante il corridoio illuminato, Julie era un po' spaventata. "È strano", disse ad alta voce.

Sarah annuì. "Hai capito bene. Non c'è nessuno qui".

"Forse sono tutti dentro? A lavorare?"

"Forse", disse lei. "Ma sembra che dovremmo sentire parlare o vedere qualcosa, no? Almeno..."

Si fermò. Si girò alla sua sinistra, guardando il muro. In questa sezione dell'anello, la parete era di vetro e la vista permetteva a Julie di vedere le acque blu scuro dell'oceano che la attendevano appena fuori dal corridoio.

"Cosa c'è?" Chiese Julie. Rabbrividì, pensando ancora una volta all'incontro con le strane bestie che avevano visto dall'interno del Subshuttle.

"Io... credo di aver visto... *lì*!", esclamò indicando il bordo superiore della parete di vetro.

"Che cos'era?" Chiese Julie. Vide solo qualcosa di colore biancastro che fluttuava dolcemente verso l'alto fino a scomparire.

"Una medusa", disse Sarah. "Credo. Non sono riuscita a vedere bene..." si interruppe di nuovo, studiando il vetro. Julie aspettava, con il viso incollato al vetro. "Ce n'è un'altra!".

Julie vide dove Sarah stava indicando. Di sicuro c'era una piccola medusa semi-opaca che nuotava nella loro direzione. Dietro di essa ne galleggiavano altre due, ognuna delle quali seguiva le forze naturali dell'acqua che le guidavano, ignare e incapaci di controllare la loro direzione. Uno degli esemplari galleggiava vicino al vetro, consentendo a entrambe le donne di esaminarlo da vicino.

Tuttavia, era difficile vedere le meduse. L'intera campana era larga solo pochi millimetri ed era visibile solo quando le minuscole creature erano quasi schiacciate contro il vetro. Saranno anche piccole, ma Julie dovette ammettere che erano straordinariamente belle. Di colore bluastro, con un centinaio di tentacoli che spuntavano da sotto di loro e un oggetto rossastro simile a un cuore che pulsava al centro della campana.

"Quelli sono gli stomaci", disse Sarah. La sua voce era piena di riverenza, gli occhi spalancati e scintillanti mentre si spingeva contro il vetro per guardare meglio. "*Turritopsis dohrnii*, credo. Si trova nel Mar Mediterraneo e al largo delle coste del Giappone. Non sorprende che siano in grado di sopravvivere in queste acque più calde".

Come se le meduse stessero allestendo uno spettacolo per le due donne, l'area sul lato opposto del vetro si illuminò improvvisamente in un brillante spettacolo di blu e rosso. Le tre che stavano osservando si trasformarono improvvisamente in centinaia, tutti gli esemplari fluttuarono verso il vetro e si allargarono fino a riempire l'intera finestra. Gli stomaci, le porzioni rossastre a forma di cuore delle minuscole creature, fluttuavano intorno al vetro, con i loro lunghi tentacoli blu che li seguivano ovunque. L'illuminazione della sala sembrava essere stata progettata per riflettere gli splendidi colori e l'opacità delle creature.

"È bello. E interessante", ha detto Julie. "Ma perché sono in mostra? Sono quasi microscopiche. Se si vogliono avere delle meduse in un parco oceanico, perché non metterne di visibili?".

Sarah sorrise. "Non ne ho idea. Sono creature affascinanti, però. Molti biologi marini le stanno studiando in questo momento, per la loro capacità di vivere per sempre".

"Aspetta, cosa?" Julie smise di guardare le meduse che danzavano dall'altra parte del vetro e si voltò verso il dottor Lindgren.

"Sì, si chiamano 'Meduse Immortali'. Anche questo è un termine un po' improprio, in realtà. Hanno la capacità di regredire allo stato di polipo, se vogliono".

"Se vogliono?"

"Beh, in circostanze particolari - cambiamenti di temperatura, minacce ambientali, predazione - possono praticamente cambiare interruttore e 'ricominciare' da capo. Sì, in pratica possono premere un interruttore e 'ricominciare' da zero. Tecnicamente sono le cellule a ricominciare, non l'organismo stesso, quindi dire che sono 'immortali' è, come ho detto, un po' azzardato".

"Come fai a sapere di questi ragazzi?". Chiese Julie. "Anche tu hai un dottorato in biologia marina?".

Sarah ha riso. "Magari. No, mi sono interessata a loro da un punto di vista antropologico. Sono chiamate 'meduse immortali' per le loro proprietà uniche, che non si discostano molto da ciò che alcuni scienziati ritengono siano in grado di fare le cellule staminali".

"Aspetta", disse Julie. "Stai dicendo che *le persone* potrebbero essere in grado di fare anche questo? Tornare a uno stato precedente? Come trasformarsi di nuovo in un feto?".

"Beh, no. Ma è comunque una scienza intrigante, e il fatto che non sappiamo *come* queste cellule di medusa siano in grado di operare è motivo di molti finanziamenti per la ricerca. Scommetto che la *OceanTech* sta facendo proprio questo tipo di ricerca, magari sperando di studiare queste creature e di essere la prima a lanciare sul mercato una nuova forma di farmaco o una procedura di guarigione per le cellule danneggiate della pelle, per esempio".

Julie annuì, guardando ancora una volta le piccole sfere rosse e blu che danzavano sulla sua vista. "Sono carini, credo. Tuttavia, mi sembra un po' uno spreco. Tutta quest'acqua e la riempiono di minuscole meduse?".

Sarah alzò le spalle. "Questo non è tecnicamente il parco, ricordi? Quest'area è destinata alla ricerca e allo studio. Dubito che il pubblico possa venire qui". Fece una pausa, mentre un lento sorriso le cresceva su un lato della bocca. "E poi, queste meduse non sono le *uniche* cose che *OceanTech ha in mostra*".

Julie capì subito di cosa stava parlando. "Sai cos'erano quelle cose?".

"Credo di sì", disse. Il suo viso si girò verso l'alto e di lato, profondamente pensieroso. "È solo un'intuizione, ma credo che fossero coccodrilli".

"*Coccodrilli?*" Julie era incredula, ma si rese conto che tutto ciò che aveva visto dall'interno del Subshuttle corrispondeva a quella descrizione. Le code lunghe e sottili, la velocità con cui scivolavano nell'acqua.

E le dimensioni.

"Erano *enormi*", ha detto Julie.

Sarah annuì. "Sì, l'ho notato anch'io. E c'è acqua salata là fuori, quindi immagino che fossero coccodrilli d'acqua salata. Quelli che si trovano al largo delle coste australiane, di solito in paludi e zone basse".

"Ma di nuovo, perché qui?". Chiese Julie. "Aspetta, non me lo dire. Anche i coccodrilli d'acqua salata hanno una capacità speciale? Possono rigenerarsi?".

Sarah rise ancora una volta. "No, grazie a Dio. Sono solo animali. Ma sono comunque interessanti, per quel poco che ne so. Tutti i coccodrilli, e soprattutto quelli d'acqua salata, sembrano essere rimasti bloccati in una fase di stallo evolutivo. Non sono cambiati in milioni di anni, il che è strano. Sono diventati un po' più piccoli, credo, ma niente di più".

Julie pensò a quelli che aveva visto nella navetta. *Sono ancora enormi.*

"Quindi *Ocean Tech* li ha qui, perché no? Hanno meduse microscopiche e coccodrilli d'acqua salata. In questo caso, tutti i bambini d'America *moriranno dalla voglia* di visitarlo. Chi si preoccupa di Disneyworld quando c'è un parco a tema galleggiante difficile da raggiungere con animali oscuri e molto da imparare nelle vicinanze?".

Sarah rise, questa volta più forte. "Stavo pensando la stessa cosa, in effetti. Mi sembra strano che lo costruiscano qui, sopra un relitto, e poi spendano tutti questi soldi per costruire recinti individuali per questi animali".

"Strano, a dir poco. Non ha alcun senso". Julie fece una pausa, dando un'ultima occhiata alla bellissima medusa che galleggiava a pochi centimetri da lei. "Vogliamo continuare a muoverci? Dobbiamo scoprire se il dottor Lin è ancora in giro o se qualcuno lo ha visto. E scommetto che i ragazzi stanno facendo buoni progressi. Immagino che presto saranno pronti per un drink".

CAPITOLO 31

LA SQUADRA di Ravenshadow circondò Ben e Reggie e li ricondusse attraverso le porte principali della mensa, verso gli ascensori. Prima di raggiungere l'ingresso degli ascensori e del Subshuttle, però, il Falco svoltò a sinistra e strisciò una carta di sicurezza su un pannello montato sulla parete accanto a una porta.

La porta era senza pretese, di un colore leggermente bianco sporco rispetto alla parete curva dell'anello interno, che le dava l'aspetto di un ripensamento. Non era stata progettata e studiata come gli interni dell'hotel e della torre.

Sicurezza, pensò Ben. Sembrava l'ingresso di uno sgabuzzino per inservienti, che sapeva essere un luogo perfetto per l'ingresso di un quartier generale della sicurezza.

La prova fu esatta quando varcò la soglia e notò cosa c'era all'interno della stanza. Pareti bianche, luci fluorescenti e una semplice scrivania su un lato con un uomo seduto dietro e un paio di monitor di computer davanti a lui. Nient'altro sulle pareti, nient'altro nella stanza. Non c'erano piante finte o luci che suggerissero che era stato fatto almeno *un po' di* sforzo per decorare la stanza.

Ben aveva già visto stanze come queste. Aveva trascorso molto tempo negli uffici governativi come guardiaparco, per informare qualcuno su questo o quel piccolo crimine o per essere informato su questo o quel nuovo cambiamento di politica. Gli uffici governativi, soprattutto quelli rivolti al pubblico come il Dipartimento dei Veicoli a Motore, l'Amministrazione della Sicurezza Sociale o le strutture sanitarie pubbliche, davano tutti la stessa, insipida, stantia impressione.

Questa stanza non era certo migliore, ma non era governativa. L'*altro* posto in cui aveva visto stanze del genere era nelle profondità delle sedi delle organizzazioni, nascoste alla maggior parte del mondo. I casinò le avevano, appena dopo il muro di fumo e dopo l'ultima fila di slot machine da un centesimo che terminava in un percorso segnato dal linoleum verso i bagni.

Era una sala di sicurezza. In particolare, era la stanza *prima dell'*inizio del vero e proprio caveau di sicurezza. Ingresso di una struttura più grande nascosta dietro, questa stanza era semplice-mente un'area di sosta per qualsiasi sicurezza richiesta dall'organizza-zione. Un addetto alla scrivania - in questo caso la recluta di Ravenshadow seduta dietro la scrivania, che esaminava con cautela i due volti nuovi - e un computer erano tutto ciò che di solito era richiesto.

Quando Ben e Reggie furono finalmente nella stanza, l'uomo si alzò e salutò Vicente Garza.

Garza ignorò la dimostrazione di rispetto. "Qualche aggiorna-mento?", chiese all'uomo.

L'uomo scosse la testa. "No, signore. Il resto del gruppo è stato visto per l'ultima volta uscire dalle loro stanze questa mattina. Crediamo che le donne si siano dirette verso l'anello esterno per fare un giro turistico".

Garza lanciò un'occhiata a Ben e Reggie. "Dubito fortemente che siano qui per fare un *giro turistico*, Jacobs. Non abbiamo un segnale dalla torre e dai piani dell'hotel?".

L'uomo ha annaspato. "Quelle... quelle poppate non sono ancora pronte".

"Non è ancora *pronto*? Perché no?"

"Stiamo aspettando il tecnico. Dovrebbe essere qui domani pomeriggio, quando arriveranno i rifornimenti per il lancio morbido, e...".

"Vai lì e *riparalo,* Jacobs. Da solo. Riaccendi le mie telecamere o ti ritroverai sullo stesso volo che ti *porterà via da* questa stazione".

"Sì, signore", disse Jacobs.

Garza si rivolse a Ben. "Mi scuso, Harvey. Sembra che la tua amica Juliette sia attualmente scomparsa. Abbiamo un'idea abbastanza precisa di chi sta facendo cosa all'interno di questa struttura, sia nella torre dell'hotel che negli anelli, ma a quanto pare i nostri sistemi non sono ancora pronti all'uso.

"State tranquilli, i miei uomini li troveranno. E poi saremo di nuovo tutti insieme".

Fece una pausa, si passò una mano tra i folti capelli neri e sorrise a Reggie. "Di nuovo insieme, proprio come a Philadelphia".

Ben si slanciò in avanti, ma sentì le morse delle mani dei due Ravenshadow che lo trattenevano. Anche Reggie era trattenuto, ma questo non gli impedì di lottare contro i legami.

"Ti ucciderò", disse Reggie.

Garza si girò e fissò Reggie. "Non sono sicuro che la tua reputazione dia molta credibilità a questa affermazione, Gareth. Solo qualche anno fa non mi imploravi di avere un posto nella mia squadra?".

Ben sapeva che era passato più tempo: Reggie aveva cercato di diventare un membro di Ravenshadow dopo il servizio militare, prima di sapere che tipo di società fosse, ma non era riuscito a superare i test richiesti dall'organizzazione.

Reggie ha sputato. "Il giorno in cui combatterò per te sarà il giorno in cui l'inferno si congelerà".

Garza rise. "Non ne avevi il coraggio, figliolo. Va bene, non molte delle nostre reclute ne hanno. Lo sai bene, vero? Ne hai fatti fuori parecchi a Philadelphia".

"Di cosa si tratta, Garza?". Chiese Ben. "Dove ci stai portando?".

Garza indicò la porta in fondo alla stanza e le guardie che tenevano Ben e Reggie spinsero i loro prigionieri verso la porta. Garza la raggiunse per primo e la aprì, poi si fece da parte e aspettò che passassero.

Le vere *camere di sicurezza,* pensò Ben. I casinò amavano fare così, così come gli ospedali e altri luoghi in cui l'impressione pubblica era di grande importanza. Avere camere di sicurezza di livello *Mission: Impossible* tendeva a mettere le persone in ansia piuttosto che a proprio agio, quindi la maggior parte della tecnologia e dei sistemi dietro una seconda serie di porte era una pratica comune. La *OceanTech,* a quanto pare, non era diversa.

Dall'altro lato della porta, la stanza si apriva in uno spazio più ampio, probabilmente tre volte più grande della sala di ricevimento che avevano appena lasciato. Anch'essa era illuminata a giorno, ma questa stanza era piena di postazioni di lavoro al computer, monitor lampeggianti su ogni scrivania e un display a parete alla loro destra che mostrava almeno una trentina di feed dalle telecamere di tutta la struttura.

Ben vide un movimento su uno degli schermi in miniatura e osservò un gruppo di civili - probabilmente il gruppo di investitori di cui aveva parlato Crawford - che si muoveva intorno all'anello esterno, dirigendosi dalla spiaggia artificiale verso uno dei bar in stile cabana.

In un'altra immagine, Ben vide la mensa che avevano appena lasciato. Era quasi vuota, non c'erano altri che i cuochi e i camerieri in piedi, che si muovevano un po' per prendere un piatto o preparare un pasto. Tutte le immagini erano in bianco e nero, ma della trentina di schermi nessuno era di bassa qualità. Ogni schermo sembrava avere una trasmissione perfetta ad alta definizione, senza salti o perdite di segnale.

La parete più lontana, di fronte alla porta da cui erano entrati, era di vetro massiccio, rotto in alcuni punti solo dalle travi di sostegno strutturale che tenevano insieme le lastre. Si trovavano al primo sotto-livello, quindi l'oceano riempiva tutto lo spazio tranne l'ultimo metro di spazio in cima all'altro lato del vetro. Alcuni pesci guizzavano avanti e indietro nell'acqua, disinteressati a ciò che accadeva all'interno. L'azzurro dell'acqua illuminata dal sole era un colore più che sufficiente per la stanza altrimenti bianca, ma le fluorescenze luminose sopra le loro teste sembravano lottare costantemente con le linee di luce che attraversavano il vetro.

"Crawford non ha scelto uno stilista per queste parti, credo", ha detto Reggie.

"Non è necessario", rispose Garza. "Nessuno deve vedere l'interno di questa stanza, a meno che non si tratti di ospiti invitati o della sicurezza".

"Lo immaginavo. Immagino che questo ci renda degli ospiti invitati?".

Garza grugnì, poi si inoltrò nella stanza. La parete di vetro si incurvava verso l'interno, la forma concava e dolcemente inclinata dell'interno dell'anello rivelava quanto fosse grande l'anello centrale.

I due uomini che tenevano Ben lo spinsero in avanti e i due che tenevano Reggie lo seguirono.

"Avete intenzione di trattenerci contro la nostra volontà?". Chiese Reggie. "È contro la legge, ne sono certo".

"Lo è", ha aggiunto Ben.

"Sono sicuro che hai ragione", rispose uno degli uomini di Ravenshadow. "Ma dove? In America? Non sono sicuro che tecnicamente siamo *in* America".

Ben ci pensò. Tecnicamente l'uomo aveva ragione, ma non era sicuro di come una società come la *OceanTech* potesse operare al di fuori delle leggi di *qualsiasi* paese. Sicuramente dovevano essere in regola con *qualche* ente governativo?

Garza parlò alle sue spalle mentre li guidava attraverso la lunga stanza, con le scrivanie su entrambi i lati che formavano uno stretto corridoio tra il personale di sicurezza alle loro postazioni, che controllavano diverse aree del parco. "Adrian Crawford e io non siamo fan delle 'questioni in sospeso', come avrete sicuramente capito. All'inizio di questo progetto abbiamo concordato che le componenti di sicurezza dell'operazione sarebbero state affidate a me e alla mia squadra".

"Negazione plausibile per lui", ha detto Reggie.

"Così puoi fare quello che vuoi con noi, e lui può dire che non ne aveva idea", ha aggiunto Ben.

"Non esageriamo, ragazzi", disse il Falco. "Non vi farò nulla. Non c'è motivo di sospettare che abbiate fatto del male a me o a questo parco in qualche modo. Ma dovremo *trattenervi* per qualche tempo".

"Per quanto tempo?"

"Finché non riusciremo a trovare i vostri partner, Juliette e il dottor Lindgren, e a portarvi tutti fuori dal parco in sicurezza".

Ben lanciò un'occhiata al Falco. "Cosa mi fa pensare che *non ti interessi* della nostra sicurezza?".

Reggie è stato meno sottile. "Ti ucciderò, Garza. Te l'ho già detto prima, e intendo...".

"Smettila di essere avventato, Gareth. Non ti conviene. Entra nelle celle, tieni la bocca chiusa e forse riuscirai a uscire di qui senza che ti vengano spezzate le braccia".

L'espressione di Reggie cambiò. "Già, cosa c'è tra voi e le armi? Tutto ciò che abbiamo visto qui intorno è semplicemente... inquietante. A Crawford piace questo genere di cose?".

Non riuscì a dire il resto della frase. I fucili mitragliatori che gli uomini portavano con sé non erano abbastanza lunghi da essere una mazza terribilmente efficace, ma erano abbastanza robusti da rivelarsi un efficace oggetto contundente contro il fianco di Reggie. Si accasciò a terra con un gemito.

Ben osservava in silenzio, sentendo le morse sempre più strette degli uomini che lo trattenevano e sapendo di non poter fare nulla per il suo amico.

Le guardie raccolsero Reggie da terra e lo gettarono come una bambola di pezza nella porta aperta dietro di lui. Le guardie di Ben lo spinsero dietro Reggie, che dovette inciampare di lato per non perdere l'equilibrio.

Le guardie se ne andarono, lasciando Ben e Reggie da soli nella stanza sterile e dalle pareti bianche, e il Falco apparve sulla porta. La facciata inespressiva che l'uomo aveva indossato, l'atteggiamento disinvolto che aveva venduto, scomparvero. "Siete fortunati a non essere tornati a Filadelfia", disse. "Avete ucciso i miei uomini. Io ho ucciso i vostri. Ma il debito non è stato pagato da parte mia, ed è chiaro che anche voi la pensate così. Se non fosse per Crawford che comanda qui, vi farei gettare entrambi in una delle mostre e la farei finita".

Ben sapeva che la sua espressione faceva poco per nascondere la sua rabbia, ma non gli importava. "Ti avverto, Garza. *Toccala* di nuovo e...".

"E cosa?" Chiese Garza. "Mi ucciderete, proprio come avete fatto a Filadelfia. Harvey, ci sono *molti* uomini che mi vogliono morto, e ognuno di loro finora ha fallito. La maggior parte di loro non è in grado di parlarne. *Non* voglio altro che aggiungere voi due lavativi a quella lista, quindi *per favore* non mettetemi alla prova.

"Se anche solo *tenti la* fuga, i miei uomini ti faranno del male. Non ti uccideremo, ma inizieremo a uccidere il resto della tua squadra. La bella dottoressa che hai portato con te? Lei va per prima. Juliette? L'ho tenuta d'occhio da quando è atterrata qui. Ma non la lascerò andare via così facilmente come la dottoressa Lindgren. Ho un bel po' di uomini qui che hanno messo *gli* occhi su di lei, se capisci cosa intendo".

Ben si precipitò alla porta. Non era veloce come Reggie, ma era più grosso e quando si muoveva sapeva che era facile da fermare come un treno merci.

Il problema era che il Falco era fuori dalla porta, mentre Ben era dentro. Arrivò solo a metà strada prima che Garza la chiudesse con un colpo secco, facendo scattare immediatamente il meccanismo di blocco. Ben cercò di rallentare, ma si schiantò contro la pesante porta e la sua faccia andò a sbattere contro il vetro rettangolare rinforzato della finestra. Il Falco lo stava fissando dall'altra parte, con un sorriso sornione sul volto.

"Come ho detto, Ben", disse Garza, "comportati bene. Se non lo fai, inizierai ad assomigliare molto a quei corpi giù nel Sub-3".

Prima che Ben potesse rispondere, il Falco si girò e se ne andò, lasciando Reggie e Ben nella stanza silenziosa e vuota.

CAPITOLO 32

VEDEVANO i primi impiegati sul secondo anello, alla fine del corridoio. Il corridoio terminava con una serie di porte di vetro che si aprivano quando si avvicinavano. Dall'altra parte delle porte c'era una grande sala aperta, allestita con tavoli e sedie su tre lati. Una grande sala conferenze aperta. Davanti ai tavoli c'era un palcoscenico, niente di più che un semplice pannello di gradini e un podio. Un uomo e una donna guardarono Julie e Sarah quando entrarono.

"Salve", disse Julie. "Stiamo cercando..."

"Non dovreste essere qui sotto", disse l'uomo. "Questa è un'area riservata. L'intera struttura è chiusa agli ospiti".

"Giusto", disse Julie. "Lo so, mi dispiace. Ma il Subshuttle ci ha portato qui e siamo ospiti di Crawford. Stiamo solo dando un'occhiata in giro".

L'uomo scambiò uno sguardo con la donna con cui si trovava, ma la sua espressione si inasprì. "Il signor Crawford la sta cercando, in questo caso".

"Lo è?" Chiese Sarah.

"L'ha appena chiamato. Vuole che tutti gli ospiti tornino nelle loro stanze entro un'ora. Parla di una violazione della sicurezza".

Julie provò un attimo di panico, ma si impose di fare finta di niente. "È per questo che siamo qui. Stiamo cercando un dipendente. Uno scienziato che lavora per la *OceanTech*, credo. Il dottor Joseph Lin".

L'uomo deglutì, gli occhi si allargarono leggermente e si restrinsero di nuovo. La donna fece un passo indietro, incerto. "Tu... tu sai dov'è?".

"No", disse Julie. "È per questo che siamo qui. Stiamo cercando di trovarlo".

"Dove l'hai conosciuto?"

Julie guardò Sarah, incerta su quanto dovesse rivelare.

Per fortuna Sarah intervenne. "L'abbiamo incontrato in albergo, in realtà. Ha detto che stava lavorando a qualcosa qui sotto che avremmo dovuto vedere. Sono la dottoressa Lindgren, forse il signor Crawford le ha accennato che sarei stata qui?".

Julie quasi sorrise. Sarah era disinvolta e sicura di sé, questo era chiaro. Si comportava bene e forse il suo stratagemma li avrebbe aiutati. Restava da vedere se i due impiegati se la sarebbero bevuta o meno.

"Mi dispiace. Non l'ha fatto", disse la donna. "E come ha appena detto il dottor Jones, quest'area è riservata. Ora, se non vi dispiace tornare indietro da dove siete venuti, potete trovare l'ingresso del Subshuttle...".

"Daremo una rapida occhiata in giro", disse Sarah. "Se per voi va bene".

La donna si accigliò. "No, in realtà *non va* bene. Qui in laboratorio si svolgono ricerche molto delicate e il signor Crawford non sarà felice di sapere che lei è entrato e ha iniziato a curiosare". Fece un passo avanti.

Passare all'offensiva.

Julie sapeva che erano nel posto giusto. Queste persone, pur non essendo necessariamente dei criminali, sapevano qualcosa sul dottor

Lin e sul motivo per cui si era comportato in modo così frenetico. Non voleva accusarli di nulla, ma di certo stavano nascondendo informazioni. Non si trattava di un semplice malinteso: stavano attivamente cercando di coprire qualcosa.

"È qui che tengono i corpi?". Chiese Julie.

L'uomo sembrava scioccato. La donna rimase dritta, come se non avesse sentito bene Julie.

"I corpi", ha detto ancora Julie. "Quelli con gli arti mancanti? Chi sono, comunque?".

La bocca dell'uomo si aprì, poi si richiuse. "Io... tu... di cosa stai parlando?".

"Troppo tardi", disse Sarah. "Andremo a 'curiosare' un po'. Chiama Crawford se devi. Saremo fuori dai piedi prima che possa mandare qui la sua sicurezza". Si fermò, li guardò entrambi da cima a fondo, valutandoli senza cercare di nasconderlo. "E se pensate di fermarci, beh -" guardò Julie, forse per rassicurarla - "sarei impressionata dall'impegno. Ma sarebbe un errore".

Julie si lasciò sfuggire un sorriso a quel commento. Fece un passo avanti, aggirando la prima fila di tavoli. L'uomo e la donna erano seduti in fondo alla fila di tavoli e sedie alla sua sinistra, contro la finestra che dava sull'oceano. Le tende erano tirate, coprendo la vista e immergendo l'intera stanza in una fioca luce gialla. Valutò la situazione. La coppia poteva venire verso di loro, ma avrebbero dovuto affrontare una serie di tavoli prima di poter raggiungere Julie e Sarah.

E a quel punto sarebbero già nella stanza accanto.

Julie si avviò verso la porta sul lato opposto della stanza, accanto al palco portatile. Poiché gli anelli erano circolari, la sua ipotesi migliore era che questa porta conducesse più all'interno della struttura del laboratorio, piegando a sinistra fino a ritrovarsi al punto di partenza, agli ascensori e all'ingresso del Subshuttle.

Sarah era accanto a lei e Julie riuscì a vedere un accenno di sorriso mentre acceleravano e si dirigevano verso le porte.

Sarà una grande compagna di squadra", si trovò a pensare Julie.

L'uomo urlava loro contro, richiamandoli, e la donna lavorava con un cellulare che aveva recuperato dalla tasca. Julie non riuscì a sentire le parole esatte, ma capì il succo: *sicurezza, Sub-1, due donne.*

Ora siamo inseguiti, si rese conto. *Questo aggiunge un livello di drammaticità che non voglio.*

"Stanno chiamando la sicurezza", disse Sarah.

"Sì", rispose Julie. "L'ho sentito dire. Questo significa che abbiamo ancora più fretta di prima".

"Qualche grande piano?" Chiese Sarah. "Ti sei già trovata in una situazione del genere, vero?".

Julie continuò a correre, ma guardò il dottor Lindgren. "Intende dire scappare da una squadra di sicurezza attraverso una stazione di ricerca? Sì, ci sono passata".

"Cosa hai fatto in quel caso?".

"Avevamo molte armi e più persone".

Sarah non ha risposto.

"Ma l'hanno fatto anche loro. Per quanto ne so, questa è un'operazione minore. Quindi corri più veloce e vediamo se riusciamo a capire dove si trova l'ufficio o il laboratorio della dottoressa Lin".

La trovarono dietro la porta successiva. L'unica porta a vetri conduceva in un'anticamera con un'altra porta sulla parete opposta e un cartello accanto alla porta con la scritta *LABORATORIO: PRIN-CIPALE.* C'era un lettore di documenti d'identità affisso alla parete vicino alla porta, ma la luce LED sul pannello era verde.

Sbloccato.

Julie la aprì e si precipitò nella stanza, seguita a ruota dalla dottoressa Lindgren. Nella stanza c'erano due persone, un uomo e una donna, entrambi chini su un tavolo di metallo su cui era adagiato un corpo.

"Dov'è la dottoressa Lin?" Chiese Julie. La donna sobbalzò ed entrambe alzarono lo sguardo verso gli intrusi. L'uomo scosse la testa di lato, cercando di capire cosa stesse succedendo, perché due strane donne si fossero imbattute nel loro laboratorio.

"Dottor... Lin?", chiese la donna.

"Sì", rispose Julie, senza fiato. "Il dottor Joseph Lin. Dov'è?"

"Mi dispiace, signora", disse la donna, "ma lui... non è qui. Possiamo aiutarla in qualche modo?".

"Voi due non dovreste essere qui", disse l'uomo, interrompendo il suo collega mentre iniziava a camminare verso di loro. "Dovrò chiedervi di andarvene".

Julie fece un passo verso di lui, allargando le spalle e dilatando il petto mentre tratteneva un respiro profondo. Alzò il mento, preparandosi a fronteggiare lo scienziato.

"Ce ne andremo quando avremo scoperto cosa è successo alla dottoressa Lin. E mi *piacerebbe* vedere anche quello a cui state lavorando voi due qui dentro".

Sarah modellò la fiducia di Julie e l'uomo sembrò rendersi conto che non avrebbe vinto senza rinforzi. "Chiamo la sicurezza e...".

"Sono già stati chiamati", disse Sarah. "Anche i tuoi amici nella grande sala conferenze non sono stati molto contenti della nostra irruzione. Mi aspetto che arrivino da un momento all'altro".

"A cosa stai lavorando?" Julie chiese di nuovo. Rivolse la domanda alla donna ancora in piedi vicino al tavolo, poiché sembrava più preoccupata della propria sicurezza.

"Noi -" lanciò un'occhiata al collega maschio - "stiamo solo lavorando al nostro... incarico. Abbiamo una scadenza molto ravvicinata. La dottoressa Crawford ci fa lavorare tutti 24 ore su 24 e...".

"*Dottor* Crawford?" Chiese Julie. "Come *Adrian* Crawford?".

La donna annuì. "Sì, certo. È il ricercatore principale di questo dipartimento della *OceanTech*. È stata tutta una sua idea. Tutto quello che c'è qui. Compreso..."

"Susan", disse l'uomo, alzando un po' la voce in segno di avvertimento. "Non farlo".

"No, *Susan*", disse Julie, avvicinandosi alla donna. Era bassa, con i capelli neri legati all'indietro in una stretta coda di cavallo. Se non fosse stato per il camice largo e i pantaloni neri, avrebbe potuto essere una donna attraente. "*Per favore*, fatelo. Ci dica: che cos'è...".

Julie si fermò, inciampando di un passo. Mentre parlava alla donna, aveva abbassato lo sguardo sulla persona sul tavolo e ciò che aveva visto l'aveva fatta fermare di colpo.

Era una donna, giovane e di carnagione scura come le altre persone che avevano visto sul telefono della dottoressa Lin. Aveva gli occhi chiusi, ma Julie poteva vedere chiaramente il suo petto nudo alzarsi e abbassarsi. *Era viva.*

E il suo braccio era stato rimosso per metà. Una linea di sangue segnava il punto in cui la coppia aveva segato, e la sega stessa, metallica e lucente di cremisi, si trovava lì vicino.

"Co... cosa stai facendo?" Chiese Sarah.

Il volto dell'uomo si oscurò. "Come ho detto, voi due *non* dovreste essere qui. Dovete andarvene, *subito*". L'uomo si precipitò in avanti e attorno al tavolo verso Julie, con le braccia allargate. Julie aveva previsto l'attacco ed era pronta. Si accovacciò, poi si lanciò verso l'alto con la testa, mirando direttamente al petto dell'uomo. Entrò in contatto e i due caddero: l'uomo atterrò sulla schiena e Julie sopra di lui. Lui gemette e lei sentì e percepì l'aria che lasciava i suoi polmoni.

"Non vado da nessuna parte", disse. "Ditemi *subito* di cosa si tratta. La dottoressa Lin è venuta nella nostra stanza ieri sera e ci ha dato delle foto: foto di persone a cui erano stati rimossi gli arti. Proprio come questo quasi".

La donna tremava, ma Sarah le si era avvicinata e le aveva messo una mano sulla spalla. "Non le faremo del male, ma siamo seri. Dobbiamo sapere che cos'è questo 'laboratorio'. Temiamo che ci siano delle vite in pericolo".

La donna cominciò a singhiozzare. "È... è troppo tardi", piagnucolò. "Crawford... non ci lascerà...".

"Lasciarti cosa?" Chiese Julie. Teneva un occhio sulla donna e uno sull'uomo che gemeva e cercava di riprendere fiato sul pavimento.

"Non ci lascerà... andare via. Siamo qui per suo ordine. Siamo pagati abbastanza bene, ma abbiamo un contratto di servizio e non si può rompere".

"Siete schiavi?"

"No, non proprio. Ma è un po' paranoico. Vuole sapere tutto quello che facciamo e quando. Dobbiamo inviare rapporti ogni giorno, con dettagli ogni ora. E non ci è permesso lasciare l'isola finché il progetto non è concluso".

Julie fece un respiro profondo. "E il progetto, che cos'è? Tagliare le braccia alla gente?".

La donna sembrava rattristata. "Non è... non è come pensate. Qui si stanno facendo cose straordinarie. Ma noi... non sapevamo, quando siamo stati reclutati, cosa avremmo fatto esattamente".

Il dottor Lindgren si avvicinò a Susan, stringendole delicatamente il braccio superiore. "Susan, siamo qui per aiutarti. Tu *e* le persone di cui... ti occupi". Deglutì. "Ma dobbiamo sapere *esattamente* che cosa ti sta facendo fare Crawford".

La donna annuì. Aprì la bocca per parlare, ma si sentì un forte rumore alle loro spalle.

Julie si girò e fissò. Due guardie erano in piedi all'interno dell'anticamera e una di loro stava sbattendo il calcio di una mitragliatrice dall'aspetto cattivo sulla spessa parete di vetro che conduceva al laboratorio. L'altra guardia stava inserendo la sua carta d'identità nella fessura.

Julie si rese conto che *dovevano aver chiuso tutto*. Dopo il viaggio con il Subshuttle e la chiamata di sicurezza degli altri dipendenti nella sala conferenze, qualcuno più in alto doveva aver bloccato l'intera struttura.

"Non c'è più tempo", disse Sarah. "Andiamo, Julie".

Julie guardò un'ultima volta il corpo svenuto e respirante della donna sul tavolo di metallo, con il braccio staccato per metà dal busto, poi la donna in piedi, spaventata, e l'uomo che cercava di riprendersi dal colpo di Julie al petto.

La situazione si fa più interessante di quanto pensassi.

Si girò e cominciò a correre per la lunga sala del laboratorio. Sarah rimase dietro di lei per tutto il tempo e, sorprendentemente, anche la donna di nome Susan.

CAPITOLO 33

"ALMENO CI HANNO DATO qualcosa su cui sederci", disse Reggie, accovacciandosi con la schiena contro il muro.

"Stai zitto, Reggie", rispose Ben. Era in piedi, appoggiato al muro nell'angolo posteriore della loro cella improvvisata. "È colpa tua".

Erano seduti, in piedi e in movimento nella stanza da quasi un'ora e nessuno di loro aveva idea di quale fosse il piano di Garza. Non sentivano nulla, non vedevano nulla e niente nella stanza dava loro qualche indizio.

"Colpa *mia*?" Disse Reggie. Si alzò in piedi. "Non ti ho trascinato io qui. Non ti ho *costretto a* fare qualcosa che non volevi...".

"Sì, beh, potresti anche averlo fatto. Non avevi nemmeno un piano decente e non hai pensato di condividerlo con noi? Pensavi di poter entrare qui e *ucciderlo*? Dai, sei meglio di così".

Reggie inveì, ma non si avvicinò a Ben. Ben aspettava che Reggie si muovesse, che facesse qualcosa, ma l'uomo rimase lì, vuoto e silenzioso.

"Hai coinvolto me e Julie, e ora anche il dottor Lindgren. E soprattutto, sono da qualche parte là fuori, da qualche parte nel parco, e i ragazzi di Ravenshadow li stanno cercando".

"Forse riusciranno a scendere, a trovare un passaggio o qualcosa del genere".

"Sei impazzito?" Disse Ben. "Siamo su un'*isola*, Reggie. Un hotel galleggiante costruito dall'uomo. Cosa vogliono fare, sventolare un peschereccio?".

"Basta", disse Reggie. "Niente di tutto questo ci aiuta. Il minimo che possiamo fare è mettere insieme le nostre teste e capire con cosa abbiamo a che fare. Julie è intelligente, sarà in grado di stare davanti a loro".

"Sì", disse Ben, "*se sa che la stanno* cercando". Cominciò a respirare più pesantemente, cercando di non pensare alla sua fidanzata che correva alla cieca, da qualche parte in un ambiente ostile in mezzo all'oceano.

"Troverà una soluzione. Anche la dottoressa Lindgren ha le carte in regola. Non sono ingenui e non ha senso preoccuparsi di loro. Scopriamo tutto quello che possiamo qui e poi pensiamo a come uscirne".

"Cosa c'è da capire?" Chiese Ben.

"Come questo posto - *Paradisum* - è un parco a tema, ma anche *no*. È chiaramente qualcosa di completamente diverso, o come copertura per il parco, o il contrario".

"Vuoi dire un posto dove tagliano le braccia alla gente?".

"Beh, sì. Ma *perché*? Perché Crawford avrebbe dovuto mettere tutto qui, proprio sopra un antico relitto e poi costruire un hotel di lusso e spiagge finte? Se voleva nasconderlo, perché *attirare* l'attenzione?".

Ben scrollò le spalle. "Forse sta dicendo la verità: forse è una struttura di ricerca perché *in realtà sta* cercando di costruire un "parco a tema educativo", o come l'ha chiamato".

Reggie scosse la testa. "Non spiega comunque l'inquietante allevamento di braccia al piano di sotto. E comunque sappiamo che Crawford è una mela marcia".

"Davvero?"

"Ricordi quando ci siamo incontrati con lui? *Sapeva che saremmo* venuti a chiedere un incontro con il Falco. Era preparato, perché Garza gliene aveva parlato. L'aveva persino programmato".

Ben ci pensò un attimo e capì che Reggie aveva assolutamente ragione. "Siamo finiti in una trappola. Lo sapevo quando eravamo in mensa, ma non avevo capito che Crawford ne faceva *parte*".

"Giusto, ma sappiamo che lo è. *Deve* esserlo. Tutto questo - questo posto, le cene, i contatti con noi e con gli investitori - è un gioco. Ci sta prendendo in giro, ma non so perché. Il Falco probabilmente vuole le nostre teste su un piatto d'argento, ma a Crawford non dovrebbe importare di noi in un modo o nell'altro. Dovrebbe essere neutrale, ma non lo è. Sta facendo esattamente quello che il Falco gli dice di fare...".

"Il che significa che è *Garza a* decidere", disse Ben. Emise una boccata d'aria e si strofinò la fronte con una mano. *La situazione era appena peggiorata.*

"Il che significa *che siamo* fuori dal nostro elemento", ha aggiunto Reggie. "E non è iniziato solo con l'incontro con Garza. È iniziato nel momento in cui abbiamo messo piede a *Paradisum*. Dal momento in cui siamo arrivati qui, abbiamo fatto il gioco di Garza".

Ben annuì. "Sono d'accordo. Ma di che gioco si tratta? Perché diavolo ci ha fatto venire fin qui? Attirarci qui in mezzo all'oceano... per cosa?".

Reggie si guardò intorno nella stanza, nella cella improvvisata in cui si trovavano. "Non lo so. Mi sembra un po' esagerato, sai? Se ci voleva morti, perché non ucciderci da qualche altra parte? Perché lavorare con Crawford, accettare di farci venire fin qui e spendere tutti questi soldi e attenzioni per noi? Se fosse stato per me, ci avrei uccisi sulla nave da crociera. O nella cabina. È molto più facile nascondere i corpi lì".

Oltre alla macabra analogia, Ben sapeva che Reggie aveva ragione anche su questo. Crawford e il Falco stavano lavorando insieme a qualcosa, ma era impossibile sapere cosa. Era impossibile capire il movente degli uomini senza avere maggiori informazioni, ma per Ben era assolutamente chiaro che Garza e Crawford li stavano ingannando. Avevano attirato qui la squadra della CSO e ora dovevano solo capire perché.

E come uscire da questa stanza.

"Le ragazze avranno bisogno di aiuto", disse Ben.

Reggie annuì. "Lo faranno, ovunque siano. Probabilmente stanno cadendo in una trappola anche in questo momento".

"Quindi dobbiamo andarcene da qui".

"Vedi un modo per farlo?". Chiese Reggie. "Non ci sono finestre, una sola porta - immagino chiusa a chiave - e nemmeno i pannelli del soffitto. Non si possono fare fughe in stile hollywoodiano con questo".

"Forse possiamo far venire qui una guardia e aprire la porta. Sai, ingannarlo o qualcosa del genere".

"Ingannarlo?" Reggie si schernì. "Ti rendi conto che abbiamo a che fare con la migliore forza di sicurezza clandestina del paese, e probabilmente una delle migliori al mondo. Gli uomini di Garza hanno fatto il giro del mondo, letteralmente, per entrare. Non è che vengono qui e aprono la porta solo perché iniziamo a urlare".

"No, ma forse noi...".

"No, Ben", disse Reggie, interrompendolo. "Siamo fregati. Siamo alla mercé di Garza e anche di Crawford. L'unico modo per uscire da qui è se...".

La porta scattò e iniziò ad aprirsi. Nel corridoio apparvero due guardie armate, ognuna delle quali impugnava uno degli onnipresenti fucili mitragliatori che Ben aveva imparato a riconoscere. Il primo uomo si mise di lato, puntando il fucile nello spazio a metà strada tra Ben e Reggie. *Un rapido scatto a destra o a sinistra e siamo fritti,* pensò Ben. *Questo tizio è ben addestrato.*

Il secondo uomo guardò ciascuno di loro a turno, senza concentrarsi su nessuno dei due. Era come se fossero semplicemente robot, non uomini. Prigionieri, non esseri umani. L'uomo non aveva un'espressione chiara sul viso e Ben si chiese se fosse solo il suo aspetto o se stesse giocando. Continuando lo stratagemma che Garza aveva iniziato alla mensa.

"Spostatevi", disse l'uomo. La sua voce era burbera, dura. Quest'uomo aveva visto un po' di azione, e Ben riconobbe l'impronta militare sul suo volto e nel modo in cui si comportava. E non si trattava di un normale lavoro di routine. Quest'uomo era delle forze speciali, temprato e plasmato in anni di servizio e di battaglie, fino a diventare il soldato dall'aspetto ingannevole che si trovava davanti a loro.

"Dove?" Chiese Reggie.

"Non importa, vero?", rispose l'uomo.

"Dipende".

"Posso farti muovere, o puoi farlo tu stesso. Accetto volentieri entrambe le opzioni".

Reggie guardò Ben, poi scrollò le spalle. Ben aveva capito il senso. *Questa potrebbe essere la nostra occasione.*

"Bene", disse Reggie, prendendo il comando. "Gioco io".

Uscì dalla stanza e andò in corridoio, e Ben lo seguì. Ben si fermò quando si accorse che il corridoio non era vuoto.

"Cambio di programma, ragazzi", disse il Falco, in piedi nel corridoio, con la sua ampia posizione che quasi copriva lo spazio da sinistra a destra. "Crawford ha deciso che vorrebbe scambiare ancora due parole con voi".

"Cosa c'entra Crawford con tutto questo?". Chiese Reggie. "È lei che ci ha voluto qui, giusto?".

Garza non ha risposto.

"Ci hai attirato qui. *Volevi che uscissimo*, per vedere cosa fosse questo posto. Probabilmente hai fatto trapelare il fatto che si trattava del nuovo contratto di Ravenshadow, hai fatto in modo che il nostro benefattore lo vedesse e ci mandasse qui a controllare".

Ancora una volta, Garza si limitò a fissare, in silenzio. Incrociò le braccia davanti al petto, aspettando. Dopo un altro momento di silenzio da entrambe le parti, sorrise. "Crawford ha a che fare con tutto questo più di quanto possiate pensare, ragazzi. Ma non esageriamo. Sono *certamente* entusiasta che siate qui, perché sento che c'è stato qualche affare in sospeso a Philadelphia. Ho intenzione di mantenere la promessa fatta a voi, ma ho anche un capo. Per ora è Crawford a comandare, quindi suggerirei di comportarci tutti bene".

Reggie guardò dritto davanti a sé e Ben si limitò a guardare, cercando di mettere insieme i pezzi.

Non ha funzionato. Era confuso proprio come lo era stato all'interno della stanza.

Garza si voltò e cominciò ad allontanarsi, e Ben sentì il naso della piccola arma nella mano della guardia sulla sua schiena. Si avviò in avanti, seguendo il Falco mentre si dirigeva verso le camere di sicurezza principali, mentre alcuni uomini alzavano lo sguardo dalle scrivanie al loro passaggio. Uscì dalla stanza nell'anticamera e Ben vide la prima persona che avevano visto alla scrivania alla sua destra, con la testa nascosta nel computer mentre passavano.

Il Falco li condusse all'esterno del corridoio, quasi esattamente al contrario del percorso che avevano fatto per arrivare qui. Si diressero verso gli ascensori, muovendosi rapidamente. A quanto pare Crawford era impaziente, oppure il Falco stava solo cercando di recuperare il tempo perduto.

Ben era ancora confuso, ma era sicuro di una cosa:

Se volevano tentare qualcosa, questa era la loro occasione.

CAPITOLO 34

LA DONNA, Susan, si dimostrò una risorsa preziosa già dopo pochi minuti. Stavano correndo attraverso il grande laboratorio curvilineo che seguiva la struttura dell'anello in cui si trovavano, ma alla cieca. Susan prese il comando dopo un minuto di corsa attraverso stanze separate da porte di vetro e punti di controllo per l'identificazione, e Julie fu subito felice che avesse deciso di seguirla.

Aveva delle domande, ma potevano aspettare. Susan fu veloce con la sua carta d'identità e li autorizzò a entrare in ogni sezione man mano che si addentravano nel laboratorio. La dottoressa Lindgren e Susan corsero davanti a Julie, che decise di tenere d'occhio alle sue spalle le guardie che sapeva essere dirette verso di loro.

Non avevano molto tempo e, soprattutto, non avevano un piano. Senza portare Susan al sicuro in una stanza chiusa, Julie non voleva rischiare di fermarsi a parlare. Le sue domande e le risposte della donna avrebbero dovuto aspettare. Dovevano stare davanti alle guardie e dovevano *assolutamente* trovare la dottoressa Lin.

Se c'era qualcuno che sapeva cosa stava succedendo, era l'uomo che aveva incontrato in albergo ieri sera. Il dottor Lin poteva essere frenetico e difficile da comunicare, ma dubitava che fosse la sua natura. Qualcosa lo aveva seriamente spaventato, ed era stato un problema abbastanza grande da volerlo condividere con il mondo esterno, non con i colleghi scienziati e ricercatori con cui stava lavorando.

Susan svoltò a sinistra nella stanza successiva, una strana scelta di direzione considerando che l'anello e il sottolivello in cui si trovavano si incurvavano verso destra.

"Sai dove stai andando?". Chiese Sarah.

Susan annuì, strisciando la carta d'identità sulla parte anteriore della porta senza rallentare. Aspettò i due secondi necessari alla comparsa della luce verde, poi spinse la maniglia verso il basso e spalancò la porta.

La dottoressa Lin era dentro, seduta in un angolo. La stanza era uno sgabuzzino, solo tre pareti di scaffali con attrezzature di laboratorio, materiale di pulizia e vecchi monitor di computer che prendevano polvere. Gli scaffali si estendevano per più di un metro nella stanza su tutti e tre i lati, lasciando poco spazio davanti a loro per qualsiasi cosa che non fosse una sola sedia.

Ma nella stanza c'*era* una sola sedia, e su quella sedia sedeva il dottor Joseph Lin. I suoi capelli neri, che prima erano stati separati da un lato e pettinati perfettamente, con un po' di mousse per tenere tutto insieme, e che ricadevano sul resto della testa, ora erano spettinati. Sembrava che li avesse passati con le mani più e più volte, fino a quando i capelli erano così scompigliati che l'uomo era quasi irriconoscibile.

"Dottor Lin?" Chiese Julie. Susan aveva aperto la porta e l'aveva tenuta, rimanendo come una sentinella fuori nella stanza principale mentre Julie e la dottoressa Lindgren si accanivano sull'uomo sulla sedia.

L'uomo annuì. Annusò, guardando ciascuno di loro. Non parlò.

"Stai... stai bene?" Chiese Julie.

Lo fissò. I suoi occhi erano vuoti, privi di emozioni, ma Julie credette di scorgere un leggero tremolio nella mano dell'uomo. Appoggiava la mano su uno degli scaffali accanto a lui, mentre l'altra era seduta in grembo.

"Dottoressa Lin", disse Sarah, "siamo venuti a cercarla. Sono la dottoressa Sarah Lindgren e questa è Juliette Richardson. Siamo del CSO e abbiamo visto le foto sul suo telefono e...".

"Quindi lo sai", sussurrò. "Adesso lo sai". Era una domanda, con un'inflessione appena accennata. Non era sicuro *di cosa* sapessero.

"No", disse Julie. "È per questo che siamo venuti. *Non* lo sappiamo. Di che cosa si tratta? Dottoressa Lin, se potesse...".

"*Lei* lo sa", disse. Puntò un dito lungo e scarmigliato verso Susan. Julie non aveva mai notato quanto l'uomo sembrasse smunto. O forse aveva perso buona parte del suo peso corporeo in un giorno.

Julie e Sarah si voltarono a guardare Susan. Julie aspettò, alzando un sopracciglio.

"Non so di cosa stia parlando", disse Susan. "Sono qui con loro, dottoressa Lin. Sono venuta per aiutarli, per cercare di capire questo...".

"Sai che hanno preso tua sorella", disse la dottoressa Lin. "Elizabeth. Non c'è più. Rimossa".

Susan scosse la testa. "Non puoi saperlo. Mi ha detto che sarebbe stata riassegnata, che l'avrebbero presa...".

"Susan", disse la dottoressa Lin. I suoi occhi erano iniettati di sangue, imploranti. La maschera di nulla emotivo si era sollevata e Julie vide sul volto dell'uomo lo sguardo di chi sapeva che gli sarebbe successo qualcosa, e che non sarebbe stato nulla di buono. Era rassegnato al suo destino. "Susan, tu sai la verità. *Devi* saperlo. I segnali sono stati tutti presenti fin dall'inizio. Fin dal tuo reclutamento - te lo ricordi?".

Julie osservò il volto di Susan. La donna era di mezza età, probabilmente vicina ai cinquant'anni a giudicare dalle pieghe che le circondavano gli occhi e dal modo in cui si portava. A suo merito, tuttavia, sembrava molto più giovane e Julie sapeva che avrebbe potuto passare per una trentenne con un buon parrucchiere nel suo team. I suoi capelli biondi erano tirati indietro in uno chignon e portava occhiali con montatura a filo sulla punta del naso. Era bassa, più bassa di Julie, e un po' tarchiata. Il modo in cui guardava la dottoressa Lin, però, diceva tutto a Julie.

Non ha idea di cosa stia parlando. È innocente.

"Hanno preso Elizabeth. Mi hanno detto che sarebbe stata portata via".

Susan deglutì. "Perché?"

Il dottor Lin scosse la testa. "C'è stato un... errore. Lo stesso motivo per cui sono venuti a cercare me". A questo punto, scosse gli occhi a destra e a sinistra verso gli scaffali alle pareti, come se cercasse di vedere oltre. "È per questo che mi stanno *ancora* cercando. Voi, tutti voi, dovete andarvene".

"Non finché non ci dici cosa sta succedendo qui", disse Sarah. "Le persone nelle foto - chi sono?".

Lin scosse ancora una volta la testa. "Non lo so. Erano qui quando sono arrivato io. Tutti imparentati, o almeno dello stesso gruppo demografico, credo".

"Sudamericano, a quanto pare", ha detto il dottor Lindgren.

Il volto di Lin era sorpreso.

"Sono un'antropologa", disse, rispondendo alla domanda inespressa. "Direi che sono peruviana, o da qualche parte lì intorno".

"Credo che lei abbia ragione", ha detto la dottoressa Lin. "Corrisponde a ciò che crediamo sia stato trovato nei rottami sotto l'hotel. La nave; Adrian ve l'ha mostrata?".

Scossero la testa. "No", disse Julie. "Ma abbiamo sentito. Dalla flotta del tesoro spagnola?".

La dottoressa Lin annuì. "Pensiamo di sì. Gli scheletri che abbiamo trovato lì sono stati una componente fondamentale della nostra ricerca. I campioni di DNA che siamo riusciti a estrarre erano... a dir poco strani".

"Come mai?" Chiese Sarah.

"Sono leggermente diversi da quelli che chiameremmo esseri umani 'normali'. Come se ci fosse stato un passo falso nella loro evoluzione. Qualcosa che avrebbe dovuto essere disattivato non lo è mai stato, e il dottor Crawford credeva che questo permettesse loro di avere alcune caratteristiche uniche. Credeva che anche gli spagnoli, all'epoca, la pensassero così e per questo li avevano presi".

"E perché sono state prese le persone *vive*?". Chiese Julie. "Non ci sono scuse per questo".

"No", ha detto la dottoressa Lin. "Certo che no. Ma come ho detto, erano qui prima che arrivassi io. Tutti quanti".

"Perché?" Chiese Julie. "A quale scopo?"

Il dottor Lin girò la testa di lato e guardò Julie. "Per ulteriori ricerche, naturalmente".

"Ricerca. Giusto. Che *tipo di* ricerca è in corso qui, dottoressa Lin? Che tipo di ricerca richiederebbe gli scheletri di peruviani centenari e moderni? E lei -" Julie guardò Susan - "come è coinvolta in tutto questo?".

Gli occhi di Susan si allargarono. "Io... non lo sono. Cioè, lo sono, ma non al livello del dottor Lin. È lui il responsabile dell'intero laboratorio. È la sua ricerca quella su cui stiamo lavorando".

Se il dottor Lin era arrabbiato con la donna per il suo tradimento, non lo dava a vedere. Invece, ha abbassato la testa. Julie si rese conto che *stava dicendo la verità. Non ha nulla a che fare con quello in cui si è cacciato il dottor Lin.*

"Questa stazione, l'intero parco", ha esordito la dottoressa Lin, "è proprio come dice il dottor Crawford. È un parco che vuole unire l'educazione all'intrattenimento, in un modo che non è mai stato fatto prima".

"Abbiamo ascoltato la presentazione del marketing", ha detto Sarah. "Roba impressionante. Ma non è vero, no?".

"È proprio vero", rispose la dottoressa Lin. "Molto. Ma questo parco non è *solo* questo. I finanziamenti - gli investitori che sono qui, le persone che stanno dietro a tutto questo, il consiglio di amministrazione - sono tutti coinvolti per un motivo diverso".

"Ricerca?" Chiese Julie.

"Sì".

"Ricerche su come rimuovere gli arti delle persone?", chiese. Era una domanda di approfondimento grossolana, ma c'erano persone che li stavano cercando. Non c'era più tempo.

E avevano bisogno di risposte.

"No", ha detto la dottoressa Lin. "Questa è solo una componente della ricerca in cui è coinvolta *Ocean Tech*. È una componente brutale, anche se necessaria".

"Se è brutale, perché è necessario?". Chiese Sarah. Susan e Julie annuirono. Julie era un po' sorpresa che la nuova arrivata fosse all'oscuro di tutto come loro, ma non aveva intenzione di fare domande. C'erano buone probabilità che Crawford avesse messo in atto molte misure di salvaguardia per evitare che i dipendenti condividessero i loro segreti commerciali tra loro. Mantenendo tutto compartimentato, era più facile controllare il flusso di informazioni.

Tenendo la gente all'oscuro, era *molto* più facile controllare tutto.

"Un componente di cosa, dottoressa Lin?".

La dottoressa Lin sospirò, si guardò di nuovo intorno, poi alzò lo sguardo verso Julie. "Qui non stiamo *rimuovendo* arti, signora Richardson".

Julie si accigliò. *Le foto sul telefono raccontano una storia molto diversa,* pensò.

"Li stiamo facendo ricrescere".

CAPITOLO 35

"TU SEI... *cosa?*" dissero all'unisono Julie e Susan.

Julie sentì un rumore alle sue spalle. Lo sgabuzzino si trovava di fronte all'ingresso di questa sezione del laboratorio e, prima ancora che Julie si girasse per vedere cosa fosse quel trambusto, lo capì. *Troppo tardi, non c'è più tempo.*

"Andiamo", disse. "Dottoressa Lin, anche lei. Dobbiamo muoverci". Uscì dall'armadio e vide che c'erano due soldati che aspettavano un comando da qualche altra parte del parco per aprire la porta. A quanto pare nemmeno le guardie avevano accesso a questi laboratori interni. Julie se lo annotò mentalmente, accrescendo ulteriormente il sospetto che qui ci fosse qualcosa di gravemente sbagliato. *Persino agli uomini di Ravenshadow è vietato l'accesso al laboratorio segreto di Crawford.*

Il dottor Lin iniziò ad alzarsi, poi si accasciò sulla poltroncina. La poltrona si girò e le sue ginocchia urtarono contro il ripiano e lui alzò lo sguardo verso Julie. "No, è troppo tardi, come ho detto. Non c'è speranza di continuare la mia ricerca".

Susan fissò la sua collega. "Non puoi abbandonarci adesso", disse. "Questa è tutta la tua ricerca. Questo è ciò su cui hai lavorato, e noi possiamo aiutarti se solo ci dirai che cosa stai cercando di fare".

Il dottor Lin scosse la testa. "No, è troppo tardi. Questa era e sarà sempre la ricerca di Crawford, e lui non permetterà a qualcuno come me - o a nessuno di voi - di intralciarne il completamento".

Le guardie avevano aperto la porta e Julie spinse entrambe le donne fuori, nel laboratorio principale a sinistra. "Andate, ora", disse. "Continuate a muovervi, più in profondità nei laboratori. Non credo che possano attraversare le porte senza l'aiuto di qualcun altro che le apra a distanza.

Sarah Lindgren sembrava scioccata. "Ma tu?", chiese. "Sono quasi dentro".

"Non preoccuparti per me", disse Julie. "Sarò subito dietro -".

Il rumore degli spari la interruppe. Susan urlò, ma la dottoressa Lindgren le afferrò il braccio e le due si allontanarono nel laboratorio. Julie si voltò verso la dottoressa Lin. "Conosco questi uomini", disse. "Ti uccideranno. Venga con me, subito".

Con sua sorpresa, l'uomo si alzò tremante e cominciò a camminare verso la porta dell'armadio. Le guardie si stavano muovendo lungo il lato destro della stanza, avvicinandosi a un'inquadratura diretta dell'armadio, ma concentrando la loro attenzione sulle due donne che attraversavano la stanza più lontano. Julie uscì dolcemente e si avvicinò di soppiatto a una lavagna mobile posizionata a qualche metro di distanza dalla parete accanto all'armadio. Le sue gambe erano a un paio di metri dal pavimento, quindi i suoi piedi sarebbero stati nascosti, ma con un po' di fortuna gli uomini stavano scrutando da cima a fondo e lei sarebbe stata ben nascosta. Aspettò un secondo in più che il dottor Lin la vedesse, poi si nascose dietro la lavagna. Lui la seguì e lei apparve dall'altro lato della lavagna e aspettò che gli uomini passassero. Susan e la dottoressa Lindgren avevano già varcato le porte di vetro che separavano questo segmento del laboratorio da quello successivo. Julie ebbe la strana sensazione che questo laboratorio fosse organizzato come non aveva mai visto prima, come se il suo progettista avesse voluto che ogni sezione fosse accessibile, ma che si escludesse reciprocamente da ogni altra parte. *Un altro mistero.*

Ma non aveva tempo per soffermarsi sulle caratteristiche dello spazio e sulle sue anomalie architettoniche. Le guardie si stavano avvicinando alla porta, l'uomo a destra con la mano sulla maniglia e quello a sinistra che parlava in un microfono che portava al polso. Entro pochi secondi avrebbero varcato anche loro quelle porte e Julie si rese conto di un'altra cosa:

Verremo chiusi in questa stanza.

Si rivolse alla dottoressa Lin. "Per favore, mi dica che ha un badge identificativo che apre le porte qui sotto".

Annuì. "Certo. Ma se lo uso, lo vedranno sullo schermo di controllo. In questa sezione dei laboratori non ci sono telecamere, per ovvie ragioni".

I motivi non erano ancora evidenti, ma Julie non aveva il tempo di fargli pressione.

"Dobbiamo andare nello spazio successivo, dove ci sono Sarah e Susan", disse Julie.

"È lì che stanno andando le guardie", rispose Lin. "Come hai detto tu, mi spareranno -".

"Spareranno anche a *loro*. E non permetterò che ciò accada".

"Cosa suggerisce?" Chiese la dottoressa Lin. "Sono armati. Non abbiamo nulla con cui combatterli".

Julie pensò per un attimo, osservando le guardie nella stanza accanto attraverso il vetro. Erano a un centinaio di metri di distanza, ma stavano ferme, guardando nella direzione opposta. *Cercavano le due donne.*

"Lasciate che li distragga. Posso farli tornare almeno in questa stanza", disse Julie. "Tu prendi il tuo distintivo e sgattaiola lungo il lato di questa stanza". Indicò. "Accovacciati nell'angolo laggiù, dietro quella scrivania, e non appena entrambi tornano in questa stanza, *corri*. Attraversa la porta e poi continua a correre finché non li raggiungi".

La dottoressa Lin ha guardato per un attimo con preoccupazione. "Io... non posso. Non sono sicuro...".

"*Vai*", disse Julie.

Scosse la testa, poi la lasciò cadere, guardando il pavimento. La luminosità della stanza non li raggiungeva e il suo volto scuro cadde nell'ombra. "Devo restare. Prendi la mia carta e lascia che li distragga".

"No", disse Julie. "È troppo pericoloso. Non puoi..."

"Mi uccideranno comunque. Crawford mi ha fatto rimuovere e il consiglio ha approvato la mozione".

"Rimosso?"

"Rimosso dal mio incarico di ricercatore principale".

Julie era confusa. "Allora? È una cosa buona, no? Ti lasceranno andare via?".

Scosse la testa. "No, 'rimosso' significa che stanno eliminando tutto ciò che mi riguarda. Tutte le registrazioni del mio lavoro qui saranno cancellate, se non lo sono già state, e tutte le pubblicazioni che includono il mio nome come menzione relativa a questa ricerca saranno cambiate in 'et al', e di nuovo, il mio nome sarà cancellato".

"Ma questo è... chi se ne frega?". Chiese Julie. "È davvero una questione di vanità? Perderai qualche anno della tua vita, ma poi potrai ricominciare da capo, no?".

Il suo volto le disse che le mancava qualcosa.

"No", ha detto. "Continuerò a far parte della ricerca qui, ma non come *ricercatore*".

Julie aggrottò le sopracciglia, poi le cadde la mascella. *Oh.* "Vuoi dire..."

"Sì", disse lui. Le sembrò di scorgere una lacrima nei suoi occhi. "Sarò rimosso dal mio ruolo, ma in seguito diventerò un soggetto da studiare. Un'altra persona senza nome in una gabbia".

Julie stava per fare un'altra domanda, ma il dottor Lin le infilò in mano la sua carta d'identità. "Non lascerò questo posto, signora Richardson. È per questo che sono venuta a cercarla in albergo. Sapevo che lei e la sua squadra avreste potuto aiutarmi, in qualche modo. Quello che sta succedendo qui non va bene e il mondo deve saperlo".

Julie deglutì, poi annuì. "Faremo del nostro meglio".

"No", ha detto. "*Devi* fare meglio di così. Devi fermare Crawford. A prescindere da tutto. Non capisce cosa sta facendo qui".

Mise le mani sul pugno chiuso di lei, che ancora stringeva il badge identificativo. Ora aveva le chiavi del regno e la fiducia del ricercatore capo che avrebbe portato Crawford alla rovina.

Ora doveva solo mantenere la promessa.

CAPITOLO 36

REGGIE SI CHINÒ e sussurrò a Ben. "Non ancora. Prima vediamo cosa ha da dire Crawford".

Ben annuì. Era ancora arrabbiato con l'amico, ma almeno non avrebbero dovuto aspettare in cella. Il Falco fece strada, mentre le due guardie armate seguivano Reggie e Ben. Non erano stati legati o ammanettati, e Reggie pensò che questo significasse che gli uomini di Ravenshadow erano sicuri delle loro capacità con le loro armi d'assalto compatte.

Reggie era certamente fiducioso nelle loro capacità. Pur non riconoscendo nessuno dei membri della squadra di Ravenshadow che avevano visto finora, a parte il Falco stesso, Reggie sapeva tutto delle loro tattiche di reclutamento. Vicente Garza aveva fondato l'azienda anni prima, attirando i giovani soldati all'interno della società di sicurezza offrendo un pacchetto di benefit molto migliore rispetto alle forze armate del governo. Si trattava di un'attrazione enorme per i giovani più scontrosi, quelli che volevano una scusa per usare le armi. Spesso non avevano una famiglia o qualcosa che li legasse, e molti di loro avevano anche avuto più di qualche contatto con la legge nel corso della loro vita.

Il Falco si offriva di pagare un bonus agli uomini che lasciavano l'esercito una volta terminato il periodo di impegno, e pagava anche i programmi di addestramento mentre erano arruolati. Poi li avrebbe mandati alla sua estenuante forma di addestramento, un programma che aveva progettato tenendo conto della tortura fisiologica e fisica.

Reggie lo sapeva perché l'aveva *fatto*.

Gli Hawk avevano tentato di reclutarlo anni fa, subito dopo aver terminato il suo mandato e poco prima che si presentasse al corso di qualificazione delle Forze Speciali. Reggie aveva colto al volo l'opportunità di "accelerare" il suo addestramento e la sua esperienza unendosi a un gruppo che prometteva opzioni migliori dell'esercito. Lasciò la sua unità e si recò nella campagna canadese per iniziare la prima fase dell'addestramento.

Fu dopo questa prima fase che Reggie scoprì di più su chi fosse il Falco, su come avesse ricevuto la sua reputazione e su cosa fosse esattamente coinvolto l'equipaggio di Ravenshadow.

Solo poche reclute ogni anno superavano con successo il "Gauntlet" e uscivano dall'altra parte come soldati Ravenshadow a tutti gli effetti. Il Falco aveva progettato un programma intenso per mettere alla prova ogni uomo come il famoso programma di addestramento BUD/S dei Navy SEALs, ma con un po' più di abusi fisici e tormenti, eppure quasi tutti i giovani che passavano attraverso il programma e fallivano volevano di più. Erano assuefatti alla lotta, al dolore, e la compagnia del Falco viveva di quell'adrenalina.

Garza teneva una lista di reclute che avevano tentato e fallito di gestire "Il guanto di sfida" e spesso le chiamava per aiutarlo nelle missioni quando aveva bisogno di rinforzare la sua squadra. Reggie non dubitava che ci fossero alcuni di questi tipi proprio qui con lui, compresi gli uomini che li stavano scortando nell'ufficio di Crawford.

Ma come Reggie stesso, questi uomini erano tutt'altro che "non qualificati". Sapevano sparare, combattere e pensare come i migliori soldati che Reggie avesse mai incontrato, ed erano in condizioni fisiche ottimali. Avevano avuto un assaggio di ciò che significava la libertà, fatta penzolare sulle loro teste da Vicente Garza, e ne erano rimasti affascinati. Avrebbero combattuto qualsiasi guerra gli avesse ordinato, non importa dove o contro chi.

E *questo* era il motivo per cui Reggie aveva gettato la spugna. Aveva visto di persona il tipo di battaglie che il Falco voleva che combattessero e non voleva averci niente a che fare. Le aziende pagavano fior di quattrini per avere un po' di "sicurezza energica", e a molte di loro non poteva importare di meno di quali misure venissero prese per proteggere i loro interessi. Era stato in Africa con il Falco ed era uscito dall'altra parte scosso, moralmente confuso e arrabbiato.

E *odiava* essere arrabbiato.

Quindi si dimise. Non era semplice presentare una lettera di dimissioni: il Falco era più furbo di lui e Reggie sapeva che sarebbe stato in grado di trovarlo in qualsiasi parte del mondo pensasse di potersi nascondere, e che ci sarebbero state delle conseguenze da pagare. Invece, Reggie aveva deliberatamente fallito un parametro di missione cruciale proprio prima di completare il corso di addestramento.

Il Falco si infuriò, licenziando Reggie in tronco, e Reggie accettò la slinguata e se ne andò per la sua strada, stabilendosi alla fine in Brasile e avviando un proprio campo di addestramento alla sopravvivenza per dirigenti aziendali. Aveva eliminato il Falco e Ravenshadow dalla sua mente, si era concentrato nuovamente sulla sua vita personale per la prima volta dopo anni e aveva quasi dimenticato le sue esperienze nel settore della sicurezza privata.

Fino a Philadelphia. Il Falco e i suoi uomini erano tornati nella sua vita su richiesta del loro ultimo benefattore, una donna che voleva protezione per la sua azienda durante la creazione di un siero e di un farmaco che dovevano essere tenuti sotto controllo. Reggie aveva rischiato di perdere la vita in quell'occasione, come molte altre persone, tra cui il suo caro amico Joshua Jefferson.

Non avrebbe mai perdonato il Falco e in quel momento aveva giurato di uccidere l'uomo che aveva causato tanta sofferenza in tante vite.

Ma ora non era il momento. Un'altra minaccia, questa volta di nome Adrian Crawford, era entrata nelle loro vite. Crawford non sarà stato un tipo di soldato, ma era astuto quanto Garza. Li aveva attirati con successo nel suo regno, adulandoli con cibo e alloggi di lusso. Inoltre, aveva perfezionato il suo fascino e il suo carisma da "bravo ragazzo" e Reggie ci era cascato.

Stavano per trovarsi faccia a faccia con quell'uomo e Reggie voleva avere la possibilità di dirgli *esattamente* cosa provava per il suo nuovo parco.

Sapeva che anche Ben voleva farlo e non voleva togliergli questa opportunità. Crawford avrebbe ricevuto una tirata d'orecchi da loro e *poi* avrebbero cercato di scappare. Julie e la dottoressa Sarah Lindgren erano ancora là fuori da qualche parte, ad esplorare il parco e, si sperava, a divertirsi, ma ora erano in pericolo. Reggie avrebbe fatto di tutto per proteggerle, sapendo che non si sarebbe mai perdonato se fosse successo qualcosa a un altro membro della sua squadra.

E non voleva nemmeno *pensare a* cosa avrebbe fatto Ben se fosse successo qualcosa a Julie.

Guardò Ben mentre si avvicinavano all'ascensore che li avrebbe portati al livello superiore e all'ingresso del Subshuttle, ed esaminò il volto dell'amico.

Ben sembrava stoico, ma Reggie sapeva che sotto la superficie c'era molto da fare. Voleva vendetta quanto Reggie, e l'avrebbe ottenuta. Avrebbe protetto Julie, ma finché non avesse saputo per certo che era in pericolo, si sarebbe concentrato su Crawford e poi sul Falco.

Per un momento, anche a dispetto delle armi e dei grugniti dietro di loro, e del leader fin troppo capace di quegli uomini che camminava davanti a loro, Reggie provò pietà per tutti loro. Harvey Bennett non aveva iniziato come combattente, ma lo era diventato.

E non aveva perso nemmeno un grammo della resilienza e della forza che lo avevano portato fin lì.

Sono morti, pensò Reggie. Non sapeva come o quando, ma sapeva che era un dato di fatto. *Sono tutti morti.*

CAPITOLO 37

JULIE CORSE. Non c'era scelta ora, e non si poteva tornare indietro. Conoscendo il Falco, le avrebbero sparato a vista. Garza aveva probabilmente ordinato di sparare a vista prima ancora che scendessero nel laboratorio sotto il secondo anello.

Anche il dottor Lin aveva fatto la sua scelta. Si trovava al centro della stanza, con solo uno spazio vuoto e una spessa lastra di vetro tra lui e gli uomini nell'altra stanza. Uno degli uomini si voltò, lo vide e gridò al suo compagno di squadra.

Le due guardie di Ravenshadow si affrettarono verso la porta e una di loro la richiamò, aspettando che si aprisse. Passò oltre, con la pistola alzata.

Julie aspettava, accovacciata dietro la scrivania, osservando. Non l'avevano vista prima ed era sicura che non l'avrebbero vista ora. Tuttavia, per far funzionare il suo piano, avrebbe dovuto programmare le cose in modo perfetto, e anche in quel caso era un'impresa ardua. Questi uomini erano assassini addestrati, soldati a pagamento che erano stati ulteriormente testati dal Falco stesso. Aveva incontrato il gruppo a Filadelfia e aveva resistito a una notte estenuante da sola in una palestra, legata a una sedia, in attesa di essere torturata dal Falco o da uno dei suoi uomini.

Voleva ucciderli, tutti, anche se non li riconosceva direttamente. Sapeva cosa rappresentavano e per chi lavoravano, e questo era più che sufficiente.

Ma non ora, pensò. Voleva farlo, ma non c'era modo di abbatterli senza un'arma. E Susan e la dottoressa Lindgren erano ancora nel laboratorio da qualche parte, e lei doveva aiutare almeno la dottoressa Lindgren.

La seconda guardia entrò nella stanza ed entrambi puntarono i fucili mitragliatori contro il dottor Lin. Il dottor Lin aveva un'aria pietosa, i capelli spettinati ancora scompigliati, le mani alzate in segno di sconfitta. "Voglio parlare con Crawford", disse.

L'uomo più vicino a Julie rise. "Troppo tardi per questo, Doc". Sparò, due colpi veloci. Il primo fece girare Lin, mentre il secondo si conficcò nella parte sinistra della schiena. Le due guardie fecero un passo avanti e si diressero verso Lin.

Lin vacillò un attimo, poi cadde.

Ora, pensò Julie. Il momento era arrivato e lei si alzò di scatto dalla sua posizione accovacciata sul pavimento e corse alla porta. Tese il biglietto da visita del morto e guardò con impazienza che la luce lampeggiasse di verde e che la porta si sbloccasse. Ci vollero due secondi estenuanti e si costrinse a non guardare oltre la sua testa, a non guardare i due uomini armati che si trovavano ad appena sei metri da lei.

Non potrò fare nulla se mi vedono, pensò.

La porta fece uno scatto, forte, e si aprì. Era un clic leggero, ma alle orecchie adrenaliniche di Julie sembrò che l'intero parco potesse sentirlo. Sapeva per certo che almeno una delle guardie di Raven-shadow l'avrebbe sentito.

Aspettò il tempo necessario perché la porta si aprisse abbastanza da permetterle di scivolare, poi si contorse e rotolò accanto al vetro sul lato opposto della parete.

Ed era anche appena in tempo.

Una scarica di spari colpì il vetro dove si trovava solo una frazione di secondo prima. Il vetro resistette, ma Julie sentì l'impatto increspato dello shock assorbito in tutto il corpo. Si costrinse a respirare. Sono *ancora viva. Sto ancora combattendo.*

Non si sarebbe tirata indietro, ma non si sarebbe nemmeno buttata a capofitto in una battaglia senza armarsi. Era il momento e il luogo sbagliato per uno stallo, quindi fece l'unica cosa sensata.

È corsa.

Corse più veloce che le sue gambe potessero portarla, sempre più in profondità nel laboratorio curvo, e corse per la sua vita e per quella delle due donne che aveva appena conosciuto. Le pareti giravano a destra, proprio come nelle sezioni precedenti del laboratorio, e lei pensò di essere a circa un quarto del percorso dell'anello. Erano sul Sub-1, sotto la superficie dell'acqua, e improvvisamente sentì il peso dell'acqua che la circondava, separata solo da una parete per lato. C'era una tensione palpabile nella stanza, anche se non aveva controllato se le due guardie l'avessero raggiunta o fossero ancora nel precedente segmento di laboratorio.

Non le importava, non importava dove fossero. Doveva trovare Sarah e Susan e portarle al sicuro. La dottoressa Lindgren sembrava una dura, ma Julie non voleva dare per scontato che si fosse mai trovata in una situazione del genere. Non molte persone lo avevano fatto, ed era certa che a Susan sarebbe andata anche peggio.

Non si preoccupava molto per Reggie o Ben, sapendo che erano in grado di badare a se stessi, ma sperava che avessero capito che Crawford era terribile quanto il Falco.

Sperava che non fossero caduti in una trappola.

Fu dopo essersi imbattuta nel segmento successivo che si rese conto di essere finita in una trappola. Non in senso fisico, ma certamente in senso psicologico.

I segmenti del laboratorio erano stati finora tipici di ciò che Julie si sarebbe aspettata: stanze con scaffali e armadietti lungo le pareti curve, tavoli e sgabelli alti di metallo sparsi per le stanze, microscopi, becher, cilindri graduati e computer. Molto tipico di ciò che ricordava dalla sua esperienza nelle lezioni di chimica all'università.

Ma questo segmento era diverso. Innanzitutto, era più buio. L'illuminazione era scarsa, per scelta o per ignoranza, ma lei pensò alla seconda. In secondo luogo, la stanza era completamente diversa dalle altre stanze del laboratorio. Era umida, con il sistema di controllo del clima che lavorava a pieno ritmo per far fronte all'aumento dell'umidità nello spazio. Infine, aveva una disposizione completamente diversa. I tavoli e gli sgabelli erano stati sostituiti da uno spazio lungo e leggermente curvo, e i computer erano assenti, sostituiti da una massiccia stazione di monitoraggio costituita da una serie di schermi inclinati verso il basso, montati sopra di lei sul soffitto e sulla parete.

Infine, non c'erano né scaffali né armadi. C'erano invece gabbie.

Dentro le gabbie, gente.

Si fermò, incapace di trattenersi. Le gabbie - tutte, alla sua destra e alla sua sinistra, impilate l'una sull'altra in singoli scomparti con pareti di vetro - erano piene di persone. Una persona per gabbia, ognuna seduta o accovacciata in una posizione molto scomoda, che guardava la stanza.

Non verso di lei, ma verso... il nulla.

Erano vuote come conchiglie arenate sulla spiaggia. Segni di un precedente abitato, ma del tutto privi di vita. Rimase immobile, sbalordita. Guardò ogni gabbia alla sua sinistra, per quanto poteva vedere, poi si girò e guardò le gabbie alla sua destra. Tutte piene, tutte vuote allo stesso tempo. Le persone all'interno fissavano di nuovo fuori, senza mostrare alcun segno di essersi accorte del suo ingresso nella loro prigione in miniatura.

Voleva tornare indietro da dove era venuta, ma le guardie erano ancora lì dietro, a inseguirla. Probabilmente avrebbero già detto che stavano cercando tre donne, una scienziata impiegata dalla *Ocean Tech* e due visitatori civili. Le porte non sarebbero state un problema per loro, pensò, supponendo che non avrebbero dovuto fermarsi fuori da ogni segmento del laboratorio e aspettare che la sala di controllo li facesse entrare.

Doveva continuare ad andare avanti, doveva continuare a muoversi. Queste persone, chiunque fossero, avevano bisogno del suo aiuto. Le due donne che la aspettavano più avanti avevano bisogno del suo aiuto.

Reggie e Ben, ovunque fossero, avevano bisogno del suo aiuto.

Guardò ancora una volta la prima gabbia alla sua sinistra, preparandosi a ricominciare a correre. Vide la pelle vecchia e rugosa dell'uomo, i suoi occhi vuoti e spenti, le sue mani, consumate dalle intemperie e fredde, sedute senza vita ai suoi fianchi. Lo guardò per un attimo, incerta se respirasse davvero. Forse erano tutte sculture di cera, una forma di scherzo crudele messo in atto dalla *Ocean Tech* e da Adrian Crawford.

Ma poi vide il petto di lui muoversi, rapidamente e bruscamente, una volta e poi di nuovo. Lui aspirò un respiro, senza distogliere lo sguardo dal punto che aveva scelto proprio di fronte a sé. *Forse non riusciva a vedere attraverso il vetro,* pensò.

Iniziò a muoversi, dapprima lentamente.

Ma poi i suoi occhi si sono mossi.

Seguire le sue tracce.

Guardandola.

Per poco non cadde a terra e dovette afferrarsi alla gabbia di vetro successiva. Ritrovò l'equilibrio e si raddrizzò, tornando a guardare l'uomo nella prima gabbia. È un'*illusione,* pensò, *come quando una persona in televisione sembra sempre fissarti direttamente.*

Ma sapeva che non era vero: questa non era una versione bidimensionale. Gli occhi dell'uomo rimasero fermi, esaminandola, prendendo vita e guardandola mentre lo fissava. Si guardarono per pochi secondi, ma a Julie sembrò un'eternità. Prigioniero e osservatore, uomo e donna.

Poi si avvicinò e posò la mano sul vetro. I suoi occhi si addolcirono e il cuore di Julie ebbe un sussulto.

Lui la supplicava, senza scambiarsi parole, ma lei sapeva esattamente cosa stava cercando di dire.

Aiuto.

CAPITOLO 38

"HARVEY, GARETH, RISPONDETE!". La voce di Crawford non aveva perso nulla del suo fascino caratteristico, ma a Ben ora sembrava artificiosa. Ben provata, certo, ma artificiosa. L'uomo carismatico che stava di fronte a loro, dietro la sua scrivania, era un brillante stratega.

E Ben e Reggie erano caduti nella sua trappola.

"Chiudi il becco, Crawford", disse Reggie. "Basta con i giochetti: di cosa si tratta?".

Crawford finse per un attimo preoccupazione. "La mia squadra di sicurezza non ti ha trattato bene?".

"Non te lo dirò di nuovo, *Adrian*. Taglia la testa al toro".

"Basta", disse Crawford, alzando una mano e mettendo a tacere Reggie. "Bene. Tutta la sincerità da qui in avanti".

"Come se ci credessi", disse Reggie. "Non c'è modo di fidarsi...".

"Siete qui perché Vicente Garza mi ha detto che sarebbe nel mio interesse liberare il mondo dalle Operazioni Speciali Civili", ha detto.

Dannazione, pensò Ben. È stato *onesto*.

"Davvero?" Reggie balbettò.

"Te l'ho detto, tutta la sincerità d'ora in poi".

"Bene", disse Reggie, voltandosi verso il Falco, che era in piedi accanto a lui. "Perché hai assunto questi ragazzi? Sono dei criminali. Se il governo scopre chi gestisce la vostra sicurezza, sarete chiusi entro un'ora, garantito".

Crawford sorrise e Garza sorrise. Le due guardie di Ravenshadow erano entrate con Ben e Reggie, ma erano in piedi dietro di loro. Ben ebbe la sensazione che non stessero ridendo o sorridendo.

"Lei presume che questo posto sia sotto il controllo del suo governo", ha detto Crawford. "Abbiamo requisiti operativi minimi da parte dei governi degli Stati Uniti e delle Bahamas, e la stessa *OceanTech* è registrata come società in Irlanda".

"Quindi stai gestendo un'attività esente da tasse e regolamenti", ha detto Ben.

"Non è una cosa fuori dal comune per una società", ha detto Crawford. "Ma non è questo il punto. Il punto è che qui c'è un sacco di ricerca che non sarà compresa - o accettata - dai tipici organi di regolamentazione governativi".

"Perché stai uccidendo delle persone?". Disse Reggie.

"*Perché* è all'avanguardia", ha risposto. "È all'avanguardia e quindi è *prezioso*. Ravenshadow ha una comprovata esperienza nella protezione di molti beni che richiedono cura, discrezione e anonimato".

"Quale ricerca?" Chiese Ben.

Crawford gli rivolse un sorriso pieno di fossette. "Mi fa piacere che tu l'abbia chiesto. Come ho già detto, sono sincero. *OceanTech* è sempre stata un'azienda all'avanguardia nella ricerca genetica. *Paradisum* rimarrà un parco, destinato innanzitutto all'intrattenimento attraverso l'educazione, ma *OceanTech* ha costruito il suo prodotto di punta in *questo* luogo grazie alle materie prime disponibili per continuare la nostra ricerca".

"Acqua salata?" Chiese Ben.

Reggie scosse la testa. "Il naufragio".

"Infatti".

"Ma perché *proprio quel* relitto? Sicuramente non si tratta di trovare *un* relitto *qualsiasi* e costruirci sopra un albergo".

"Certo che non lo è. Questo *particolare* relitto faceva parte di una flotta del tesoro spagnola del 1700. Una che iniziò il suo viaggio con un carico molto speciale".

"State estraendo oro e argento spagnolo dal relitto?". Chiese Ben.

Crawford scosse la testa. "No. Anche se *abbiamo* trovato alcune centinaia di migliaia di dollari di manufatti d'oro e d'argento, il "carico prezioso" che questa nave trasportava erano *persone*".

La mente di Ben tornò immediatamente alla menzione di Sarah del *carico umano* che credeva si trovasse sulla nave. L'articolo che aveva letto - quello che quasi subito dopo era stato rimosso dalla pubblicazione - aveva menzionato che la nave era stata trovata con all'interno gli scheletri di persone che non appartenevano all'effettivo equipaggio spagnolo.

"Inca?" Chiese Ben.

Crawford strizzò gli occhi. "Sì, precisamente. Indovinato?".

Ben alzò le spalle. "Il dottor Lindgren è un antropologo capace, credo".

Crawford sembrò impressionato, poi il suo volto si oscurò. Alzò lo sguardo verso Garza. "Abbiamo già una posizione, Garza?".

Garza scosse rapidamente la testa.

"Bene. Continuate a cercare. Ma ho *bisogno di* trovarli".

"Certo. Sarebbe più facile trovarli, però, se mi aveste permesso di installare un'apparecchiatura di sorveglianza nel...".

"Non in laboratorio, Garza. Ne abbiamo parlato".

Garza annuì, ma Ben capì che non era contento di sentirsi dire cosa fare. Probabilmente era un sentimento insolito per quell'uomo.

Crawford si riprese, facendo un passo di lato e voltandosi leggermente per rivolgersi nuovamente a Ben e Reggie. "È proprio così. Individui piuttosto affascinanti, sia lei *che la* signora Richardson".

Ben attese la risposta dell'uomo.

"Spero che presto saremo di nuovo tutti insieme", ha detto Crawford.

"Di cosa si tratta, Crawford?". Chiese Ben. "Cosa vuoi da noi?".

"Ve l'ho detto. Voglio assicurarmi che la CSO non interferisca in alcun modo con la nostra ricerca qui. Avete la capacità unica di operare in qualche modo al di fuori di qualsiasi tipo di supervisione diretta, e questo mi preoccupa".

"Bene", disse Reggie. "Ne staremo fuori. Lasciateci uscire dall'isola".

Crawford scosse la testa. "Mi dispiace molto. Non posso permetterlo".

"Cosa sono questi scheletri? Perché costruire un parco sopra di loro?". Chiese Ben. L'idea lo incuriosiva, ma le parole di Crawford lo preoccupavano ancora di più.

"Sono un ritrovamento molto speciale", ha detto Crawford. "Gli spagnoli scoprirono i membri di questa tribù e vollero immediatamente esplorare le possibilità offerte dalle loro capacità uniche. Naturalmente, erano un po' troppo *primitivi* per compiere qualsiasi salto medico di successo".

Salti di qualità in campo medico? Capacità?

"Quali capacità?"

"Gli abitanti di questa tribù, una delle tante che componevano la civiltà inca, si pensava discendessero dagli stessi dei inca, o almeno così si raccontava. Erano capaci di rigenerarsi".

"Rigenerazione..." Disse Reggie. "Come gli zombie?"

"No, no. Non è affatto così. Intendevo la rigenerazione *degli arti*. Si credeva che fossero in grado di far ricrescere braccia, gambe, dita delle mani e dei piedi. A volte entrambe, ma la maggior parte dei documenti afferma che la tribù era solitaria e se ne stava per conto suo. Erano per lo più sconosciuti e la civiltà Inca usurpò le loro terre senza che loro lo sapessero. Tecnicamente erano una tribù incontattata all'interno della più ampia area geografica della popolazione inca, e rimasero un mistero per gli abitanti del Perù. Semplicemente un mito, una leggenda.

"Ma a quanto pare gli spagnoli li trovarono: erano il *vero* oro che la corona spagnola cercava. Ve lo immaginate? Riuscire a ricreare il processo di rigenerazione degli arti negli esseri umani?".

Ben era in qualche modo affascinato, ma *molto* turbato. "Quindi... cosa? Siete riusciti a estrarre il DNA dagli scheletri e a provarlo?".

Crawford scosse la testa. "No, purtroppo. Anche se ci abbiamo provato per un paio d'anni. Ma il DNA era troppo vecchio, i campioni troppo consumati. Non c'era nulla di utile a nostra disposizione all'interno dello scafo decaduto della nave, così decidemmo di fare perno sulle conoscenze che *già* avevamo. Le informazioni che collegavano questa tribù alle leggende".

"E dove si trovavano *queste* informazioni?". Chiese Reggie.

Ben sapeva che Reggie era un appassionato di storia e che, avendo vissuto in Brasile, tutto questo avrebbe suscitato il suo interesse. Tuttavia, sembrava piuttosto inverosimile e Ben sapeva che Reggie era scettico.

"La maggior parte è affondata con la nave spagnola", disse Crawford. Abbassò lo sguardo sulla scrivania, con una sorta di finta riverenza. Solenne, si mordicchiava l'interno del labbro e scuoteva la testa. *Che attore*, pensò Ben. "Ma c'era una serie di documenti che la mia compagnia ha trovato in Perù. In una vecchia chiesa gesuita, scritti su pergamena sbriciolata e sbiadita".

Cavolo, questo tizio ci sa fare con le parole, pensò Ben. *Ci sta* ancora *prendendo in giro, anche se non ne ha motivo.*

"Le pergamene sono state esaminate dalla mia équipe scientifica e io stesso le ho compilate per ottenere una documentazione valida del periodo appena precedente la partenza della flotta. Il sacerdote che le ha scritte a quanto pare fungeva da quartiermastro del capitano della nave, poiché teneva un registro e un manifesto, e un paragrafo in particolare sembrava implicare che la nave spagnola fosse diretta verso la costa della Florida e poi verso la Spagna, non appena il tempo lo avrebbe permesso.

"Erano carichi di 'oggetti di interesse della corona, inclusi possedimenti d'argento e d'oro e - cito - '*abitanti della Tribù della Leggenda, per scopi a me sconosciuti'*".

"Quindi questo prete si è fatto prendere dalla penna. Come fai a sapere che ha detto la verità?".

"È stata un'ipotesi azzardata", ha detto Crawford. "Ma era corretta. Gli scheletri ci sono stati utili, se non altro per indicarci la strada per trovarne *altri*".

Ben si acciglio. "*Ancora?*"

"Sì, ancora. Questa volta con la pelle attaccata. Avevamo bisogno di soggetti *freschi*, se mi spiego".

Gli occhi di Ben si allargarono e guardò Reggie, ma il suo amico stava fissando Crawford. Ben immaginava che Reggie si affacciasse alla gola dell'uomo, sapendo che gli sarebbero bastati pochi secondi per ucciderlo. Ma sarebbe stato un errore, perché Garza e i suoi uomini erano in attesa. Julie e il dottor Lindgren sarebbero stati ancora più in pericolo se avessero fatto qualcosa di avventato.

"Perché ci stai dicendo questo?" Chiese Ben. "Perché rivelare la tua mano?".

Crawford rise. "*Rivelare la mia mano?*" chiese. "Non sto rivelando *nulla*, signor Bennett. Tutto questo sarà di dominio pubblico tra un mese, forse meno, quando pubblicheremo i nostri primi risultati. Ma non avrà importanza: nessuno può toccare la *Ocean Tech*, come ho spiegato prima, e ci saranno *migliaia* di organizzazioni e aziende farmaceutiche interessate alla nostra ricerca. Non importa come abbiamo *ottenuto* la ricerca".

Ben era sempre più arrabbiato, ma sapeva che Crawford aveva

ragione. Una volta scoperto che la *Ocean Tech* aveva scoperto il segreto della rigenerazione degli arti umani, a nessuno sarebbero importati i mezzi per arrivarci: il risultato finale avrebbe giustificato quasi tutto.

Ma *lui* lo sapeva. E questo fu il primo errore di Crawford.

Il secondo è stato dirlo a Reggie.

CAPITOLO 39

LI TROVÒ dietro la curva successiva, dietro la successiva serie di porte a vetri. Era senza fiato, con il cuore che batteva all'impazzata, pensando ancora all'operatrice di laboratorio di nome Susan che si era rannicchiata dietro un tavolo accanto alla dottoressa Sarah Lindgren, aspettando e sorvegliando le porte. Julie usò la tessera della dottoressa Lin e attese che la porta si sbloccasse, ringraziando ancora una volta chiunque fosse nella struttura che non aveva ancora visto l'accesso di Lin e l'aveva chiusa.

"Dottor Lin?" Chiese Susan.

Julie scosse la testa. *Non c'è bisogno di altre spiegazioni,* pensò.

Le due donne la fissarono, ma nessuna fece una domanda ulteriore.

"Perché ti sei fermato?" Chiese Julie.

"Stavamo parlando", disse Susan. "Questo è a metà dell'anello, quindi è il più lontano dagli ascensori dall'altra parte".

Julie vide che aveva ragione: non c'erano ascensori da questo lato dell'anello. Tuttavia, c'era una serie di porte, non contrassegnate, dietro la posizione di Sarah e Susan. Non era sicura di dove portassero, ma erano porte solide e spesse, con un lettore di documenti montato accanto. *Ovunque vadano quelle porte, non conducono a un ripostiglio per le scope.*

Il resto della stanza era relativamente spoglio, alcuni tavoli e sgabelli di metallo, ma i tavoli erano vuoti e gli sgabelli erano stati infilati sotto ogni tavolo. Sembrava che nessuno fosse stato qui da quando era stata allestita.

Anche le due pareti all'esterno e all'interno della stanza curva erano di metallo e, a un'analisi più attenta, Julie notò che non si trattava di un'unica e solida lastra di metallo, ma di sezioni di metallo simili a scatole, martellate agli angoli. L'effetto complessivo era un murale d'argento, la lucentezza metallica delle facce dei quadrati rimbalzava la luce fioca nella stanza.

Era uno strano design per una stanza, pensò Julie, ed era ancora più strano che qualcuno avesse deciso che la stanza *doveva essere* progettata. Esaminò la parete più da vicino, tastando i bordi di uno dei quadrati di metallo.

"Non sapevamo dove fossero le guardie", aggiunge Sarah. "Abbiamo pensato che fosse più sicuro qui, lontano da dove probabilmente sarebbero arrivati".

"Sono dietro di me", disse Julie. "Non hanno la tessera, però, quindi vanno un po' più lenti. Dobbiamo continuare a muoverci".

"Non dovremmo fare il giro completo, però", ha detto Susan. "Ci sono telecamere fuori dagli ascensori. Sapranno esattamente dove siamo non appena ci avvicineremo alla parte anteriore del ring".

Julie pensò che gli scienziati erano soliti chiamare "fronte" il lato dell'anello in cui si trovavano gli ascensori e l'ingresso del Subshuttle, il che significava che dovevano trovarsi da qualche parte nella parte posteriore dell'anello sommerso. "Va bene", disse. "Ma non ci sono telecamere qui sotto?", iniziò inconsciamente a esaminare le pareti e i soffitti, alla ricerca delle piccole telecamere di sorveglianza nere che aveva visto nei corridoi dell'hotel nell'anello centrale.

Susan scosse la testa. "No, non quaggiù in questi laboratori.

Crawford non l'avrebbe permesso e la dottoressa Lin probabilmente era d'accordo, sapendo su cosa stavano lavorando".

"Sì", disse Julie, "ho visto un po' di quello che stavano lavorando. Anch'io vorrei nasconderlo". Aveva detto quelle parole con convinzione, ma era un po' sorpresa di quanto sembrassero pungenti. "Mi dispiace", aggiunse. "Non sono sicura di quanto ne sapessi".

Susan deglutì, poi si guardò intorno nella stanza. "Non molto, sinceramente. Il dottor Lin mi aveva appena nominato sua assistente sostitutiva, ed è per questo che ho accesso a queste stanze sul retro. Ma non ho avuto modo di parlare con lui di nulla prima... prima".

Julie sapeva di cosa stava parlando la donna. Non aveva avuto bisogno di spiegare nulla, sapendo che Susan era abbastanza intelligente da fare due più due. *La dottoressa Lin è morta. Il suo capo è morto. Lei lo sa.*

"Quindi non aveva idea delle... gabbie?".

Susan fece una pausa, poi annuì. "Sapevo che stavano facendo dei test sulle persone, ovviamente. Pensavo che fossero malati, o che si fossero offerti volontari, o qualcosa del genere".

"Una scusa facile", disse la dottoressa Lindgren. Julie le lanciò un'occhiata. *Non ora*, pensò. *Abbiamo bisogno che questa donna collabori.*

"Susan", disse Julie, mantenendo la voce piatta. "Abbiamo bisogno del suo aiuto. Qualsiasi cosa tu sappia su questo... laboratorio. Qualsiasi cosa possa dirci. Nessuno ti sta accusando di nulla".

Susan annuì, poi guardò Julie e Sarah. "Inizialmente sono stata assunta per creare un componente sintetico di un farmaco che stanno somministrando alle cavie. O almeno così mi hanno fatto credere. Questo è il mio background, la mia area di competenza: la medicina genetica".

"Medicina genetica?" Chiese Sarah. "Non ne ho mai sentito parlare".

"La ricerca sulle cellule staminali", ha detto Susan. "Ma la forma medica. Costruisco composti chimici che possono essere somministrati ai pazienti per aiutare a risolvere ogni tipo di malattia genetica".

"Le persone nell'altro laboratorio sono malate?". Chiese Julie.

"No. Beh, non lo so. Ma non credo. Non ho mai interagito direttamente con loro".

"Che cosa hai fatto?" Chiese Sarah.

Julie si guardò intorno nella stanza, ascoltando attentamente qualsiasi segno delle guardie che li stavano pedinando. Se Susan aveva ragione, questo era il posto migliore per aspettare, per riorganizzarsi, ma significava anche che erano dei bersagli facili.

"Dove vanno quelle porte?" Chiese Julie, interrompendo la risposta di Susan.

"È l'uscita del Subshuttle per questo livello", disse Susan. "Le navette si muovono in linea retta, ricorda. Partono dagli ascensori e arrivano qui. Ce n'è una che corre perpendicolare a questa al livello successivo. È lento, ma funziona per i cambi di turno, visto che di solito scendiamo tutti insieme".

Julie pensò per un attimo. "C'è un modo per salirci sopra? Possiamo chiamarlo da questo lato?".

Susan annuì. "Sì, posso strisciare la mia carta, ma non credo che sia una buona...".

"Fallo", disse Julie. "Adesso".

Ascoltò di nuovo, sentendo il suono rivelatore delle guardie. Gli uomini correvano attraverso il segmento del laboratorio alla sua sinistra, rovesciando tavoli e sedie mentre correvano. Ovviamente erano più interessati a trovare i loro prigionieri fuggiti che a lasciare il laboratorio in buone condizioni.

Susan si è avvicinata al lettore di documenti e ha strisciato la sua carta. "Potrebbe volerci un po'", disse. "Non so dove sia la navetta".

"Non importa", disse Julie. "Lo usiamo solo come esca".

"Come mai?", chiese.

"Guarda e seguimi".

A giudicare dal suono, gli uomini erano fuori dalle porte di vetro che conducevano al segmento "posteriore" dell'anello circolare del laboratorio. Julie alzò la testa e poté vederli mentre azionavano i comandi della porta. La prima guardia stava in piedi, con la pistola alzata, mentre la seconda comunicava con il suo centro di controllo parlando nel microfono montato sul polso. Pensò che avessero meno di trenta secondi per agire, forse meno se la sala di controllo avesse anticipato il movimento delle guardie attraverso i laboratori.

Per la prima volta da quando avevano iniziato a muoversi nei laboratori, ringraziò Crawford per i rigidi protocolli di sicurezza in vigore. Non si fidava abbastanza della sua squadra di sicurezza da consentire loro l'accesso libero a questi laboratori di livello inferiore; Susan, invece, non aveva problemi a muoversi liberamente grazie alla sua carta d'accesso.

Julie si abbassò e si avvicinò al muro. *Per favore, lavorate.* Spinse sulla superficie di uno dei quadrati che erano stati martellati alla parete e sentì che cedeva un po'. Si sentì un rumore di scatto e poi il quadrato si staccò dalla parete, rivelando uno spazio aperto e vuoto all'interno.

"Ma che..."

"Non siamo più in laboratorio", disse Julie. "Siamo all'obitorio".

CAPITOLO 40

"DI NUOVO, CRAWFORD", disse Reggie. "Cosa vuoi da noi? Hai giocato la tua mano ed è impressionante. Ma non è proprio una Scala Reale, sa? Pensa di ucciderci e sperare che i nostri benefattori non vengano a curiosare?".

Crawford sembrava confuso. "Davvero, Gareth, mi aspettavo di più da te". Si girò verso Ben e poi di nuovo verso Reggie, valutandoli. "No, non vi *ucciderò*. Sarebbe, come hai detto tu, troppo facile".

"Allora... cosa?" Chiese Ben. "Il nostro gruppo dirigente sa già che siamo qui. Cominceranno a...".

"Cosa?" Chiese Crawford. "Hanno le mani legate, Bennett. Lo sapete - siete entrambi nel consiglio della CSO. Avete firmato i contratti. Diavolo, avete contribuito a *scrivere* i contratti. L'intera struttura della vostra nuova organizzazione è stata progettata per essere trasparente. Così trasparente da essere invisibile. La negabilità plausibile non è solo un'idea, signori, è un valore. E la vostra organizzazione *definisce* questo valore.

"Non si sentirà la tua mancanza, perché non ti sarà *permesso* di essere riconosciuto. Lo sapete bene. Un semplice incidente di elicottero al largo della costa, un compartimento violato e allagato, un incendio: ci sono molti modi per spiegare la vostra morte con la vostra commissione. E sebbene possano essere sospettosi - i militari sono così per natura - sanno che non possono fare domande. Hanno creato la vostra organizzazione in questo modo, di proposito".

Ben ascoltò, cercando di trovare una falla nell'argomentazione di Crawford. Non ci riuscì. Adrian Crawford aveva ragione su tutta la linea: la struttura della CSO era stata creata intorno all'idea di un ponte tra il settore militare e quello civile, con la capacità di negare qualsiasi interazione in qualsiasi teatro operativo in cui la squadra si trovasse. Si trattava di un'attività rischiosa, in quanto si imbatteva in combattimenti in cui i militari non potevano essere coinvolti e in cui il settore privato non avrebbe voluto esserlo.

"Quindi siete qui come miei *ospiti*", ha detto Crawford. "Nulla di più e nulla di meno. E basti dire che improvvisamente mi sono sentito molto meno ospitale".

Ben osservò il volto di Reggie. *Qual è la nostra mossa, amico?* Pensò. Reggie, purtroppo, non gli diede nulla.

"Il signor Garza e i suoi uomini vi scorteranno giù nei nostri laboratori", disse Crawford, continuando a rivolgersi a entrambi. "Rimarrete fuori per il resto del tempo che trascorrerete laggiù".

"Nel laboratorio?" Chiese Reggie. "Ma che diavolo? Dove vuoi arrivare, Crawford?".

Crawford abbassò lo sguardo sulla scrivania, fingendo di esaminare un'agenda invisibile che Ben aveva visto in precedenza, poi alzò lo sguardo verso Garza. "Ho un altro impegno", disse. "Mi dispiace, ma devo lasciarvi ora. Garza?"

Garza fece un cenno ai suoi uomini e Ben e Reggie furono afferrati, fatti girare e spinti verso la porta. Ben diede un'ultima occhiata all'ufficio immacolato. La scrivania pulita e organizzata, le lauree incorniciate sulla parete dietro Crawford e la foto di Crawford e del ragazzo sul bordo della scrivania.

"Laggiù non troverà una sistemazione altrettanto... *accomodante*, ma spero che si sentirà confortato dal fatto che sta contribuendo in modo significativo al progresso della scienza".

Reggie non si dimenò e Ben capì l'antifona. *Non ora,* pensò. *Prendiamoli quando meno se lo aspettano.*

Ben non era sicuro di *quando*, esattamente, sarebbe successo, ma sapeva una cosa per certo: Reggie non avrebbe mai permesso a nessuno di rinchiuderlo per essere usato per qualsiasi tipo di esperimento.

Ben non aveva dubbi sul fatto che, se e quando avesse voluto, Reggie avrebbe potuto combattere contro tutti e tre questi scagnozzi, compreso Garza. Sarebbe stato un combattimento infernale, ma aveva già visto il suo amico uscire vincente contro avversari più quotati.

Anche questa volta Ben sarebbe stato coinvolto. E sebbene Ben non fosse l'assassino addestrato che era Reggie, era un abile combattente in una rissa e un discreto avversario nel combattimento corpo a corpo.

E come se non bastasse, sapeva di essere incazzato quanto Reggie.

"Girate a destra e andate verso gli ascensori", ordinò Garza. "Scenderemo fino al Subshuttle e lo attraverseremo. Ho appena saputo che i vostri compagni si stanno dirigendo qui con la navetta mentre parliamo".

Questa era una novità per Ben e, a giudicare dall'espressione di Reggie, lo era anche per lui. *Questo cambia le cose,* pensò. *Non è vero?*

Stava ancora pensando, pianificando e cercando di mettere insieme i pezzi quando gli ascensori suonarono. La guardia dietro di lui lo spinse, con forza. Si sentì sbattere contro la parete posteriore dell'ascensore, il lato che si affacciava sugli oceani aperti e sugli anelli concentrici in basso. Non era però concentrato sulla splendida vista.

Il vetro era freddo contro il suo viso e la fronte gli faceva male per l'impatto improvviso con la superficie dura.

Reggie non se l'era cavata meglio e Ben intravide la testa dell'amico colpire il vetro e rimbalzare all'indietro, poi l'uomo cadere a terra.

Ben lo guardò, sbalordito. Le due guardie entrarono nell'ascensore e una si voltò per schiacciare un pulsante sul pannello. La seconda teneva l'arma pronta, puntando alla pancia di Ben. Un impatto da questa distanza forse non avrebbe sfondato il vetro, ma di certo avrebbe attraversato il corpo di Ben.

Garza non entrò nella cabina con loro. Guardò Reggie, che giaceva sul pavimento dell'ascensore con gli occhi chiusi. C'era del sangue sulla fronte e Ben non era sicuro se l'uomo fosse svenuto o peggio.

"L'hai preso da qui?" Chiese Garza.

Il soldato che teneva la pistola puntata allo stomaco di Ben annuì una volta. Era un ragazzo giovane, con i capelli biondo-marroni, e il suo viso diceva che non poteva avere molto più di diciotto anni, ma la sua corporatura era quella di un culturista trentenne che si era allenato tre volte al giorno per ventinove di quegli anni. Riusciva a malapena ad annuire, i muscoli del collo e delle spalle erano perennemente flessi. Le sue mani da orso sembravano in grado di ridurre la pistola in nastri di carta d'alluminio, e Ben non era certo di non poterlo fare.

Guardò Ben mentre le porte dell'ascensore si chiudevano. Garza rimase a guardare finché le porte non si chiusero del tutto e Ben sentì la cabina spostarsi mentre iniziava a scendere.

Guardò Reggie. *Svegliati, amico. Forza.*

In quel momento gli occhi di Reggie si aprirono e fissarono Ben. Entrambi i soldati erano concentrati altrove: il linebacker biondo sul viso di Ben, l'altro uomo fuori dalla finestra, a godersi il panorama. Reggie sbatté le palpebre una volta, incrociò lo sguardo di Ben e fece l'occhiolino.

Poi gli occhi si chiusero ancora una volta.

Ho capito, pensò Ben. *Sarà divertente.*

Non era più arrabbiato con il suo amico. Reggie lo aveva ingannato, gli aveva nascosto delle informazioni, ma non poteva biasimarlo per questo. Ne capiva il motivo e forse avrebbe fatto la stessa cosa se si fosse trovato nella situazione di Reggie.

Erano di nuovo una squadra, e questa era una cattiva notizia per i ragazzi che condividevano con loro il viaggio in ascensore.

"Pensi di potermi portare?" Chiese Ben.

"Eh?" chiese il biondo. Il suo grugnito non cambiò di molto l'impressione di essere un uomo tutto muscoli e niente cervello.

"Ho detto: "Pensi di potermi portare?"".

Il ragazzo sorrise. "Sì".

"Tu sei Ravenshadow", disse Ben. "Ho già preso alcuni di voi in passato. Ho scoperto che non siete poi così duri sotto quella corazza solida come una roccia".

"Vuoi mettermi alla prova?"

Ben fece una smorfia come se lo stesse contemplando. L'ascensore scese lentamente, mentre l'oceano cresceva man mano che si avvicinavano alla superficie.

Le gambe di Reggie si sono girate, ruotando di lato. Colsero la guardia dietro le ginocchia e l'uomo cadde a terra, con forza. Reggie seguì il movimento e colpì con il gomito la nuca dell'uomo.

"Ma che..."

La guardia di Ben si girò e puntò la pistola. Ben si slanciò in avanti, arretrando il busto e lasciandolo un po' indietro rispetto alle gambe. Si sta *avvicinando.*

Gettò la testa in avanti e prese la mira. La sua fronte colpì il naso dell'uomo. Era un suono disgustoso, ma la sensazione nella testa di Ben era peggiore. Era come se potesse sentire ogni singolo osso del viso dell'uomo che si frantumava sotto l'impatto, la struttura che si accartocciava e cedeva.

Il sangue era dappertutto, o almeno così sembrava a Ben, che lo vedeva in tutto il suo campo visivo.

L'uomo gemette mentre cadeva a terra, improvvisamente molto più debole di quanto il suo corpo lasciasse intendere. I suoi muscoli erano ormai inutili, e la pistola gli cadde di mano e rimbalzò sul pavimento.

Reggie era già in ginocchio, con in mano il fucile mitragliatore dell'altra guardia e puntava alla testa dell'uomo.

"Non farlo", disse l'uomo. Rotolò sulla schiena e guardò Reggie, con le mani sopra la testa e i palmi rivolti verso l'esterno. "Il Falco ci ucciderà. "Non cercate di ottenere informazioni da noi. Non c'è..."

Reggie sparò, due colpi in rapida successione. L'uomo rimbalzò una volta, poi rimase immobile. "Non avevo intenzione di farlo", disse.

Ben aprì e chiuse la bocca, cercando di recuperare l'udito. I colpi, anche quelli di un proiettile relativamente piccolo come quello della subcompact, erano assordanti da vicino.

Reggie si avvicinò alla seconda guardia, che si contorceva sul pavimento e si teneva la faccia rotta. Sparò due colpi anche a lui, questa volta mirando al petto dell'uomo. "Grazie per l'offerta", disse Reggie. "Ma so già tutto quello che devo sapere".

CAPITOLO 41

LE GUARDIE ENTRARONO nella stanza solo un secondo dopo che Julie si era tirata dentro l'armadio rotante di lunghezza umana. All'inizio fu difficile muoverlo, ma le rotelle erano state sottoposte a una buona manutenzione e probabilmente erano state unte di grafite di recente, così una volta che riuscì ad afferrare con le dita uno dei supporti strutturali sul soffitto, l'armadietto rotolò di nuovo in posizione e si chiuse.

Il silenzio e il buio sono stati immediati e totali. È stato davvero snervante passare da uno spazio aperto, con una normale quantità di riverbero che permetteva di attraversare la stanza, a uno spazio chiuso e angusto.

Non era claustrofobica, ma uno spazio come quello in cui si trovava ora, per non parlare dell'uso che se ne faceva, era abbastanza stretto da far sentire *chiunque* in ansia. Sperava che Susan e la dottoressa Lindgren stessero bene accanto a lei.

Rallentò il respiro, cercando di capire dove fossero le guardie nella stanza. Dopo qualche secondo le sembrò di sentire una di loro che passava, si fermava davanti alla parete di armadietti, proseguiva, poi si fermava di nuovo alla destra di Julie, davanti alle porte del

Subshuttle.

Julie aveva aperto rapidamente tre degli armadietti lungo la fila inferiore e, per sua fortuna, erano vuoti. Non era sicura di cosa avrebbe fatto se tutti i contenitori scorrevoli fossero stati riempiti. Non solo si sarebbe trovata ancora una volta sulla linea di tiro delle guardie di Ravenshadow, ma avrebbe dovuto affrontare i freddi corpi morti all'interno degli armadietti.

La sua mente aveva avuto un flash su un momento simile in Antartide, quando la sua squadra aveva scoperto file su file, dal pavimento al soffitto, di esseri umani in armadietti. Quella stanza, però, non era un obitorio e quegli esseri umani *non erano* conservati in attesa del bisturi di un becchino.

Susan era diffidente all'idea di sdraiarsi nell'armadietto, ma Julie e Sarah l'avevano convinta che era l'unica scelta possibile. Il Subshuttle era stato agganciato a quell'ingresso, le porte si erano aperte e Julie era entrata e uscita di corsa dall'anticamera dopo aver premuto il pulsante di "partenza". Fece appena in tempo a infilarsi nel suo armadietto vuoto quando le guardie entrarono nella stanza. Julie aveva previsto di non essere in grado di tornare fuori, quindi si era assicurata di lasciare una piccola fessura aperta quando si era chiusa dentro, sperando che le guardie non se ne accorgessero.

Poteva sentire le loro voci che squarciavano il silenzio.

"Sono sulla navetta", ha detto uno di loro.

"Chiamalo", rispose l'altro.

"Abbiamo la conferma", disse la prima voce. "Sono sul Subshuttle a Sub-1, sul retro. Dovrebbe mancare un quarto d'ora all'avvicinamento al fronte. Possiamo radunare una squadra lì?".

Una pausa.

"Confermato, sì. Faremo il giro. Fuori".

Julie tirò un respiro, aspettò ancora e poi sentì il rumore dei loro stivali che sferragliavano sul pavimento metallico del segmento dell'obitorio fino all'ingresso opposto. La guardia chiamò la sua posizione e chiese di aprire la porta, e Julie ascoltò il rumore degli uomini che uscivano dalla stanza e la porta che si richiudeva.

Lasciò uscire un respiro più ampio. *Grazie a Dio.*

Aspettò ancora qualche secondo per essere sicura, poi spinse l'armadietto sulle sue rotelle. Ci volle un po' di manovra, ma scivolò su e fuori dal cassetto e tornò sul pavimento freddo e duro. Aprì immediatamente il cassetto successivo e aiutò Susan a uscire dal mobile.

"L'hanno comprato?" Chiese Susan.

Julie scrollò le spalle e si spostò per aiutare il dottor Lindgren. "Per ora, credo. Ma lo scopriranno presto, quindi probabilmente dovremmo pensare a un piano migliore di 'aspettare qui'".

"Sono d'accordo", disse Sarah mentre il suo armadietto si apriva. "Qualche idea?"

Julie guardò Susan. "Conosci un modo per salire o scendere di livello, senza usare gli ascensori?".

Susan la guardò come se fosse pazza. "Sì, certo".

Sarah e Julie la fissarono.

"Le scale, ovviamente".

CAPITOLO 42

REGGIE SAPEVA che il Falco avrebbe saputo presto della morte dei suoi uomini, se non l'avesse già saputo. Aveva visto telecamere praticamente ovunque in questo anello centrale, in ogni corridoio e stanza pubblica, tranne che nei bagni e nell'ufficio di Crawford.

Sebbene non ne avesse viste nell'ascensore, non era riuscito a guardare da vicino, e molte volte le telecamere all'interno degli ascensori erano molto più sottili delle tipiche mostruosità a circuito chiuso montate sopra porte e finestre. Da qualche parte sul pannello di controllo, forse, o addirittura nascoste tra le fessure del soffitto in stile decoupage.

Non importava. Erano fuorilegge ora, in movimento. Se gli uomini del Falco non erano già pronti a sparare per uccidere, lo sarebbero stati ora. Non ci sarebbero stati piani, non ci si sarebbe fermati a pianificare, non ci sarebbe stata alcuna postura riflessiva.

Erano in guerra.

Crawford e il Falco erano in cima alla lista, seguiti dal resto delle guardie e dei soldati a pagamento che Garza aveva portato con sé. Infine, se ci fosse stato tempo e fosse stato necessario, tutti gli scienziati che avevano partecipato alla ricerca.

Prima che tutto ciò potesse accadere, però, avevano una missione più semplice: trovare Julie e il dottor Lindgren e portarli al sicuro. Julie almeno li avrebbe costretti a lasciarla combattere con loro e Reggie sapeva che sarebbe stata una risorsa. Ma questo non escludeva il fatto che fossero suoi compagni di squadra e che potessero essere in pericolo in questo momento. Doveva trovarli e poi decidere cosa fare.

Inoltre, non ci sarebbero state discussioni con Ben, che si sarebbe concentrato solo sulla ricerca di Julie.

"Sono all'ingresso del Subshuttle", disse Ben, dandogli ragione. "Andremo laggiù a cercarli".

Reggie annuì. "Non discuto con te, amico. Ma quale navetta? Ce ne sono più di una, ricordi?".

"Cominceremo con il sottolivello 1, allora", disse Ben. "È la cosa più sensata, comunque. Posizioniamoci davanti alle porte e aspettiamo che si aprano, poi spariamo a tutto ciò che si muove, a meno che non siano Julie o Sarah".

Reggie sorrise. "Forse è un *po'* avventato, ma mi piace".

Avevano tolto le armi e le munizioni supplementari alle guardie, e Reggie era rimasto un po' deluso nell'apprendere che le guardie di Ravenshadow da queste parti avevano un bagaglio leggero. Niente armi da fianco, niente coltelli da combattimento e niente giubbotto antiproiettile.

Aveva appreso quest'ultima caratteristica quando aveva sparato alla seconda guardia, mirando al suo petto. I proiettili lo avrebbero steso da quella distanza se avesse indossato un'armatura, ma invece gli avevano perforato la cassa toracica, i polmoni e probabilmente si erano conficcati da qualche parte vicino alla parte posteriore del busto. Il medico legale da queste parti avrebbe avuto un bel da fare con i resti confusi delle budella di questo tizio.

L'unico rimpianto di Reggie era quello di aver abbattuto l'omone così in fretta. Questi Ravenshadow meritavano una morte lunga e lenta, a prescindere da quanto fossero nuovi nella squadra del Falco.

Dopo aver completato con successo il Gauntlet, aver avuto un colloquio con il Falco e aver partecipato a qualche missione, sapevano già tutto del tipo di operazioni poco affidabili in cui il Falco li aveva coinvolti.

Non c'erano scuse per nessuno di loro e questa era l'unica giustificazione di cui Reggie aveva bisogno.

"Prendiamoci almeno un secondo per assicurarci che non ci siano civili all'interno", disse. "Anche quegli investitori, o chiunque siano, sono nell'hotel da qualche parte".

"Va bene", disse Ben. "Ma se vedo un altro culo di Ravenshadow...".

"Lo so", Reggie. "Fidati di me, fratello, lo so. Sono morti. Tutti quanti".

L'ascensore arrivò a destinazione e Reggie e Ben scavalcarono i cadaveri all'interno della cabina e uscirono nel corridoio, prendendo posizione ognuno di fronte all'altro.

"Libero", disse Reggie.

"Libero", ha risposto Ben.

Reggie si diresse a sinistra, puntò lungo il corridoio curvo, poi si fermò davanti a una serie di porte. "Questa è l'anticamera", disse. "Dovrebbe aprirsi quando arriverà la navetta".

"Perfetto", disse Ben. "Aspettiamo un po' lungo la strada. Ci dividiamo?".

Reggie scosse la testa. "No, insieme siamo più forti. E non voglio che ci separiamo. Tu però guardami le spalle e io terrò d'occhio le porte della navetta".

"Mi sembra una buona idea", disse Ben. Sapeva che anche Ben non avrebbe avuto nulla da ridire su quel comando. Reggie era un tiratore scelto e, anche se queste leggere subcompatte erano ben lontane dai cecchini pesanti che era abituato a portarsi dietro, probabilmente avrebbe potuto sparare alla testa di uno scarafaggio dall'altra parte del corridoio.

Ben si inginocchiò dando le spalle a Reggie. Reggie approfittò di questo tempo di inattività per prendere coscienza di ciò che li circondava. Questo corridoio era identico a quello precedente, con due ascensori che si svuotavano in un ampio tratto curvilineo della hall dell'hotel. La differenza era l'ingresso del Subshuttle, e Reggie notò ora due serie di scale, più distanti dei due ascensori, ma dall'altra parte del corridoio.

C'erano due porte non contrassegnate, ma erano singole porte tamburate che sembravano semplici armadi.

Infine, c'erano due serie di bagni - per uomini e donne - appena fuori dalle scale.

Era improbabile che ci fossero soldati che sbucavano dai bagni e dai ripostigli, ma rimaneva la curva del corridoio su entrambi i lati della loro posizione, le scale e l'ascensore. Almeno con l'ascensore sarebbero stati avvisati del suo movimento dalla freccia che si accendeva, annunciando il suo arrivo.

Tuttavia, c'è molto di cui tenere conto.

"Staremmo meglio nelle scale", disse Reggie.

"Sono d'accordo. C'è molto da mirare quassù", disse Ben.

Reggie gli fece un cenno, e Ben attraversò di scatto il corridoio e spalancò la pesante e ampia porta che conduceva alla tromba delle scale. Entrò, puntò giù per le scale e sul cornicione, poi si voltò e fece un cenno a Reggie.

Reggie corse verso le scale, assicurandosi che la porta rimanesse aperta. Avrebbe segnalato la loro posizione se qualche guardia fosse passata per il corridoio, ma avrebbe anche dato loro il sopravvento se qualcuno fosse uscito dal Subshuttle.

"Hai le scale?" Chiese Reggie.

"Affermativo. Avete la navetta?".

"Non potrei sbagliare neanche se ci provassi, amico".

"Fai del tuo meglio per non sparare alla mia fidanzata", disse Ben.

Non ci fu più tempo per chiacchierare, perché non appena le

parole lasciarono la bocca di Ben, Reggie vide una luce sopra l'anticamera del Subshuttle illuminarsi.

"Sono qui", ha detto.

Ben non ha detto nulla.

"Se inizio a sparare, lasciate perdere le scale e aiutatemi a liberare
l'anticamera".

"Hai capito".

Le porte si aprirono. Lentamente. A differenza delle porte degli
ascensori, che all'inizio si aprivano lentamente e poi acceleravano fino
a raggiungere la fine dei loro binari, il Subshuttle sembrava essere
stato costruito più come un montacarichi industriale. Era efficiente e
lento. Era potente, ma non era stata prestata molta attenzione alla
progettazione di elementi come l'apertura delle porte abbastanza
rapida da non costringere gli ospiti ad aspettare.

Reggie si sentiva come uno di quegli ospiti, in attesa. Le porte si
aprirono al rallentatore, mentre la fessura di luce proveniente dall'interno si allargava sempre di più ad ogni secondo che passava. Ma quei
secondi sembravano minuti.

"Li hai già visti?" Ben sussurrò.

Reggie scosse la testa. Non gli importava che Ben non potesse
vederlo.

Le porte si allargarono. Strinse la presa sull'arma. Improvvisamente la sentiva bene nelle sue mani, come se fosse diventata parte di
lui. Era pronto.

Julie e il dottor Lindgren non erano sul Subshuttle. Se c'erano,
erano nascosti dietro le sottili sezioni di rivestimento dietro le porte
aperte, fuori dalla sua visuale.

Intelligente, pensò.

Si accovacciò più in basso, pronto e ansioso per la battaglia.
C'erano guardie lì dentro, lo sentiva. Stavano aspettando.

Ha aspettato.

Potrebbe aspettare tutto il giorno.

"Coprite le scale", sussurrò a Ben. "Ma preparati".

"Hai capito".

Reggie premette il grilletto, sapendo istintivamente fino a che punto tirarlo per far sì che i suoi colpi non fossero anticipati dalla sua mente cosciente. Era fermo, respirava con l'arma, era pienamente consapevole di tutto ciò che si trovava nel suo campo visivo e periferico, e sentiva inconsciamente anche l'area direttamente dietro di lui. I capelli sulla nuca lo avrebbero avvertito di qualsiasi pericolo in avvicinamento, come era successo tante volte in passato.

Era nel suo elemento e gli uomini di Ravenshadow non avrebbero avuto alcuna possibilità.

Continuò ad aspettare, ma nessuno uscì dall'anticamera del Subshuttle. Riuscì a vedere la macchina all'interno, la gondola che scivolava sul suo cavo sotto l'acqua, ma era vuota.

Erano sdraiati? Pensò Reggie. Sarebbe stato un nascondiglio efficace, ma li avrebbe resi anche vulnerabili.

Controllò due e tre volte i posti dall'altra parte del corridoio nell'anticamera in cui avrebbe pensato di nascondersi, fidandosi del suo istinto che, in effetti, erano vuoti.

Rimaneva il pavimento dell'imbarcazione e forse l'estremità posteriore della navetta dietro una sedia sul lato di dritta. Erano gli unici due punti ciechi, quindi gli unici due posti in cui ci si poteva nascondere.

È ora di andarsene, pensò. "Ben, copri il corridoio, io vado dall'altra parte a controllare".

"Sì".

Ben lo seguì e fecero un giro netto in entrambe le direzioni prima che Reggie attraversasse il corridoio con uno sprint e si fermasse, a piedi uniti, proprio davanti alla navetta.

E scoprì che era molto vuoto.

"Libero", disse. La sua voce era calma, ma esitante. *Com'era possi-*

bile? Le donne dovevano aver finto, non erano nemmeno salite sulla navetta.

"Nessuno?", sentì chiedere dalla voce di Ben.

"No. Tutto libero".

Reggie attraversò le porte aperte dell'anticamera e salì sulla navetta. Non ebbe bisogno di controllare sotto ogni sedia: l'apparecchio era abbastanza piccolo da fargli capire che era vuoto.

Ben si affiancò a lui, osservando il corridoio ma lanciando un'occhiata alle sue spalle. "Sei sicuro? Non c'è nessun altro posto dove nascondersi qui?".

"Niente, amico. Sono sicuro".

"Ma il Falco ha detto che sono stati i suoi uomini a chiamare. Hanno visto Julie e Sarah salire, giusto?".

"Ha detto che *credevano di* essere andati d'accordo. Oppure potrebbe essere stato uno stratagemma, per...".

Merda.

"Ben, la pistola è pronta. Preparati".

"Per cosa?" chiese Ben.

Non aveva bisogno di una risposta. Un trio di proiettili si conficcò nella parete laterale dell'anticamera.

"Giù! Ora!" Reggie urlò.

CAPITOLO 43

BEN CADDE a terra e Reggie lo scavalcò, mettendosi a cavalcioni sul corpo prono dell'uomo. Ben era un buon tiratore e sarebbe stato ancora più efficace se fosse stato sdraiato a terra con una qualche capacità di sostenere il braccio. Reggie era spietato in qualsiasi posizione, quindi insieme - si sperava - avrebbero formato una coppia micidiale.

Le prime due guardie si affacciarono alla sinistra di Reggie. Si costrinse a girare a destra e ne fu felice.

Ben sparò agli uomini sulla sinistra e Reggie sparò ad altre due guardie che avanzavano dalla direzione opposta. Sapeva che Ben avrebbe abboccato all'esca, quindi si era assicurato di individuare qualsiasi minaccia proveniente dall'altro lato.

Le loro armi spararono contemporaneamente. Due uomini caddero a terra, uno per lato. I loro compagni fecero un passo indietro, forse non avevano previsto che qualcuno avrebbe risposto al fuoco. Reggie colse l'occasione per abbattere il suo secondo uomo, poi si voltò per vedere come stava Ben.

Ben lo mancò, e Reggie cercò di seguirlo con un colpo mortale alla testa dell'uomo, ma lo mancò. L'uomo si schivò dietro la curva del muro e Reggie controllò se doveva ricaricare.

"Reggie, abbiamo compagnia". Disse Ben. La sua voce era bassa, tesa.

"Portiamoli fuori. Tanto qui dentro siamo più protetti".

"No, non è quello che intendevo. Guarda".

Reggie alzò lo sguardo, osservando la zona in cui Ben stava fissando. "Stai scherzando", disse.

Julie e Sarah erano nella tromba delle scale, la stessa in cui erano state appostate in precedenza, a sorvegliare il corridoio. Julie salutò, ma Reggie alzò una mano.

"Non è il momento migliore per venire qui, signore", gridò.

"Lo immaginavo", disse Julie. "Ma mi sentirei molto meglio a stare di nuovo nella stessa stanza con voi due".

Reggie annuì, poi abbassò lo sguardo su Ben. "E probabilmente non solo perché abbiamo le armi".

"Non è il momento di scherzare, amico", disse Ben. Stava ancora puntando alla curva del corridoio dove la guardia stava aspettando.

"Vi copriremo, ma dovete correre. *Velocemente*".

"Capito", disse Julie. "Cerchi di non farti sparare?".

"Esattamente. Ben, fai fuoco di copertura in quella direzione al tre. Niente di assurdo, non abbiamo tutte le munizioni che vorremmo. Assicurati solo che nessuno spari alle nostre ragazze".

"Capito".

Puntò nella direzione opposta, poi contò alla rovescia. Pronunciò le parole in modo chiaro e abbastanza forte da farsi sentire dall'altra parte del corridoio, ma non urlò. Non aveva senso comunicare la loro prossima mossa ai cattivi, pensò.

"Uno... due... *tre!*".

Ben aprì il fuoco. Julie e Sarah uscirono dalla tromba delle scale, seguite da una terza donna. Reggie osservò il corridoio alla sua destra, ma non sparò. Non voleva sprecare munizioni.

Julie riuscì ad attraversare e a saltare sopra Ben, atterrando al centro del Subshuttle. Reggie si sporse per farla passare, proprio mentre Sarah saltava dal corridoio.

Sta per atterrare proprio sopra...

Raggiunse lo spazio proprio dietro Ben e fece un respiro profondo.

"È stato un gran bel salto in lungo, Doc", ha detto.

"Stella dell'atletica. Per tutta l'università". Lei sorrise e gli fece l'occhiolino.

L'ultima donna era più lenta e Reggie osservò il corridoio in entrambe le direzioni. Non cercò di saltare, ma si affrettò verso la fine, sentendo la pressione e vedendo le armi. Arrivò alla navetta proprio mentre Reggie premeva il pulsante per chiudere le porte.

E proprio mentre altre tre guardie, che facevano jogging davanti a Vicente Garza, si affacciavano alla vista. Cominciarono a sparare e Reggie tolse di mezzo la terza donna.

"Torna indietro, Ben. Siamo caldi, a destra".

Ben annuì e scivolò all'indietro, ma non si mosse dal suo posto prono sul pavimento della navetta.

I proiettili rimbalzarono sulle porte metalliche dell'anticamera e alcuni si conficcarono tra la navetta stessa e le pareti dell'anticamera.

Ora sarebbe un ottimo momento per far sì che queste porte inizino a muoversi più velocemente, pensò.

Purtroppo le porte si chiudevano con la stessa lentezza con cui si aprivano.

"Non faranno in tempo a chiudere", disse Ben.

"Scivola un po' più indietro, Ben", disse Reggie. "Speriamo che questa navetta sia a prova di proiettile".

Schiacciò il pulsante successivo sul pannello - ce n'erano solo tre - e la porta del Subshuttle iniziò a chiudersi. Era solo marginalmente più veloce delle porte dell'anticamera, ma lo spazio che doveva percorrere era molto più piccolo.

Le porte si chiusero e alcuni proiettili rimbalzarono sul vetro e sul pannello della porta. Nessuno fu colpito direttamente, ma nessuno fece nemmeno un'ammaccatura. *Speriamo che non inizino a sparare allo stesso punto da vicino*, pensò Reggie.

Le porte dell'anticamera si chiusero, ma non prima che il Falco entrasse in scena. Reggie lo osservò dall'interno del Subshuttle, con lo sguardo fisso sugli occhi dell'uomo.

Il Falco sorrise, lo stesso ghigno freddo e spietato che aveva visto tante volte in precedenza. Diceva sia "è stato un errore" che "ci rivedremo".

Non era sicuro del primo sentimento, ma era *assolutamente* sicuro del secondo.

Reggie si girò e affrontò le tre donne, rannicchiate al centro della loro nuova casa per il prossimo futuro.

"Saremo dei bersagli facili qui dentro", disse Julie.

"Meglio che essere dei bersagli facili là fuori", rispose Reggie.

Ben scrollò le spalle e si unì a loro. "Forse. Avrei preferito lottare per averla".

Reggie si avvicinò al pannello a muro e premette il terzo pulsante. L'effetto fu esattamente quello che si aspettava. Il primo pulsante serviva a chiudere manualmente le porte dell'anticamera. Il secondo serviva a chiudere le porte del Subshuttle.

Il terzo era semplice: ANDARE.

L'acqua cominciò a scorrere intorno alle pareti di vetro della navetta e lui sentì che il veicolo si inclinava leggermente mentre si alzava con il livello dell'acqua prima che le zavorre entrassero in funzione. Non ci volle più di un minuto per riempire il serbatoio, poi le porte opposte, dall'altra parte dell'anticamera, si aprirono e scaricarono il Subshuttle in mare aperto.

Poi, con una rapida sbandata, la navetta iniziò a muoversi lungo il suo cavo.

Si stavano muovendo, ma Reggie si sentiva poco sollevato.

Questa cosa va in una sola direzione, pensò. *E lì ci staranno aspettando.*

CAPITOLO 44

BEN SI CHINÒ e baciò Julie, abbracciandola. *Peccato che non possiamo restare qui per sempre,* pensò.

"Immagino che voi due vi conosciate", scherzò Sarah.

"Un po'", disse Julie. "Ma *voi* due no". Tirò la spalla della terza donna. "Ben, Reggie, questa è Susan. La dottoressa Susan Richards. È una ricercatrice del laboratorio".

Reggie si fece avanti, ignorando la mano tesa della donna. "Allora credo che tu debba dare delle spiegazioni. Lei è un criminale, lo sa?".

La donna si ritirò a testa bassa.

"No, Reggie", disse Julie. "È tutto a posto. È con noi. Stava lavorando su alcune cose di cui non va fiera, ma vuole uscire".

Reggie la guardò, ma non fece nulla. Ben aspettò, sapendo che lo scambio non era finito.

"A che tipo di cose stavate lavorando?". Chiese Reggie. "Sapevi che stavano facendo crescere gli arti? *Dopo averli* tagliati a persone vive?".

Lei scosse la testa, ancora imbarazzata. "No... sì. No, voglio dire che non sapevo che stessero cercando di farli ricrescere, ma avevo sentito storie su ciò che facevano nei laboratori più profondi".

"Quindi ti andava bene?".

"Certo che no", disse Susan. "Ma non ho potuto fare nulla. Non ci hanno fatto uscire e non lo faranno ancora".

"Crawford?"

"Crawford, il consiglio di amministrazione, tutti gli alti dirigenti qui. Stanno tenendo tutto sotto controllo e quelli di noi che fanno troppe domande vengono allontanati".

"Rimosso?"

"Mi hanno cacciato dalla porta, credo", disse. "Ma non in modo *piacevole*, probabilmente".

"Probabilmente no", disse Julie. "Ben, Reggie. Hanno *catturato* delle persone contro la loro volontà. Sono ancora giù nei laboratori del sottolivello".

"Lo sappiamo", disse Ben. "E Crawford sta tirando le fila".

"Lo sappiamo".

"Allora, c'è qualcosa che *non* sappiamo?". Chiese Reggie, guardandosi intorno nella piccola stanza. Il Subshuttle aveva iniziato a muoversi lungo il cavo e ormai erano ben lontani da qualsiasi struttura. L'acqua era densa e scura intorno a loro e dalla superficie arrivava pochissima luce.

"Molte cose", disse Julie. "Come la vasca gigante di coccodrilli d'acqua salata?".

"*Coccodrilli* d'acqua salata?" Disse Ben. "Non è che... è una cosa che esiste?".

Reggie e le tre donne annuirono.

"Ho una teoria al riguardo", ha detto il dottor Lindgren. "Credo che abbia a che fare con il materiale genetico dei coccodrilli. Qualcosa di dormiente nella loro genetica che è stato lì fin dalla loro prima evoluzione. Per qualsiasi motivo, hanno sostanzialmente *smesso di* evolversi alcuni milioni di anni fa".

Susan annuì. "Ha ragione. Non so esattamente per cosa le usino qui, ma la mia ricerca riguarda la genetica. Sto cercando di isolare i geni e le strutture chimiche delle meduse".

"La *Turritopsis dohrnii*?". Sarah chiese.

Susan sembrava scioccata. "Sì - come lo sai?".

"Abbiamo visto una vasca piena dei vostri animaletti nell'area del laboratorio", disse Julie. "La *'medusa immortale'*, giusto?".

"Sì", ha detto Susan. "Ma non è un nome preciso. Gli esemplari stessi non vivono per sempre. Ma hanno una strana caratteristica che permette loro di 'saltare' da uno stadio di vita all'altro. Come un uovo che diventa un girino e poi una rana".

"Solo la rana poteva scegliere di tornare ad essere un girino?".

Susan scosse la testa. "No, sarebbe essenzialmente *costretto a* farlo per motivi predatori o ambientali, e non diventerebbe un girino, ma si scioglierebbe in un mucchio di piccole uova e il processo ricomincerebbe da capo. Ma ci sarebbero più girini la volta successiva, vedi...", lasciò che la sua voce si spegnesse.

"Giusto, quindi questa piccola medusa può diventare - un uovo?".

"Un polipo", disse Susan. "O meglio, un gruppo di polipi. Il ciclo vitale ricomincerebbe da capo e, tecnicamente parlando, sarebbe composto dalla stessa materia di cui era composta la medusa, quindi...".

"Immortalità", disse Reggie. "Inquietante".

"Decisamente strano", disse Julie. "E state cercando di capire come farlo funzionare negli esseri umani?".

"Cosa, come se ci trasformassimo di nuovo in feti?". Chiese Reggie. "È disgustoso".

"No, niente del genere", disse Susan. "È molto più... complicato. Con gli esseri umani non siamo semplici come una medusa, e anche con i *dormi è* un compito complicato. Isolare i geni è un affare complicato, perché la vita funziona in modi misteriosi. Una cosa influisce su un'altra, quindi non si può semplicemente rimuovere una delle due cose e aspettarsi che funzioni correttamente".

"Giusto", ha detto il dottor Lindgren. "Quindi state cercando di capire come ricaricare le cellule umane nel loro stato precedente, creando nuove cellule staminali?".

Susan guardò Sarah, sorridendo. "Quasi, ma no. Le cellule staminali sono un campo di ricerca completamente diverso e, a parte le ricadute politiche e sociali dell'ammettere di averle studiate, siamo già abbastanza vicini a decifrare il codice.

"Ma quello che stiamo cercando di fare qui non è affatto *cambiare* il genoma umano".

"Non lo è?" Chiese Julie. "Se stai giocando con le cellule staminali e con altre cose del corpo umano, allora...".

"Non lo stiamo facendo. Stiamo cercando di attivare quello che c'è già".

CAPITOLO 45

BEN STAVA ASCOLTANDO LA CONVERSAZIONE, ma la sua attenzione era fuori dalla finestra. Non gli piaceva stare in acqua, il nuoto non era il suo forte. Poteva farlo, certo, ma sentiva che era come correre. L'unico momento in cui dovrebbe essere veramente necessario correre è quando si è inseguiti, e l'unico motivo per cui dovrebbe essere necessario nuotare è quando ci si trova in acqua senza sapere come ci si è arrivati.

In breve, questa cosa del Subshuttle non gli piaceva. Non ci aveva pensato molto prima, ma sentiva l'inquietante pressione del mare che, a pochi metri da lui, cercava di entrare e...

Scosse la testa. Non aveva senso pensarci. Poteva compartimentare la paura della "morte per annegamento" nel suo posto speciale nella mente per un po', finché non avessero capito cosa fare per uscire da questo pasticcio.

E questo era un argomento *di gran lunga* migliore a cui pensare, soprattutto perché *non aveva idea di* come risolvere quel problema.

Le donne e Reggie stavano ancora discutendo della ricerca, cercando di mettere insieme i pezzi, ma Ben non poteva fare a meno di guardare fuori dalla finestra. E *tutto* era una finestra. Si trovavano in una finestra, una bolla di vetro che arrancava sott'acqua come un lento e stupido rimorchiatore.

Si chiese perché dovesse essere *sott'acqua*. *Perché non bastava un traghetto?*

Ma conosceva la risposta: si trattava di un'*esperienza*. Oltre a facilitare l'attraversamento dei tre anelli del parco, sarebbe stato qualcosa che avrebbe aggiunto valore percepito alle offerte di Crawford. Come la monorotaia di Disneyland, questa piccola "giostra" avrebbe attirato tutti i tipi di persone che avevano sempre voluto salire su un sottomarino.

Questo sarebbe stato il massimo a cui si sarebbero avvicinati, ma sarebbe stato sufficiente. Crawford era seduto su una miniera d'oro *senza la* ricerca che viveva e respirava nei laboratori sotto il secondo anello.

"... la medusa è come una salamandra?", sentì Julie chiedere. Si girò e vide i quattro seduti, ognuno dei quali sembrava a suo agio, come se *non ci fosse* un intero oceano seduto proprio fuori dalla bolla, che cercava di prenderli.

"Più o meno, ma invece di ricrearsi in uno stadio di vita completamente diverso, la salamandra ha la capacità unica di far ricrescere braccia e gambe".

"Come le code di alcune lucertole", disse Reggie. "Da bambini le prendevamo per la coda, le scuotevamo e vedevamo quale cadeva per prima. Era un gioco. Io ero piuttosto...".

Si guardò intorno. Ben sorrise. Il *pubblico sbagliato per questa storia,* pensò.

"In un certo senso, sì", disse Susan. "Ma la salamandra lo fa in modo diverso. È davvero affascinante".

"Lo è", ha detto Julie. "Quindi state costruendo un farmaco che darà agli esseri umani questa capacità?".

Susan scosse la testa. "Non ne abbiamo bisogno. Come ho detto prima, stiamo attivando ciò che già esiste nel nostro DNA. La salamandra ha acquisito questa capacità nel corso della sua evoluzione: si chiama *blastema ed è una* specie di moncone maturo - una massa di cellule - che può far ricrescere complessi componenti multi-tessuto. Crawford ritiene che gli esseri umani abbiano già questa capacità, solo che è stata repressa nella nostra storia evolutiva".

"Aspetta, gli esseri umani hanno *già la* capacità di far ricrescere gli arti?".

"Lo fanno, ma per qualche motivo questa capacità è stata soffocata e spenta dalla nostra stessa evoluzione a un certo punto del percorso. È lì, codificata nei nostri filamenti, ma non *funziona*".

"Quindi state lavorando su come attivarlo", disse Sarah. "Assolutamente affascinante".

"Sì, se non ti dispiace la metodologia per i test da queste parti", disse Reggie.

Susan abbassò la testa. "Gliel'ho detto, sono stata coinvolta solo per poco tempo, e per la maggior parte del tempo ho lavorato solo sui composti chimici. Fino a poco tempo fa non sapevo a cosa servissero e che li *usassimo* davvero sulle persone".

Julie si girò sulla sedia per guardare Susan. "È questo che stavi facendo quando ti abbiamo trovato? Con quell'altro dottore?".

Scosse la testa. "Quella donna era già morta, se ricorda. Stavamo cercando di capire che effetto avrebbe avuto il siero su di lei, se ne avrebbe avuto uno. Dovrebbe fare due cose: permettere la creazione di un blastema, consentendo alle cellule staminali di fare il loro lavoro per far ricrescere l'arto, e agire come una sorta di anestetico, impedendo al soggetto di sentire".

"*Sentire?* Vuoi togliere loro la capacità di *sentire?*".

Susan scosse la testa. "Non è una cosa negativa: è l'unico modo che abbiamo trovato per far sì che il farmaco faccia *il* suo lavoro. Il cervello non deve pensare che qualcosa non va, che è stato introdotto un composto chimico estraneo, altrimenti interromperà i processi".

"Così le persone nelle gabbie", ha detto Julie. "Stavate facendo ricrescere i loro arti, ma stavate *anche* togliendo loro ciò che li rendeva umani".

"No, non sono stato coinvolto. Non direttamente, almeno. Non sapevo che lo stessero *usando* su cavie vive, come ho detto. Era tutto - e lo è ancora - teorico".

"In quel laboratorio sta succedendo *qualcosa*", disse Reggie. "E quelle persone non se lo meritano".

La dottoressa Lindgren mise una mano sulla spalla di Susan. "Funziona? Il farmaco?".

Susan annuì. "Da quello che ho visto, sì. A volte possiamo riavviare una crescita di base in specie morte di rane, pesci, alcuni mammiferi, anche molto tempo dopo la loro morte".

"State costruendo degli zombie", disse Ben. "Fantastico".

Susan sorrise. "Niente affatto. Nessuno torna dalla morte, neanche per sogno. Ma potremmo essere in grado di far contrarre un dito per un minuto, senza alcuna relazione con l'attività del cervello e del sistema nervoso. Oppure abbiamo visto i capelli ricominciare a crescere, almeno fino a quando le cellule non muoiono per mancanza di integrazione".

Reggie scosse la testa. "Il fine non giustifica i mezzi".

"No", disse Susan. "Certo che no. È per questo che sono qui con te. Voglio uscirne. Ho iniziato a lavorare per la dottoressa Lin e questo mi ha dato accesso ai laboratori più profondi. Quelli sul retro".

"Quelli dove tengono i corpi", disse Julie.

"Sì", rispose Susan. "Quelli. La prima volta che ho visto quei carri armati sono rimasta assolutamente inorridita. Non credevo - non credo ancora - a quello che stanno facendo qui".

"Cosa ci *fai* qui?", disse Reggie.

"Basta, Reggie", disse Ben. "È fuori, l'ha detto lei. Vuoi ucciderla? Fallo".

Reggie si arrabbiò, ma non si alzò.

"È quello che ho pensato. Dare una tregua alla signora. È ovvio che ha passato e vissuto l'inferno. Il meglio che possiamo fare è portarla via da quest'isola e riportarla nel mondo reale".

"Sì", disse Julie. "A questo proposito. Non scenderemo da questa navetta semplicemente camminando dall'altra parte. Il Falco avrà tutta la sua squadra ad aspettarci e sono sicura che non ci lasceranno dare spiegazioni".

"Abbiamo già provato a spiegarci", ha detto Reggie. "È andata bene come si potrebbe pensare".

"C'è un modo per guidare manualmente questa cosa?". Chiese Julie. "Forse possiamo iniziare a tornare dall'altra parte, da dove siamo venuti. Potremmo arrivare più velocemente, prima che il Falco possa riunire il suo equipaggio da quella parte".

"No", disse Susan. "È controllato manualmente da qualche parte nell'anello centrale, o dal pannello di controllo fuori da ogni ingresso, come un ascensore. Fa sì che le cose funzionino senza intoppi".

"Sì", disse Reggie, "ma in un ascensore c'è almeno un pulsante di spegnimento di emergenza".

"No", disse Julie scuotendo la testa. "Molte volte servono solo a tranquillizzare la gente. Non fanno nulla, se non avvisare il banco di controllo che c'è un potenziale problema, e possono controllare il movimento dell'ascensore".

"Ottimo", disse Reggie. "Quindi siamo fregati. Ci dirigiamo verso Crawford e Garza, lentamente, dando loro il tempo di prepararsi a bucarci".

Ben sentì il Subshuttle sbandare e si aggrappò involontariamente alla sedia di fronte a lui. Riprese l'equilibrio, ma poi notò qualcosa.

Non ci muoviamo più.

"Beh, a proposito di non avere controllo", disse Reggie. "Sembra che siamo stati chiusi".

"Meraviglioso", disse Julie. "Semplicemente fantastico. *Ora* che diavolo facciamo?".

Ben pensò per un momento. Sapeva che all'interno di questa macchina era rimasta solo una piccola quantità di ossigeno, ma avrebbe dovuto durare un tempo decente visto che erano solo in cinque. Il problema era che non aveva idea di quanto tempo fosse una "quantità decente" e se l'ossigeno sarebbe stato sufficiente a tenerli in vita finché il Falco non avesse deciso di rimettere in moto la navetta.

O se inizieranno a muoversi del tutto, pensò. Non sarebbe stata una cattiva strategia lasciarli lì, lentamente asfissiati, soffocati dal loro stesso respiro. Avrebbe risparmiato risorse e il suo equipaggio avrebbe potuto tornare a fare quello che stava facendo senza nemmeno pensare alle persone all'interno del Subshuttle.

Soffochiamo o ci sparano, si rese conto. Erano le due opzioni più sensate per lui, se si fosse trovato nella posizione del Falco.

Nessuno dei due sembra molto divertente.

Ben si guardò intorno, sospirando. Aveva un'idea e sapeva che a nessuno di loro sarebbe piaciuta.

La cosa peggiore è che gli piaceva di meno.

CAPITOLO 46

JULIE CONOSCEVA Ben da quasi due anni e lo conosceva bene. Era un uomo capace, in grado di fare cose che le persone "normali" non riuscivano a fare, solo grazie alla sua pura forza di volontà e alla sua resistenza. In ogni altro modo, però, Julie avrebbe definito la parola "normale" tenendo in mano una foto di Ben. Non era un supereroe.

E non era un leader.

Non che non fosse *in grado* di esserlo, ma Julie aveva visto Ben farsi avanti e prendere il comando solo poche volte. Era più che felice di fare da spalla al ruolo di leader di qualcun altro. All'inizio era stato Joshua Jefferson, quando la CSO era stata ufficialmente costituita, ma nel corso della loro relazione aveva permesso a Julie stessa di prendere il comando numerose volte. Quando Reggie era entrato nelle loro vite, con le armi spianate, Ben si era subito fatto da parte per permettere a Reggie di prendere il comando quando era necessario.

Ma questa era una situazione diversa e Julie fu alquanto sorpresa di vedere Ben prendere il comando. Qualcosa lo aveva colpito lì, in piedi nel Subshuttle davanti al resto della squadra. Aveva una certa decisione, uno slancio. Lo si notava dal modo in cui stava in piedi, con le narici dilatate, la mascella serrata e le mani appoggiate con sicurezza sullo schienale del sedile davanti al quale si trovava. Sembrava che sapesse esattamente cosa stava per fare, che avesse pianificato tutto, che avesse previsto ogni eventualità e che stesse per agire.

Non aveva idea di quale fosse il piano, ma era interessata a scoprirlo. Non l'aveva mai visto così. Era impressionante.

Sperava che avrebbe dato i suoi frutti.

Ben si guardò intorno nel Subshuttle, con gli occhi in cerca di un'altra persona. Fece qualche passo al centro della fusoliera della navetta, verso la parte posteriore, mentre tutti si allontanavano dalla sua strada.

"Cos'hai in mente, ragazzone?". Chiese Reggie.

Ben ignorò la domanda, immerso nei suoi pensieri.

"Possiamo aiutarvi in qualche modo?" Chiese Julie.

Tuttavia, niente.

Ben si avvicinò e premette con forza contro un pannello curvo di plastica vicino al pavimento. Si separò dalla parete, rivelando uno spazio aperto dietro di essa. Un cassetto, simile agli armadietti che Julie aveva trovato all'obitorio. Una semplice porta che scivolava indietro e scattava in posizione, senza maniglie o pomelli.

Ben deve aver notato le crepe intorno all'armadio.

"Qui c'è un sistema di circolazione dell'ossigeno", disse. "Sul pavimento, ma spinge l'aria verso l'esterno e verso l'alto, vede?". Indicò una delle minuscole bocchette tra una delle sedie e la parete della navetta. "Dovrebbe esserci, ammesso che queste cose siano mai state piene di persone. Non c'è modo di evitare che tutto quel fiato si trasformi in anidride carbonica, senza lavarlo o almeno espellerlo nell'acqua, per poi sostituirlo con la roba buona".

"Dove vuoi arrivare?" Chiese Reggie. "Vuoi provare a usare le bombole di ossigeno come arma?".

Ben scosse la testa e attraversò il retro della navetta fino al lato opposto, cercando un altro armadietto nascosto. "No, volevo solo essere sicuro. C'è anche un piccolo pannello a LED: i serbatoi sono pieni all'ottanta per cento. Immagino che le anticamere li riempiano ogni volta che le navette sono attraccate. Non so quanto ci durerà l'ottanta per cento, ma immagino che non sia molto".

Julie si accigliò. "Cosa... cosa stai progettando, Ben?".

Tuttavia, non rispose. Trovando quello che cercava, si abbassò e spinse contro il pannello, aprendo un altro armadietto di plastica. L'anta, come la precedente, si adeguava alla forma della parete circostante, curvando verso l'alto e verso destra, per adattarsi all'interno a bolla della nave. Il bordo superiore del cassetto terminava con la parete di vetro che si estendeva verso l'alto fino ad arrotondare il soffitto.

Ben si mise a cercare all'interno e finalmente trovò qualcosa. Lo tirò fuori. "Questo dovrà bastare", disse, parlando soprattutto a se stesso.

Julie, Reggie, Sarah e Susan osservarono tutte, interessate all'improvvisa fissazione di Ben per il piccolo oggetto. Era una scopa metallica in miniatura, corta e tozza, con una serie di setole a forma di triangolo. Era il tipo di scopa manuale che si usa per spazzare i piccoli pasticci, il tipo che Julie si sarebbe aspettata di trovare in una barca o in un'auto.

O una navetta, credo, pensò.

Ben esaminò la scopa. Non era chiaro se fosse quello che stava cercando o se stesse per fare MacGyver.

Finché non staccò il tappo di gomma all'estremità del manico della scopa e portò l'estremità aperta del tubo cavo all'occhio. "Questo funzionerà", mormorò.

Lasciò cadere la scopa, poi saltò sul manico, atterrando con il tallone proprio sulla sua estremità. Ripeté la procedura, poi una terza volta, e infine raccolse la scopa e la tenne sollevata di nuovo.

Ora era un tubo con l'estremità schiacciata. Sembrava soddisfatto, perché Ben portò la scopa sulla sedia più vicina e si inginocchiò. "Queste sedie sono imbullonate al pavimento su due gambe", disse. "Penso che possiamo togliere i bulloni con questa chiave di fortuna". Julie non era sicura dell'importanza della cosa, ma guardò comunque. Le sedie avevano effettivamente solo due gambe, quelle posteriori, ed erano imbullonate su acciaio resistente al pavimento della fusoliera del Subshuttle.

Julie guardò, incuriosita ma ancora molto confusa, mentre Ben lavorava al primo dei due bulloni che tenevano una delle due gambe della sedia alla fusoliera del Subshuttle. Provò un paio di volte a incastrare la testa fracassata della scopa sul bullone, poi cominciò a girare. Grugnì per lo sforzo, ma Julie osservò il triangolo di setole ruotare leggermente. *Sta funzionando.*

Continuò a girare e la testa del bullone si allentò abbastanza da poterlo allentare completamente con la mano. Passò al bullone successivo, trovandolo un po' più facile. In un altro minuto riuscì a separare completamente la gamba della sedia dal pavimento.

Scivolò verso la gamba successiva. "Lascia che ti aiuti", disse Reggie. "Non so cosa diavolo hai in mente, ma non mi interessa. Se sei così concentrato su qualcosa, sarà bello".

Ben annuì, porgendo a Reggie la scopa trasformata in chiave. Reggie lavorò al bullone, trovandolo un po' più complicato, poiché la gamba della sedia era posizionata contro il lato del Subshuttle e fu difficile far passare la scopa sul bullone.

Dopo cinque minuti, la seconda tratta era libera. Il Subshuttle non aveva ancora iniziato a muoversi e Julie cominciava a preoccuparsi. Si rese conto che *ci avrebbero lasciato soffocare quaggiù.* Non era affatto un cattivo piano: bastava spegnere il Subshuttle e aspettare che finisse l'ossigeno all'interno. Sarebbero stati uccisi tutti senza che la squadra del Falco dovesse mai sparare un colpo.

Ben e Reggie si alzarono e Reggie si avvicinò al pannello aperto che conteneva il display dell'ossigeno. "72%", disse. "Sta scendendo più velocemente di quanto pensassi".

"Anche il sistema di zavorra potrebbe essere utilizzato", ha detto Ben. "Può usare l'ossigeno per aiutare la galleggiabilità, in modo che non ci sia tanto peso sul cavo".

"In ogni caso, dobbiamo rimettere in moto questa cosa. Possiamo correre il rischio con Ravenshadow una volta che...".

"No", disse Ben. "Non vinceremo questa volta".

"Allora qual è il piano, Ben? Hai un'idea migliore?". Chiese Reggie.

Ben scosse la testa. "Non è necessariamente un'idea migliore", disse. "Ma potrebbe funzionare. E non comporta una sparatoria con due pistole contro trenta".

"Sono tutto orecchi", disse Reggie. Julie annuì.

"Non c'è tempo per le spiegazioni", disse Ben. "Stiamo già esaurendo troppo ossigeno. E ne avremo bisogno".

Julie si fece avanti e guardò Ben che sollevava la sedia dai bulloni a camme che l'avevano tenuta in posizione. I bulloni penzolavano dai fori. Ben sollevò la sedia, sentendone il peso e la solidità, poi annuì. "Penso che funzionerà", disse. Guardò la parete di vetro, dove erano state incollate due sezioni del vetro. C'era una linea di silicone trasparente che copriva la colla e si estendeva dalla cima del soffitto fino al punto in cui la parete del Subshuttle incontrava la plastica vicino al pavimento.

Improvvisamente Ben rovesciò la sedia di lato. I bulloni erano stati inseriti nel piede quadrato della gamba della sedia, in una sezione di metallo perpendicolare alla gamba stessa. Il piccolo labbro si inseriva nella piccola fessura tra le due lastre di vetro.

"Ben, cosa..."

Lottò per un attimo con il peso della sedia, poi la posò sulla sedia di fronte. La sedia che Ben e Reggie avevano rimosso era ora di traverso, con il piede di una delle due gambe incastrato nella fessura tra le due lastre di vetro, mentre il resto della sedia era in equilibrio sulla sedia di fronte.

Julie lo fissò per un attimo. Poi si rese conto di ciò che stava per accadere.

CAPITOLO 47

"BEN, NO!", gridò.

Ben corse in avanti, facendo ruotare la sua pesante gamba verso la sedia che era stata spostata di lato. Il calcio arrivò sul lato della sedia, sulla struttura metallica quadrata che circondava il cuscino della seduta. La gamba e il vetro emisero un suono di scricchiolio e la sedia scivolò un po' in avanti.

"Che diavolo stai facendo, Ben?". Chiese Reggie.

Ben scalciò di nuovo. Questa volta si udì un crack molto più forte e l'acqua cominciò a spruzzare nel Subshuttle.

"Fermati, Ben! Romperai il vetro".

"Esattamente", disse. Diede un altro calcio e questa volta una lastra di vetro si incrinò completamente e cadde. L'acqua sbatté all'interno e Ben fu colpito e scaraventato di lato.

Susan e Julie urlarono e Reggie saltò in avanti per tirare Ben all'indietro. La pressione non era abbastanza forte da ferirlo, ma la quantità d'acqua che si riversava all'interno della navetta era spaventosa. Julie guardò, sapendo che sarebbe passato meno di un minuto prima che l'intera navetta fosse piena.

Sentì un gemito e sentì la navetta inclinarsi di lato e poi scendere di qualche metro.

"Stiamo affondando, Ben!", urlò. Il torrente d'acqua era assordante e già le sue gambe erano bagnate fino alle ginocchia. Ben e Reggie erano completamente bagnati dalla testa ai piedi, mentre Sarah e Susan erano saltate sulle sedie per cercare invano di sfuggire all'innalzamento del livello dell'acqua.

"Questo è il piano!" Ben gridò di rimando. "Pensavo che la zavorra si sarebbe attivata, spingendoci verso l'alto. Allagando l'interno, potremmo essere in grado di annullare il controllo e costringerlo a sollevarci in superficie".

"È la cosa più stupida che abbia mai sentito!". Gridò il dottor Lindgren. "Mi state prendendo in giro! Ora affogheremo tutti qui sotto".

Ben guardò direttamente Julie. I suoi occhi erano spalancati, imploranti. Aveva bisogno che lei fosse d'accordo. Aveva bisogno di sapere che il piano non era completamente folle.

Ma non poteva. *Non era* d'accordo. Aveva agito in modo avventato, facendo un buco nell'unica cosa che li teneva in vita, e ora l'acqua si stava riversando dentro, già fino alla vita.

La cosa peggiore è che il Subshuttle stava affondando. Man mano che l'acqua si riversava, il peso dell'imbarcazione non riusciva a competere con il cavo. Non era sicura di quanto fosse profonda questa parte dell'oceano e non *voleva* scoprirlo. Il cavo aveva un'elasticità massima e sapeva che l'avrebbero colpito.

A meno che il sistema di zavorra non si sia attivato e il piano di Ben abbia funzionato.

E se non fosse così...

"Ben, spero che tu abbia un piano di riserva", urlò Reggie. Stava camminando sull'acqua dall'altro lato della navetta.

Ben annuì, ma nei suoi occhi c'era paura. "Lo so", disse. "Ma è peggio di questo".

Julie sentì l'acqua toccarle l'ombelico e lo shock improvviso di tutto ciò la colpì in un colpo solo. L'acqua era calda, visto che si trovavano ai Caraibi, ma a lei sembrò gelida. Cominciò a tremare. Non poteva raggiungere Ben nemmeno se ci avesse provato, perché il buco nel vetro del Subshuttle impediva loro di spostarsi da un lato all'altro della nave.

Sarebbe morta qui sotto, come tutti.

E sarebbe morta da sola.

Si guardò intorno nel Subshuttle allagato, chiedendosi come fosse finita qui. Era surreale, tutto accadeva al rallentatore. Susan era in piedi su una sedia, ma l'acqua era comunque più alta delle sue ginocchia. La dottoressa Lindgren, una donna più alta di Susan, era anch'essa in piedi su una sedia, con la testa che quasi toccava il soffitto. Guardava l'acqua salire, calcolando le probabilità. Julie poteva leggerlo sul suo volto, la calma certezza che non c'erano più opzioni.

Voleva urlare. Voleva raggiungere il centro della navetta e dare un pugno a Ben. Voleva...

Con la coda dell'occhio vide un lampo di buio. Un movimento a frusta, un calcio veloce che attraversava l'acqua proprio sopra la sua testa, appena fuori dal vetro. Poi sparì.

Oh, Dio, no.

Non aveva nemmeno considerato in quale punto del parco potessero trovarsi in quel momento.

Un altro spettro apparve e poi scomparve. Come un'apparizione, era visibile solo quando lei non si concentrava su di esso. Girò in cerchio, l'acqua fredda diventava ancora più fredda mentre le lambiva il petto. Alcune gocce vaganti salirono verso l'alto e le schizzarono sulla gola. La gola le si strinse, il respiro si fece più pesante.

Di nuovo, si girò. Sarah la stava guardando ora, con la testa girata, cercando di capire che cosa avesse terrorizzato Julie.

Poi capì, e il volto di Sarah si sciolse in un'espressione di pura paura.

Julie annuì.

E un'altra forma snella e nera volò via.

CAPITOLO 48

BEN GUARDÒ attraverso lo specchio d'acqua e vide il volto di Julie. Era coperto dal bagliore delle luci del pavimento che circondavano l'interno dell'imbarcazione, e la luce era inquietante e si disperdeva nel metro e mezzo d'acqua. La guardò, cercando di capire se avrebbe guardato verso di lui.

Non l'ha fatto.

Si rivolse a Reggie. "La zavorra dovrebbe entrare in azione da un momento all'altro", gridò. Il rumore dell'acqua che entrava di corsa si era attenuato ora che il buco nel vetro era sotto la linea di galleggiamento. Ma l'oceano non riusciva a riempire il Subshuttle abbastanza velocemente e l'acqua saliva di un centimetro ogni pochi secondi.

Non c'è più tempo, si rese conto.

La navetta si è mossa, tirando verso il basso il suo cavo.

Merda.

Aveva calcolato male. Il suo piano si basava sulla consapevolezza che la navetta era automatizzata, che i serbatoi di zavorra si sarebbero riempiti e svuotati in base al peso del veicolo, in modo da non disturbarc la linea del cavo ed esercitare una pressione eccessiva verso il basso mentre il sommergibile scivolava nell'acqua.

Aveva sperato che, dato che le luci dell'imbarcazione funzionavano ancora, il Subshuttle fosse ancora funzionante e che i serbatoi di zavorra facessero il loro lavoro. Sperava - contava - che il motivo per cui si erano fermati nell'acqua fosse un ordine del Falco o di Crawford.

Non aveva previsto che il sistema di zavorra ignorasse completamente la loro nave che stava affondando rapidamente.

La navetta gemette, l'acqua raggiunse il mento di Ben e Reggie lo tirò a sé, con un movimento inutilmente lento nell'acqua densa del mare.

"È troppo tardi, Ben", disse. La sua voce era calma, ma Ben lesse la paura negli occhi dell'uomo. Reggie era un combattente, ma non era avventato. Non era nemmeno pazzo. La paura faceva parte di lui come di ogni altro uomo. Se Ben era terrorizzato, sapeva che Reggie era almeno spaventato.

Ben annuì. Non voleva ammettere la sconfitta. Si guardò intorno e osservò le due donne che se ne stavano senza speranza sulle loro sedie, con le mani alzate che premevano contro il tetto di vetro. Vide Julie che continuava a non guardarlo negli occhi, come se stesse guardando qualcosa fuori dalla navetta.

"Mi dispiace", disse.

Reggie scosse la testa. "Basta con queste stronzate, fratello", urlò Reggie. "Avevi un piano. E anche uno abbastanza decente. Avrei fatto la stessa cosa se ci avessi pensato".

Ben annuì di nuovo.

"Ma hai detto di avere una riserva, giusto? Qualcosa di diverso che potremmo provare?".

Una piccola onda afferrò il braccio di Ben mentre lo faceva scivolare nell'acqua e un po' di acqua salata gli schizzò in bocca. Sputò, poi riprese l'equilibrio mentre la navetta cadeva all'indietro, affondando a poppa negli abissi. Il cavo, in qualche modo, era ancora attaccato, quindi sapeva che sarebbero riusciti ad affondare solo fino a quando il cavo si fosse allentato.

"L'ho fatto, ma non... non possiamo. Reggie, è troppo tardi".

"Prima non mi sono fidato di te", disse Reggie, parlandogli all'orecchio in modo che Ben potesse sentirlo chiaramente.

Ben si acciglio. *Di che cosa sta parlando?* "Lo tiri fuori adesso?".

"Sì, amico. Te lo devo. Devi sentirlo".

"Sentire cosa?"

Da qualche parte sotto la linea di galleggiamento si udì uno schiocco e Ben sentì la pressione cambiare intorno alle sue gambe. Un'altra lastra di vetro era saltata da qualche parte e la nave si stava riempiendo ancora più velocemente. Si fece strada fino allo schienale di una sedia, accovacciandosi per non sbattere la testa sul soffitto. Reggie seguì l'esempio, ma Ben sapeva che era solo questione di secondi prima che l'intera navetta si riempisse.

Un altro schiocco, un altro gemito. Questa volta la navetta cadde per tre o quattro metri, affondando più velocemente di quanto Ben pensasse. Uno scricchiolio più forte proveniva da qualche punto sopra di lui, all'esterno della navetta.

La navetta si è tesa sul suo cavo, la sua ancora di salvezza.

La loro ancora di salvezza.

Affondò, trascinando con sé il cavo.

Ovunque il cavo fosse ancorato ai lati opposti della lunga distesa, Ben sperava che avrebbe retto.

"Ora sei tu che comandi".

Ben guardò il suo amico. Completamente fradicio, la sua testa era l'unica cosa al di sopra dell'acqua.

"Sei tu il leader, Ben. Lo sei sempre stato, davvero. Sei l'uomo che tiene insieme questa cosa. Joshua era un leader di fatto, ma tu sei quello che abbiamo sempre seguito".

Ben scosse la testa. "Non abbiamo tempo per questo adesso, Reggie. Dobbiamo..."

"Risparmiatelo. Ancora un secondo", urlò Reggie. "Ti seguirei fino all'inferno e ritorno, fratello, e volevo che lo sapessi".

"Grazie. Significa molto per me", disse Ben. "Lo terrò a mente quando moriremo sul fondo dell'oceano".

"Piantala", disse Reggie. "Sono serio".

"Anch'io, Reggie. Dobbiamo andarcene da qui!".

"Qual era il tuo piano?"

Anche le donne stavano ascoltando, con gli occhi puntati su Ben.

"Non era molto", ha detto. "Ho pensato che avremmo aspettato che la cosa si riempisse e poi avremmo nuotato".

Gli occhi di Reggie si spalancarono. "Questo... questo era il tuo piano?".

Ben scosse la testa, con quel poco di testa che gli era rimasto fuori dall'acqua. "No, quello era il piano *di riserva*, ricordi?".

Susan gridò sopra il rumore dell'acqua che sibilava e della navetta che gemeva. "È il nostro *unico* piano ora. Chi vuole andare per primo?".

Julie guardò finalmente Ben. Lui non avrebbe potuto sentirla dall'altra parte dell'imbarcazione, ma lei non stava cercando di parlare.

Lei si limitò a scuotere la testa.

No.

Si accigliò. "Perché?", gridò.

A quanto pare gli ha letto le labbra. *No, non è vero.*

Non aveva nulla da cui partire, nessuna informazione che lo aiutasse a capire cosa lei stesse cercando di dire.

Troppo tardi.

"Dobbiamo provare", urlò a chiunque potesse ancora sentirlo. Si spostò a sinistra, verso il centro del Subshuttle, allungando il piede sinistro attraverso il corridoio sott'acqua in modo da trovarsi a cavallo dello schienale di due sedie. C'erano circa otto centimetri d'aria nella parte superiore della navetta, dove la parte gommosa delle lastre di vetro arrotondate si incontrava con il soffitto. Gli altri seguirono il suo esempio e ben presto si ritrovarono tutti e cinque distesi lungo il corridoio, con una gamba per lato in piedi sugli schienali delle sedie.

"Susan", gridò Reggie. "Sei la prima".

Lei annuì, con uno sguardo terrorizzato negli occhi ma con il mento alto. Che fosse perché era l'unico modo per tenere la bocca fuori dall'acqua o che fosse per la sua sicurezza, Ben non lo sapeva. Non gli importava. Allungò una mano, aspettando che lei la afferrasse.

La tirò vicino a sé. "Il buco è giù alla mia destra", urlò. "Dovrai fare un bel respiro e nuotare giù per prima, ma io e Reggie ti aiuteremo".

Lei annuì, con gli occhi che quasi le uscivano dalla testa.

"Una volta fuori, l'aria nei polmoni dovrebbe aiutarvi ad alzarvi. Usate più le gambe che le braccia, per non consumare troppo velocemente l'ossigeno. Usate le braccia per guidarvi, in modo da non andare a sbattere contro qualcosa".

Ben guardò in alto e fuori dal soffitto di vetro. Poteva vedere i raggi di luce che perforavano l'acqua blu sopra di loro. "Siamo a soli tre metri dalla superficie". Era una supposizione e sperava che fosse giusta.

Sperava che fosse almeno vicino.

Non poteva permettersi di continuare a sbagliare.

"Sei pronto?", chiese.

Lei lo guardò. Aveva dell'acqua sul viso e gli occhi le brillavano. O era in lacrime o l'acqua le aveva schizzato il viso. "Io... io devo essere".

"Certo che sì", urlò Reggie.

Fece un grande respiro.

"Annusa quando hai finito", disse Ben. "Avrai un po' più di aria".

Annuì, annusò, poi cadde immediatamente sotto la superficie dell'acqua. Reggie e Ben la presero per le braccia e la guidarono e spinsero per metà verso il buco. Non potevano permettersi di perdere tempo, ma Ben non voleva nemmeno farle del male.

Trovarono il buco proprio mentre la navetta si riempiva completamente. Sperava che gli altri avessero ascoltato le sue istruzioni, ma sapeva che avrebbero almeno fatto un respiro enorme e profondo appena prima che l'acqua colpisse il soffitto.

Speriamo non sia l'ultimo.

CAPITOLO 49

IL CORPO di Susan era quasi fuori dal buco. Ben e Reggie le diedero un'ultima spinta e lei spuntò attraverso il buco e iniziò immediatamente la sua risalita verso la superficie.

Julie era la prossima. Non avevano discusso un ordine particolare e a Ben non importava. Avrebbe voluto che la sua fidanzata andasse per prima, ma sapeva che Julie avrebbe comunque costretto Susan ad attraversare il buco per prima. Si compiacque un po' sapendo che Julie aveva una forte possibilità di sopravvivenza andando per seconda.

Erano solo tre o quattro metri sotto l'acqua, ne era ormai sicuro. Sarebbero stati tutti in grado di uscire dalla navetta e di raggiungere in sicurezza la superficie, dove avrebbero potuto nuotare fino a riva. Supponendo che gli uomini del Falco fossero ancora in attesa fuori dalle porte degli ingressi delle anticamere opposte intorno all'anello, ciò significava che la squadra di Ben e Susan sarebbero stati in grado di nuotare in sicurezza fino alla riva, uscire dall'acqua e avere una possibilità di salvarsi.

Erano ancora disarmati, poiché Ben e Reggie avevano gettato le loro armi sul pavimento della navetta, concentrandosi invece sull'aiutare le donne ad uscire per prime. Non era sicuro che avrebbero funzionato anche dopo essere stati sommersi. Reggie lo avrebbe saputo, ma forse non valeva nemmeno la pena di rischiare per trovarle e tirarle fuori dall'acqua. Di certo non voleva fare affidamento sul fatto che le armi sparassero correttamente, quindi avrebbero avuto bisogno di un'altra opzione.

Ben pensò che si trovavano da qualche parte tra l'hotel e il secondo anello, forse più vicino al secondo anello. Lì non c'era una spiaggia artificiale come sull'anello esterno e non aveva prestato abbastanza attenzione a come fossero i perimetri interni ed esterni del secondo anello, quindi sperava solo che ci fosse un modo facile per salire e uscire dall'acqua.

Ormai non aveva più importanza. Non avevano più alternative. Non c'era altro da fare che nuotare, trattenendo il più possibile i respiri all'interno dei polmoni. Poteva concentrarsi solo sul presente, sul compito da svolgere. Non aveva un piano, se non quello di uscire dalla navetta, dopo che il resto della sua squadra fosse uscito in sicurezza e avesse nuotato verso la superficie.

Il viso di Julie si avvicinò al suo. Lui la guardò sott'acqua. I capelli le galleggiavano intorno alla testa, con piccole bolle incastrate tra le ciocche. La luce la colpiva da dietro, oscurandole il viso. I suoi occhi, tuttavia, erano illuminati da un punto più profondo, forse le luci intorno alle assi del pavimento all'interno della navetta. Brillavano con un'intensità incandescente, i marroni chiari esplodevano in un milione di piccoli verdi, blu e arancioni. Conosceva quegli occhi meglio dei suoi. Riusciva a leggerli anche quando non erano aperti.

E in questo momento stava leggendo dei volumi. Stava cercando di dirgli qualcosa. Non c'era bisogno di scuotere la testa, ma lo fece lo stesso. *No. Non c'è bisogno di scuotere la testa, ma l'ha fatto lo stesso.*

Era di nuovo così. *Cosa diavolo sta cercando di dirmi?* Si chiese. *Perché non vuole che lasciamo la navetta?*

Questa era la loro unica opzione. Aveva tolto loro le opzioni, aveva rovinato le loro possibilità. Solo lui aveva preso una decisione avventata, scommettendo su qualcosa che era fallito miseramente. *Sta cercando di ricordarmelo?*

Julie era testarda, quasi quanto lui, ma non era meschina. Non era il tipo di donna che avrebbe fatto il gioco del "te l'avevo detto". Non aveva interesse a farlo sentire in colpa senza motivo, e certamente non in una situazione come questa.

No, non stava cercando di rinfacciarglielo. Non stava cercando di farlo sentire come se avesse commesso un terribile errore: sapeva che lui lo sapeva già.

Stava cercando di comunicare con lui.

No, stava dicendo. *Lasciare la navetta è un errore.*

Non riusciva a capire perché.

Morire era un'opzione ben peggiore del tentativo di fuga, secondo lui.

Scosse la testa e fece spallucce, poi aiutò Reggie a spingerla fuori e ad attraversare il buco.

Avevano appena finito con Julie quando il Subshuttle fece un salto e uno scatto laterale, seguito da un gigantesco scricchiolio. Ben stava trattenendo il respiro e il movimento improvviso lo fece trasalire. Fece uscire dalla bocca alcune bolle d'aria, poi si maledisse per aver permesso che ciò accadesse.

La navetta oscillò sul cavo, poi oscillò violentemente di lato. Avvertì il cavo spezzarsi prima che accadesse, sentendo la tensione che gli attraversava il corpo prima ancora di raggiungere la parete di vetro per stabilizzarsi.

No, pensò. *Per favore, no.*

Il cavo si spezzò. Fu un suono strano, ultraterreno, che proveniva da sotto l'acqua, un suono acuto, brillante e stridente, seguito da un tonfo più sordo e profondo. La navetta rimase per un breve momento sospesa come se nulla fosse.

E poi è caduto.

Cominciò a cadere nell'acqua, mentre la gravità raggiungeva finalmente il suo scopo e l'oceano reclamava il suo premio. Ben guardò Reggie, ma l'uomo si teneva stretto allo schienale del sedile con una mano, mentre l'altra si agitava sott'acqua.

Non ci sarebbe stata abbastanza aria nei polmoni di Ben e dovevano ancora tirare fuori Sarah.

Reggie lo guardò. Lo sapeva. La verità di tutto questo colpì Ben più duramente della scossa del Subshuttle che si staccava dal suo cavo.

Non c'è più tempo.

Quaggiù, intrappolata in una bolla di vetro completamente piena d'acqua e in rapida discesa verso il fondo dell'oceano, l'aria era il tempo. E il tempo era la vita, e loro li stavano esaurendo tutti.

Voleva piangere. Era un'emozione innaturale per lui, ma c'era. Più di ogni altra cosa, si sentiva come se avesse deluso non solo il suo migliore amico e la sua fidanzata, ma anche i suoi compagni di squadra e un civile innocente. Non era sicuro di quale delle due cose gli facesse più male; quale fallimento lo attanagliasse di più con la paura di non essere abbastanza forte da prevalere e salvarli.

Se Julie fosse arrivata in superficie senza di lui, lui l'avrebbe delusa, lasciandola senza l'uomo a cui aveva dedicato il resto della sua vita.

Se *non* fosse arrivata in superficie, sarebbe stato ancora peggio.

Ma c'era ancora un lavoro da fare e lui non era ancora morto. Gli altri parlavano spesso della sua "resilienza", una parola che lui aveva capito solo di recente. Non si trattava della capacità di superare le avversità o di resistere a un nemico, a un demone o a una sfida. Non si trattava nemmeno di sapersi riprendere e continuare a combattere.

Per Ben, resilienza significava qualcosa di molto più semplice: significava che era totalmente incapace di non preoccuparsi. Una volta che si era impegnato in qualcosa, ci stava. Punto. Era una testardaggine portata a un livello folle. Un livello a cui la maggior parte delle persone giustamente non si avvicinava, perché a quel livello la testardaggine assomigliava molto di più a una morte certa.

Era semplicemente incapace di smettere di preoccuparsi della soluzione che aveva stabilito essere giusta e corretta, finché non smise di respirare del tutto. Era una sfortuna, davvero. Tutto in lui voleva andarsene, fuggire da questo inferno e risalire in superficie prima che fosse troppo tardi, ma c'erano altre due persone che avevano bisogno di aiuto. Tutto in lui voleva ignorare ciò che ancora resisteva, ma ciò che resisteva era più forte di tutto ciò che la sua mente cosciente poteva lanciare.

Era resistente, ed era la sua maledizione.

La navetta scendeva sempre più in profondità nell'abisso. Reggie gli tirava il braccio, cercando di attirare la sua attenzione.

Lo so, pensò. *So che siamo morti.*

Reggie tirò più forte, e Ben stava per girare la testa e cercare di capire cosa avesse bisogno Reggie di lui che era così dannatamente importante in questo momento.

Ma non poteva distogliere lo sguardo dal vetro, dall'oceano fuori dalla bolla.

Qualcosa in fondo alla sua mente strisciava in avanti, avvicinandosi sempre più alla sua coscienza. Qualcosa aveva catturato la sua attenzione, anche se la sua stessa mente glielo impediva. O perché non valeva la pena di vederlo, o perché non era qualcosa di cui la sua mente era abbastanza sicura, o perché era solo un caso.

Osò gettare uno sguardo fuori dal vetro nelle acque torbide. Ora era più buio, i raggi di luce non penetravano più e non viaggiavano più fino alla loro posizione. Socchiuse gli occhi, sapendo che non poteva permettersi di concentrarsi su qualcosa di diverso dal portare il dottor Lindgren e Reggie fuori dal Subshuttle.

Eppure... c'era qualcosa là fuori.

Pensò che si trattasse di Julie, vedendo la forma scura fluttuare davanti a lui, ma poi si rese conto che non era affatto possibile che un umano potesse assumere quella forma, anche considerando le strane distorsioni che potevano essere causate dal vetro e dalla mancanza di luce.

Era qualcosa di... diverso.

Un'altra ombra attraversò la sua visione, proprio a destra del punto in cui stava fissando.

Cosa...

Anche Reggie lo vide. Doveva essere per questo che si stava tirando il colletto della camicia. Ben se lo scrollò di dosso ancora una volta, concentrandosi completamente sull'acqua appena fuori dalla navetta. Un tremolio intenso e profondo alterò la luce intorno all'acqua, passando rapidamente dalla sinistra della sua visuale alla destra.

Allora lo sapeva. Senza dubbio, lo sapeva. Era ciò di cui Julie aveva cercato di metterlo in guardia.

C'era qualcos'altro nell'acqua.

CAPITOLO 50

REGGIE TIRÒ la manica della camicia di Ben per attirare la sua attenzione. Dopo aver sentito lo scatto e l'improvviso sbandamento del Subshuttle che iniziava a scendere, Reggie fu costretto ad accelerare il passo. Due membri della loro squadra erano già al sicuro all'esterno e dovevano accelerare notevolmente il passo o lui, Ben e Sarah avrebbero finito l'aria molto prima di arrivare in superficie.

Avrebbe voluto dire a Ben di accelerare anche lui, di spostarsi, di scivolare alla sua sinistra in modo che la dottoressa Lindgren potesse lanciarsi dal lato opposto della navetta verso il buco e verso le acque aperte. La camicia di Ben galleggiava davanti al suo viso, in modo costante e delicato nelle acque calme. La camicia era l'unica cosa che si sentiva calma in quel momento, e contraddiceva la situazione reale in cui Reggie si trovava. Mentre la maglietta tremolava avanti e indietro nelle acque, Reggie e Ben erano alacremente al lavoro, spingendo le persone fuori dalla nave e verso la superficie. Le loro teste erano ormai completamente sommerse e Reggie stava preparando il suo corpo a lasciare il Subshuttle dopo aver aiutato il dottor Lindgren a uscirc dalla navetta.

Ben guardò Reggie. *Cosa?* chiedevano i suoi occhi. E... qualcos'altro.

Paura?

Perché Ben avrebbe dovuto avere paura proprio ora? C'era un sacco di tempo per dare di matto, come subito dopo che l'idiota aveva rotto il vetro e aveva permesso alla loro unica ancora di salvezza di affondare in fondo all'oceano.

Reggie scrutò il volto di Ben alla ricerca di qualche segno di ciò che aveva spaventato il suo amico. Non trovando nulla di utile, scrollò le spalle.

Cosa? fece di nuovo un movimento, sperando che Ben potesse leggere l'espressione.

Ben indicò. Un lungo braccio e un dito, puntati sul soffitto. Reggie osservò la zona, ma non capì.

Scosse la testa.

Guardò, senza vedere ancora nulla. Cominciò a fare spallucce, a muovere la testa e a cercare di far mimare a Ben ciò di cui stava parlando.

E poi anche lui lo vide.

Il più breve dei movimenti, nient'altro che un'ombra profonda che contemporaneamente si abbinava e contraddiceva le ombre proiettate dalle tonalità più profonde dell'oceano circostante.

Era come se non avesse visto nulla, e fece un doppio salto, continuando a fissare il soffitto dove Ben aveva indicato.

Arrivò di nuovo e se ne andò di nuovo, proprio come prima, ma questa volta era alla sua destra, più in lontananza. Ora ne era sicuro: non era solo un'ombra, un'apparizione causata da una strana luce danzante o da qualche altro fenomeno naturale.

Era un animale.

Una specie di creatura marina, enorme e minacciosa, a giudicare dall'unica parte dell'animale che la sua visione periferica gli aveva permesso di intravedere: la coda.

Ed era una coda *mostruosamente* lunga.

Voleva aprire la bocca e sbottare, ma non c'era più tempo. Ben gli stava tirando il braccio. Per qualche motivo voleva che se ne andasse. Che uscisse dalla navetta.

Ma...

Non era sicuro di come dirlo a Ben.

Ora so di cosa stai parlando, amico.

Voleva dirglielo. Dire: *"Sì, l'ho visto".*

Ma sapeva anche cosa voleva Ben. Ben ora faceva movimenti con la testa e con gli occhi, urlando anche nell'infinito silenzio dell'oceano.

Il Subshuttle affondò.

Più a fondo, ogni secondo più a fondo. Ben urlava e non diceva nulla allo stesso tempo.

Andiamo, diceva.

Dobbiamo, ma non possiamo", gli rispondeva Reggie.

Fece un calcolo mentale, controllando e stimando i suoi parametri vitali. Non gli rimaneva molta aria. Forse abbastanza per tornare in superficie, ma non più di tanto. E questo supponendo che sapesse dove si trovava la superficie. Era impossibile dire a che velocità stessero affondando. Si sperava che ci fosse ancora un po' d'aria nella zavorra, all'interno dei compartimenti di plastica gommata delle pareti e in altri piccoli spazi all'interno dell'imbarcazione. Questo li avrebbe rallentati un po', fino a quando non si fossero riempiti d'acqua.

Non era sicuro di Ben, ma sapeva che quell'uomo non era addestrato come Reggie. Non era un Navy SEAL, ma era un nuotatore molto abile, si manteneva in ottima forma fisica e sapeva di poter trattenere il respiro per quasi tre minuti senza sforzi inutili.

Non c'era modo di misurare esattamente lo sforzo a cui sottoponeva il suo corpo, ma era chiaro che era più di "nessuno". Inoltre, non aveva tenuto conto dell'ora, ma guardò comunque l'orologio per abitudine. *Erano passati due minuti? Uno?* Non c'era modo di esserne certi. Sembrava che fosse passata un'eternità, ma il tempo era rallentato da quando Ben aveva spezzato la loro linea di salvataggio e aveva permesso alla navetta di affondare.

Cercò di allontanare il pensiero. Non era colpa di Ben: se Reggie ci avesse pensato prima, avrebbe fatto la stessa cosa. L'uomo stava cercando di evitare una morte certa da parte della squadra di fuoco e, senza poter controllare il movimento del Subshuttle dall'interno della barca, era stata la loro unica opzione.

Reggie lo sapeva, ma si sentiva tradito dal fatto che Ben non lo avesse consultato prima.

Ben ha indicato. *Su.*

Poi ha annuito. *Ora. Andiamo.*

Reggie scosse la testa. C'era ancora un altro membro della squadra che doveva uscire. La dottoressa Sarah Lindgren aveva aiutato Susan e Julie a uscire dalla navetta e ora toccava a lei nuotare verso la salvezza.

O nelle bocche di qualsiasi cosa siano quelle *cose.*

Un'altra di quelle "cose" nuotava inquietantemente vicino al vetro proprio dietro la dottoressa Lindgren, mentre Reggie la guardava. Lungo, nero, snello. Non assomigliava a nessun pesce che Reggie avesse mai visto, ma era anche veloce, troppo veloce per poterlo osservare bene.

Era "accovacciata" sullo schienale di una sedia sul lato opposto del corridoio, con i capelli che fluttuavano liberamente sopra e intorno alla testa. Stava per farle cenno di nuotare, quando si rese conto del motivo per cui si trovava ancora a metà della navetta.

Sarah stava lottando con il piede destro, che si era incastrato tra il vetro di quella parete della navetta e la sedia. A quanto pare, quando il Subshuttle si era staccato dal cavo rotto e si era spostato, il vetro di quel lato si era gonfiato e aveva oscillato, allargando temporaneamente lo spazio tra esso e il lato della sedia.

Merda.

Era bloccata, completamente incapace di muovere il piede. Sembrava doloroso, a giudicare dallo sguardo che aveva mentre cercava freneticamente di liberare la gamba.

Ben tirò la camicia di Reggie, ma Reggie allontanò la sua mano.

Ben strattonò di nuovo Reggie, questa volta afferrandogli il colletto. Reggie si girò, scuotendo la testa. Indicò Sarah. Ben guardò, poi rivolse la sua attenzione a Reggie.

Scosse la testa.

Reggie era sbalordito. Il suo amico gli stava dicendo che era troppo tardi; non c'era più nulla che potessero fare per lei.

Reggie entrò in azione. Scalciò via lo schienale della sedia su cui era in equilibrio, mentre l'acqua lo teneva dritto e fermo. Fu un movimento abbastanza forte da permettere a Ben di perdere la presa su di lui e di portarlo comunque attraverso il centro del Subshuttle e fino alla posizione di Sarah.

Si girò e guardò rapidamente Ben. L'espressione dell'uomo era sorprendente: un insieme di paura, confusione e tristezza.

Ci siamo, pensò Reggie. *Sta cercando di dire addio, ma non ci riesce.*

Era un inferno che si trovassero sott'acqua in questo momento. Qualunque cosa Ben avesse pensato di dirgli sarebbe stata buona.

Reggie annuì. *È stato bello, amico.*

Non c'erano sorrisi. Non ci furono scambi di abbracci o di battimani. Non fu un addio felice, né solenne come si sarebbe aspettato.

Ben era stoico, Reggie era riservato. Questo valeva per entrambi, ed entrambi cercavano di rimanere fedeli alla forma, anche in questa situazione. Era chiaro. Nessuno dei due si sarebbe piegato, nemmeno ora. Erano quello che erano e nessuno dei due aveva intenzione di cambiare le caratteristiche dell'altro.

L'aveva già provato in passato, molto tempo fa.

Allora era appena un uomo, ma abbastanza uomo da avere la

bussola della sua vita impostata nella direzione del suo vero nord. Non si può mentire a una bussola come quella, non si può ingannare l'ordine naturale delle cose. Ricordava quel momento come se fosse ieri, ricordava la sensazione di tradimento, perdita, attesa, desiderio di qualcosa che non avrebbe mai provato.

Deglutì. I suoi polmoni erano in preda al panico, che si aggiungeva a quello del resto del corpo. Voleva uscire, ignorare Sarah e andare avanti, ma era impegnato.

Ben avrebbe capito. Lo vide sul suo volto.

Tu salva lei, diceva, *ma io devo salvare Julie.*

Reggie capì. Sapeva che doveva essere così. Reggie non poteva lasciare che una donna innocente morisse così, davanti ai suoi occhi, senza nemmeno provarci.

Anche questa era una strada che aveva già percorso.

Pensava di averci provato allora, tanto tempo fa, ma sapeva che era solo una bugia che cercava di raccontarsi per calmare i nervi, per alleviare il dolore.

Gli occhi di Sarah erano spalancati, ancora frenetici. Le afferrò il polso, tirandolo su. C'era del sangue, proveniente dalla caviglia o dalle dita, sia per la stretta e la pressione sulla gamba, sia per i graffi e gli artigli disperati per liberarsi.

Era come un animale nella trappola di un cacciatore: avrebbe fatto di tutto per liberarsi.

Sperava solo di essere in grado di aiutare. Non c'era abbastanza aria nei suoi polmoni per fare molto: o aiutarla o cercare di raggiungere la superficie. È *molto probabile che non si possano fare entrambe le cose,* pensò.

Ha tirato. Una mano, poi due. Poi aggiunse le sue mani al mix, e tutte e quattro le mani tirarono verso l'alto, intorno e indietro, cercando di staccare il piede.

Ha retto. La sua prigione era semplice, ma efficace. Il suo piede era bloccato e non c'era nulla che potessero fare per liberarlo con la loro forza combinata, soprattutto sott'acqua.

I suoi polmoni cominciavano a pulsare verso l'esterno, le punture di dolore lampeggiante lo avvertivano che era pericolosamente vicino a espellere l'anidride carbonica repressa e a sostituirla con un'enorme boccata di acqua marina mortale.

Capì che Sarah si trovava nella stessa situazione, anche se continuava a lavorare con le mani lungo il piede. Provò a premere sul vetro, persino a dargli qualche calcio, ma era solido. Si muoveva a malapena, solo un rapido riverbero lungo la gamba gli diceva che stava facendo contatto.

Ben se n'era andato. Se n'era andato a un certo punto, evidentemente avendo deciso che era più prudente per lui controllare Julie e l'impiegata dell'*OceanTech* Susan piuttosto che aspettare e guardare Reggie e Sarah morire di una morte orribile.

Buon per lui.

Reggie non provò né rabbia né rimorso. Avevano preso le loro decisioni e se la situazione fosse stata anche solo leggermente diversa avrebbe preso la stessa decisione. Inoltre, avrebbe costretto Ben a prendere la decisione che aveva preso lui, a prescindere da tutto. Era più coinvolto di Reggie. Julie era molto più importante per Ben che per Reggie, e Reggie non avrebbe potuto fare altrimenti.

No, non c'era nulla che Reggie avrebbe cambiato.

Sorrise, mentre la navetta scivolava ancora più in profondità, con l'acqua che passava dal blu al nero e poi al nulla permanente. Le forme più scure si fusero in forme semplici, poi scomparvero del tutto. Gli sembrò di sentirle nuotare in cerchio intorno a loro, in attesa.

No, pensò. *Non oggi, ragazzi. Non usciremo da qui.*

Le luci sul pavimento rettangolare arrotondato della navetta tremolarono, poi si spensero. L'oscurità era sciocccante, ma Reggie si lasciò sopraffare da essa. *Non c'è più niente da fare qui.*

Afferrò la mano di Sarah. Lei lo sapeva, anche se lui non poteva vederla. Aveva smesso di lottare, aspettando che Reggie si accorgesse che era finita.

Sorrise al buio, sapendo che sarebbe stata la luce, non l'oscurità, a portarlo via. A prescindere da tutto, sarebbe uscito con il caratteristico sorriso che sapeva lo definiva. L'oceano può essere infinito, i suoi legami inflessibili, ma lui non si sarebbe sdraiato a subire i suoi colpi. Se ne sarebbe andato sapendo di aver combattuto, e combattuto duramente.

Usciva sapendo che il suo migliore amico era da qualche parte lassù, a combattere la battaglia in cui lo aveva trascinato.

Trovò la mano di Sarah. Lei afferrò la sua, intrecciando le loro dita. Lui la strinse, desideroso di parlarle.

D'altra parte, non c'era nulla da dire. Non c'era altro da fare che aspettare.

Non manca molto.

CAPITOLO 51

"TROVATELI!" Crawford gridò.

I suoi capelli stavano iniziando a cadere, come se potessero leggere il suo umore, la loro forma normalmente perfetta si afflosciava e scivolava di lato. Spinse una ciocca della parte più lunga lontano dagli occhi. Era orgoglioso dei suoi capelli, come era orgoglioso di tutte le cose che riguardavano il suo aspetto per cui la gente lo lodava.

Aveva costruito la sua carriera sull'aspetto e sul carisma tanto quanto sulla genialità. In dosi uguali, aveva imparato a capire quando usarli.

In questo momento, però, non si sentiva particolarmente brillante. E se i suoi capelli sono un segno, non si sentiva nemmeno terribilmente *bello*. I capelli erano solo la manifestazione esteriore di ciò che provava dentro.

Turbolenza.

Odiava questa sensazione. Aveva lottato contro di essa per tutta la vita, costringendola a tornare nel suo subconscio, un demone che pensava di aver sconfitto da tempo.

I pensieri sul figlio cominciarono a farsi strada nella sua coscienza.

No, pensò. *Smettila.*

Vicente Garza - "Il Falco", come amavano chiamarlo i suoi uomini - si voltò verso di lui.

"Sapete dove sono?" Chiese Crawford. "Devo trovarli".

"Adrian, sono..."

"*Signore*", *ha* corretto Crawford.

"Giusto", disse Garza a denti stretti. "*Signore*, a quest'ora sono da qualche parte in fondo all'Atlantico".

"Come fai a saperlo?"

Crawford si avvicinò alla prima scrivania che trovò. L'uomo seduto lì rotolò all'indietro, non contento dell'improvvisa sovversione del suo potere, ma nemmeno combattuto. Crawford cercò di dare un senso a ciò che vedeva sullo schermo, ma al posto dei filmati delle telecamere a circuito chiuso e della tipica interfaccia grafica di sorveglianza, non vide altro che fogli di calcolo, numeri e grafici. A quanto pare, la scrivania che aveva usurpato era quella di un soldato Ravenshadow di livello inferiore, un uomo incaricato di monitorare gli ingressi e le uscite quotidiane della produzione di energia dei tre anelli.

Erano nel centro di controllo, o "comando", come lo chiamavano gli uomini di Ravenshadow. Il secondo anello, appena sotto la superficie nel primo sottolivello, ospitava i laboratori, gli alloggi dell'equipaggio e gli uffici dei dipendenti. Era molto lontano dal suo ufficio e dal suo appartamento, in cima alla sezione alberghiera nell'anello centrale. Questo posto era come un ripensamento: vuoto e scialbo, efficiente ma spoglio, come se l'intero luogo gridasse disperazione.

Lo odiava e questo era uno dei motivi per cui si recava raramente qui. I ponti e le rotte del Subshuttle erano abbondanti, ma non riusciva a sopportare di passare il tempo qui fuori con gli impiegati. Lo metteva a disagio e, anche se non l'avrebbe mai ammesso, si sentiva al di sotto delle sue possibilità.

Ma ora, in una situazione di crisi, Adrian Crawford non poteva sopportare di essere lontano dall'azione. Garza era capace, per questo aveva assunto lui e la sua squadra, ma Crawford non si fidava mai di nessun altro, almeno non senza un po' di supervisione. Garza poteva essere intelligente, ma non era il genio che Crawford sapeva di essere.

Tutta la sua vita era stata una tabella di marcia di obiettivi e sfide, con solo brevi soste lungo il percorso: diploma di scuola superiore a 13 anni, laurea a 15 anni, laurea e post-doc a 21 anni. Aveva una mente brillante, avevano detto ai suoi genitori, e non c'era nulla che potesse fermarlo.

L'uomo che gestisce la sua sicurezza, Vicente Garza, non era certo un'eccezione: Crawford lo aveva assunto per svolgere un lavoro e, se avesse fallito, sarebbe stato rimosso, come molti altri suoi dipendenti. Aveva trovato il modo di lavorare con il sistema quando era necessario e contro di esso quando nessuno lo sospettava. Non c'era governo che potesse fermare i suoi progressi, e se alla fine avessero trovato un modo per farlo, sarebbe stato troppo tardi.

La sua ricerca era già completa.

Ora si trattava solo di testare e perfezionare.

Ravenshadow e la CSO, la squadra a cui dava la caccia, stavano solo rallentando i suoi progressi e lui voleva risolverli il prima possibile.

Solo grazie a queste circostanze aveva abbassato la guardia, decidendo di recarsi sul secondo anello e di osservare i progressi con i propri occhi.

Si rese conto che Garza stava parlando con lui.

"Cosa?", chiese.

"Ho detto, *signore*", disse Garza, "che non sappiamo *esattamente* dove si trovino perché il Subshuttle è caduto dal suo cavo. È impossibile dire cosa sia successo esattamente là fuori, dato che...".

"La mia navetta *è caduta dal cavo?*"

Garza annuì. "Sì, è quello che ho detto, *signore*".

Crawford era mezzo metro più basso dell'uomo e molto meno

intimidatorio, ma non aveva intenzione di lasciare che un subordinato gli desse del filo da torcere. "Le chiedo rispettosamente di trattarmi come un suo superiore, signor Garza".

Le narici di Garza si sono aperte.

"So di non essere al passo con il gergo militare specifico che usate tutti voi ragazzi", ha detto Crawford. "Ma qualsiasi cosa chiamiate il vostro *capobranco*, quello sono io. Capito?"

Garza aspirò i lati delle labbra come se stesse per sputare qualcosa nella stanza. "Noi lo chiamiamo 'generale'. A volte 'ammiraglio', a seconda del luogo di provenienza. O, se si vuole fare i sofisticati, forse anche "presidente". Ne ha sentito parlare?".

I pugni di Crawford si sono chiusi a palla. Si avvicinò a Garza. Il suo respiro era più veloce e non poteva fare nulla per rallentarlo volontariamente. Non era mai stato nell'esercito e non era un gran combattente. Le sue battaglie erano state vinte con l'ingegno, nelle aule di tribunale, nei consigli di amministrazione e negli uffici privati dei membri più ricchi della società filantropica.

Tuttavia, non aveva intenzione di tirarsi indietro. Aveva affrontato avversari molto più grandi. Forse non proprio grandi come Garza, né così brutali e fisicamente imponenti, ma comunque Crawford non aveva ottenuto i suoi successi tirandosi indietro. Si avvicinò di un piede, mettendo i due uomini faccia a faccia.

Garza si limitò a sorridere. "Ha qualcosa da dirmi, *capo*?".

Crawford era inorridito. Era raro che qualcuno fosse così palesemente disinvolto con la sua autorità, ed era ancora più raro che fosse qualcuno che lavorava direttamente per lui.

"Voglio sapere cosa sta succedendo, Garza", ha detto Crawford. "Pensavo di essere stato chiaro".

Garza si avvicinò, quasi sporgendosi *su* Crawford. "È così. Tuttavia, vorrei ricordarle che il nostro accordo *contrattuale* consente a me e alla mia squadra di operare in qualsiasi modo, compresi - come recita il nostro contratto - 'sistemi, personale, operazioni e procedure'".

"Qual è il punto?"

"Semplice. Trovare i vostri amici CSO rientra completamente e in ultima analisi nella mia lista di responsabilità. Siete invitati a stare in disparte e a osservare il mio processo, ma prenderò tutte le domande, le critiche e le osservazioni simili come minacce dirette contro la mia autorità. In questo caso, aggiungerei, si verificherà una violazione del contratto da parte vostra, con il conseguente pagamento dell'intero compenso e dell'onorario, oltre alla quota aggiuntiva di 'decadenza dei diritti' come indicato nelle clausole aggiuntive".

Crawford era furioso. Era furioso, ma sapeva che Garza aveva ragione. *È intelligente, ma non c'è niente che non possa gestire*, pensò. *Ho affrontato di peggio.*

Anche lui sapeva che era vero.

Garza era un braccio armato. Aveva assunto Ravenshadow per mantenere la pace qui al parco e aveva dato loro un forte bonus per attirare e catturare la squadra della CSO. In fin dei conti, però, la squadra CSO era la priorità. Non poteva operare con una squadra con carta bianca come la loro in giro per il mondo.

Garza era l'uomo che sembrava essere il più qualificato e i suoi uomini erano sembrati un gruppo di soldati davvero notevole, ma Crawford aveva sempre mantenuto una mentalità da "lento ad assumere, veloce a licenziare". Se Garza non era in grado di portare a termine il lavoro, doveva lavorare su un'alternativa.

Era già arrabbiato per essersi lasciato sfuggire la possibilità di trovare un'alternativa o due, dando per scontato che Garza e Ravenshadow sarebbero stati in grado di gestire la situazione.

"Ascolta, Crawford", ha detto Garza. "Capisco il suo punto di vista. Avete delle risorse là fuori, e quelle risorse sono minacciate di attacco in questo momento. Ma devi permettermi di fare ciò che devo fare per liberarti da questo problema, capito?".

Crawford alzò lo sguardo verso Garza.

"Capito?", chiese ancora.

Crawford era arrabbiato, ma annuì. "Che cosa significa?"

"Significa che farò di tutto per riaverli. Vivi o morti, li avrete. Capito"

"Che cosa *significa*, Garza?". Chiese Crawford.

Garza alzò lo sguardo, fissando la vetrata del sottolavello. Sospirò. "Lei ha investito milioni qui e ha molte ragioni per tenere a galla questa cosa. Ma potrei dover fare cose che lei non approverebbe necessariamente, in circostanze normali...".

"Di *cosa* stai parlando, Garza?". Chiese Crawford. "Se *interferisci anche solo con le* ricerche in corso qui, io...".

"Potrei aver bisogno di rivolgere l'intero posto contro di loro", disse Garza. "Se sono usciti dalla navetta in qualche modo - non è probabile che siano sopravvissuti, sia chiaro - ma se escono, nuotano verso la superficie... devo usare tutto quello che ho contro di loro. Lo capisci?"

Crawford fece un lungo e profondo respiro. Voleva dirgli di no, che *non* andava bene mettere a rischio l'intera struttura e la ricerca. La ricerca era ancora l'aspetto più importante del progresso *di Ocean-Tech,* e c'erano ecosistemi finemente sintonizzati che erano interdipendenti. Se anche *uno solo di* questi sistemi fosse stato sbilanciato, avrebbe potuto distruggere completamente l'integrità della ricerca.

Ma devono essere trovati, pensò Crawford. *Soprattutto devo sapere che sono morti.*

Infine, si voltò verso l'uomo che aveva messo a capo della sua sicurezza. "Hai dieci minuti. Trovali e fai rapporto direttamente a me. Faccia tutto il necessario. Ha la stazione al suo comando. Sa come raggiungermi".

Garza sembrava sul punto di colpirlo, ma entrambi rimasero fermi. Alla fine, con un mezzo grugnito, Garza parlò. "Bene. Dieci minuti".

Crawford si girò e iniziò a camminare verso la porta senza dare peso alla risposta del suo subordinato. Mentre usciva, sentì Garza abbaiare ordini al suo staff e ai suoi soldati.

"Accendi il registro dei protocolli", disse Garza. "Stiamo prendendo temporaneamente il controllo di questa struttura e ho un'idea".

CAPITOLO 52

LA NUOTATA verso la superficie fu la cosa più intensa che Julie avesse mai provato. Aveva partecipato a più di uno scontro a fuoco, aveva avuto più di una persona che le sparava addosso nello stesso momento e in più di un'occasione era andata all'inferno.

Ma risalire a nuoto da un veicolo sommergibile che stava affondando, con i polmoni quasi senza fiato, attraverso acque infestate da coccodrilli, è stata di gran lunga la cosa più faticosa che abbia mai affrontato.

E Ben è ancora laggiù.

Non riusciva a pensare a Reggie e Sarah. Nella sua mente c'era spazio solo per il compito da svolgere, raggiungere la superficie, e per Ben.

Nulla di più, nulla di meno.

Se avesse avuto il controllo dei suoi pensieri, avrebbe cercato di scacciare quelli di Ben, ma era impossibile. Lo amava e non poteva ignorarlo. Lui era parte di lei, così come lei sapeva di essere parte di lui. Poteva cercare di sopravvivere, usando tutta la sua energia cosciente e il potere della sua mente per risalire e avanzare nell'acqua, ma non poteva *non* pensare anche a Ben.

L'avrebbe protetta. Avrebbe impedito ai coccodrilli di raggiungerla, se avesse potuto.

Ora le nuotavano intorno, stuzzicandola. Giocando. Forse cercavano di capire cosa ci fosse di preciso nella *loro* vasca.

Rabbrividì, ma continuò ad avanzare. I polmoni stavano per scoppiare, ma sapeva che ce l'avrebbe fatta. Il problema, naturalmente, era che l'aria non era l'unica sfida che doveva affrontare.

I coccodrilli sfrecciavano avanti e indietro nel suo campo visivo, avvicinandosi ogni volta di più.

Non sapeva nulla delle loro abitudini, se combattessero in branco o in unità singole. Pensò che fossero singoli e probabilmente di un solo sesso. Sembravano essere cresciuti, visto che quelli che nuotavano in cerchio intorno a lei erano lunghi tra gli otto e i quindici piedi.

Più piccolo di alcuni dei coccodrilli più grandi che aveva visto, ma comunque...

Un metro e mezzo di coccodrillo era un metro e mezzo di troppo.

Con un'ultima spinta delle braccia e un calcio delle gambe, la donna si fa strada e rompe la superficie.

Ansimò in cerca d'aria, riempiendo i polmoni. Fu solo una tregua momentanea.

Una forma lunga e nera nuotava direttamente verso di lei.

Ed è stato *veloce.*

Urlò, vedendo Susan nella sua visione periferica. La donna stava lottando contro il lato della vasca, cercando di tirarsi su e di superare il bordo alto due metri che sporgeva dall'acqua. Era il lato dell'anello più vicino e Julie sapeva che non ci sarebbe voluto molto per tirarsi su e mettersi in salvo.

Se solo riuscisse ad arrivarci.

Spinse l'acqua, cercando di farla obbedire a un insieme completamente diverso di leggi fisiche, e le sue mani, senza sorpresa, schizzarono in alto, facendo schizzare l'acqua in aria. Il coccodrillo non era scoraggiato. Si avventò su di lei e lei si mise a camminare nell'acqua finché non le fu proprio in faccia.

In quel momento, scivolò di lato, torcendosi allo stesso tempo. Era molto più piccola della bestia, ma la loro manovrabilità era pari. Tuttavia, era più veloce del coccodrillo di mezzo secondo e il suo busto scivolò sotto l'acqua proprio mentre il coccodrillo volava sopra la sua testa. Il coccodrillo si mosse, rendendosi conto di aver perso la preda, e Julie sentì il suo potente artiglio graffiarle la schiena.

Avrebbe voluto urlare di dolore, ma tenne la bocca chiusa, sapendo che cedere significava perdere tutto.

Dov'è Ben? pensò.

Il coccodrillo si girò, goffamente ma velocemente nell'acqua, e lei sapeva che questa volta non sarebbe stata altrettanto fortunata. Questo coccodrillo doveva essere lungo almeno quindici piedi, forse anche più grande. Era chiaramente il capo del branco e, sebbene non fosse minimamente interessata a combattere contro un alfa, significava che gli altri, almeno temporaneamente, la stavano ignorando.

Il coccodrillo compì il suo arco, poi si abbatté verso di lei. Era più lontana dal muro di quanto non lo fosse prima.

Si preparò. Avrebbe attaccato con i denti, conoscendo i suoi punti di forza. Era un rettile, quindi non sarebbe stato in grado di calcolare la sua posizione o i suoi movimenti oltre al "sta cercando di scappare". Questo era l'unico vantaggio che le veniva in mente, ma aveva intenzione di sfruttarlo il più possibile.

Aspetta che sia vicino e poi scansati, pensò. *Sta solo cercando di difendere il suo territorio. Non c'è nessun elemento di sorpresa.*

Si è messa in acqua, affrontando il suo aggressore rettile.

Il coccodrillo era a tre metri di distanza e stava guadagnando velocità.

Voleva chiudere gli occhi, farla finita.

Il coccodrillo aprì le fauci. *Una dimostrazione di forza o un'anticipazione del pasto?*

Era a un metro e mezzo di distanza e Julie si preparò all'impatto. *Mi avrebbe fatto male? Mi avrebbe inghiottito o si sarebbe preso il suo tempo?*

Non c'era tempo. Non poteva permettersi di pensare a cose del genere.

Stavolta pensava di schivare a destra, non che questo avrebbe comunque ingannato la stupida bestia. Agiva d'istinto, facendo solo quello che la minuscola parte del suo cervello che controllava il suo enorme corpo le diceva di fare.

Un metro e mezzo.

Si preparò ad affondare a destra.

Le fauci del coccodrillo si allargarono, poi si chiusero di scatto. Sfrecciò alla sua destra - alla sinistra di Julie - poi affondò sotto la superficie dell'acqua. Julie lo seguì, vedendo la coda che si alzava e si abbassava, seguita da un gigantesco spruzzo.

Che cosa?

Il coccodrillo rotolò e poi si piegò, quasi a metà, per la reazione di sorpresa. Qualcosa l'aveva attaccato dal basso, facendolo cadere nel panico e allontanandolo da Julie e dal premio sicuro che gli offriva.

Il coccodrillo schizzò di nuovo, frenetico e ancora colto di sorpresa, e Julie ne approfittò per iniziare la sua nuotata verso la riva. Si tirò avanti con le braccia e le gambe, afferrando l'acqua per i galloni nelle mani a coppa e calciando più forte di quanto avesse mai fatto. Non era una gran nuotatrice: poteva farlo, ma non si era mai allenata per "inseguire un coccodrillo". Tuttavia, non si permise di guardarsi indietro.

Gli altri coccodrilli, se erano ancora lì, stavano osservando e aspettando di vedere il successo o il fallimento del loro alfa. Julie aveva un tiro dritto verso la riva, dove Susan si stava tirando su e fuori dall'acqua, gocciolando da ogni centimetro del suo corpo.

Continuare. Andare.

Si impose di accelerare. Poteva riposare sulla terraferma, dove i coccodrilli non avrebbero potuto raggiungerla.

Lo sperava.

L'alfa si stava ancora contorcendo nell'acqua, incerto su cosa l'avesse attaccato e come. A quanto pare non si aspettava un nemico dal basso e Julie lo osservò con la coda dell'occhio mentre nuotava. Raggiunse la riva proprio quando vide una testa spuntare dall'acqua.

Ben...

Era vivo, e molto arrabbiato con il coccodrillo che aveva quasi reclamato la vita della sua fidanzata. Ruggì con rabbia, poi si tuffò sott'acqua proprio mentre il coccodrillo gli passava sopra la testa.

Il coccodrillo era pesante, ma Julie vide il suo ventre sollevarsi dall'acqua quando Ben lo colpì dal basso. Non avrebbe fatto altro che irritare il coccodrillo, ma era comunque felice di vederlo. Il coccodrillo si contorse e ruzzolò, perdendo per un attimo l'equilibrio.

Ben approfittò di quel momento e nuotò a pochi passi dal maschio alfa.

Ha segnalato la minaccia, alzando le braccia sopra la testa per richiamare il coccodrillo verso di sé.

Julie si tirò fuori dall'acqua, poi si girò a guardare il display fuori dall'acqua. Da quassù non poteva fare nulla per lui. Ben si stava contorcendo, facendo gli stessi movimenti di Julie, cercando di schivare gli attacchi dell'enorme coccodrillo. Il coccodrillo stava compiendo un lungo e ampio arco per prepararsi al prossimo attacco, dando a Ben il tempo di nuotare un po' più vicino alla parete. Tuttavia, si muoveva lentamente, per non dare agli altri coccodrilli un motivo per attaccare.

Ben era il pasto designato del coccodrillo alfa e gli altri non lo avrebbero toccato finché il loro capo non avesse finito. Julie sperava solo che il capo stesse giocando con lui e che gli lasciasse abbastanza tempo per allontanarsi prima che decidesse di fare uno spuntino.

Ti prego, Ben, pensò Julie. *Sbrigati.*

Erano in piedi su un molo di fortuna, una sezione lunga e stretta di cemento che si estendeva nella vasca più grande. E da questo punto di vista, Julie poté dire che si trattava proprio di una cisterna.

La navetta si era fermata al centro della vasca, Ben aveva rotto il vetro e loro si erano ritrovati a nuotare in acque infestate da coccodrilli.

Non può andare peggio di così, pensò Julie. Qui fuori non c'era nulla da usare come arma contro l'uomo o il rettile, e non c'era nessuna corda o scala da lanciare verso Ben.

Per di più, non aveva visto riemergere né Reggie né Sarah. Sapeva che non era possibile che avessero trattenuto il respiro così a lungo e, poiché la vasca dei coccodrilli era una struttura chiusa, era impossibile che avessero trovato un'altra via d'uscita. L'intera vasca era di un centinaio di metri quadrati e non c'era nient'altro dietro cui nascondersi, il che significa che li avrebbe già visti riemergere.

A meno che la situazione non sia appena peggiorata.

Proprio in quel momento un forte clacson risuonò alle sue spalle. Si voltò e vide un palo con altoparlanti rivolti verso il basso e verso l'esterno su lati opposti che abbaiavano la sirena verso di lei e Susan.

Istintivamente si alzò e si coprì le orecchie. "Che diavolo è?", urlò a Susan.

Il volto di Susan era bianco come un lenzuolo. Anche lei aveva osservato i progressi di Ben nell'affrontare il coccodrillo d'acqua salata, ma ora si voltò e fissò Julie.

"È... è un allarme. Segnala al personale che qualcuno ha avviato un comando non programmato".

"Un comando *non programmato*?" Chiese Julie.

Susan annuì. "La maggior parte delle strutture per animali sono automatizzate il più possibile, per risparmiare sui costi generali. Anche questa".

"Ok", disse Julie. "Cosa significa *questo* comando non programmato?".

Il volto di Susan non cambiò. Rimase appeso lì, senza speranza e abbattuto. "Significa che qualcuno ha dato l'ordine di iniziare l'ora della pappa".

Julie chiuse gli occhi e si costrinse a respirare. Le sirene sembravano aumentare nelle sue orecchie.

CAPITOLO 53

IL COCCODRILLO AVEVA TERMINATO il suo arco e stava per girare e fare l'ultimo giro lungo il lungo rettilineo che lo separava dalla posizione di Ben. Ben lo osservava con la coda dell'occhio, concentrandosi sul resto del branco nella sua visione periferica, e contemporaneamente si dirigeva verso il bordo del molo dove si trovavano Susan e Julie.

Doveva schivare l'attacco del coccodrillo almeno un'altra volta, ma il coccodrillo non avrebbe attaccato di nuovo allo stesso modo. Aveva imparato che la sua preda era più intelligente del previsto, quindi avrebbe cercato di colpire quando Ben se lo aspettava meno.

Il che significava che Ben aveva una probabilità di sopravvivenza compresa tra "inghiottito intero" e "maledetto casino". Preferiva la prima, ma si concentrò comunque sul compito da svolgere.

Uscire dall'acqua.

Non aveva mai desiderato essere sulla terraferma come in questo momento. Aveva attraversato l'Amazzonia, sguazzato nei letti di fiumi poco profondi e infestati dai piranha, e aveva avuto brevi incontri con anaconda e caimano nero, ma questo era qualcosa di completamente diverso.

Non era interessato a giocare al gatto e al topo con un predatore preistorico più a lungo dello stretto necessario.

Le teste degli altri coccodrilli galleggiavano, con gli occhi e il muso che spuntavano dalla superficie dell'acqua. Occhi freddi e malvagi. Occhi antichi. A prescindere da ciò che serviva a Crawford, i due sembravano adatti l'uno all'altro. I coccodrilli di acqua salata e il loro capo rettile, Adrian Crawford. Una lucertola senz'anima e a sangue freddo.

Il coccodrillo iniziò a muoversi verso di lui. *Qual è il piano, Ben?* Pensò. *Schivare a sinistra? Andare dritto verso il basso?* Non poteva vincere una battaglia subacquea e non sarebbe mai riuscito a superare la bestia, quindi l'unica possibilità plausibile era schivare in un modo o nell'altro e sperare di aver indovinato.

Il coccodrillo accelerò, e Ben poté vedere l'acqua che spruzzava da dietro di lui mentre tagliava l'acqua.

Da qualche parte in lontananza risuonò un clacson che squarciò l'aria e raggiunse le orecchie di Ben mentre la sua testa si alzava e si abbassava sullo sciabordio delle onde. Era una strana sensazione sentire le onde sonore da sopra e sotto la superficie dell'acqua, che non faceva che aumentare la confusione e il caos.

Che diavolo significa?

Si guardò intorno e notò che i coccodrilli si stavano agitando. I loro corpi fermi e completamente immobili ora scivolavano a destra e a sinistra, urtandosi l'un l'altro. Azzardò un'occhiata dietro le spalle per vedere quanto mancava all'alfa prima di arrivare a lui.

Si era fermato.

Ben strizzò gli occhi, togliendo la mano dall'acqua per strofinarsi l'oceano dagli occhi, e guardò di nuovo.

Non si muoveva. Stava fissando Ben, con quegli occhi freddi e malvagi, poi si spostò e distolse lo sguardo.

Improvvisamente si mise in moto, rotolando di lato e nuotando verso sinistra. Ben lo guardò, poi si rese conto che gli altri lo stavano seguendo.

Una gru era apparsa sopra l'acqua, oscillando lentamente da dietro un muro più lontano. Ben osservò la gru e vide che teneva qualcosa nell'artiglio.

Un sigillo.

La foca era viva, scalciava le pinne e belava come una specie di capra terrorizzata. L'artiglio si protese verso Ben, mentre i coccodrilli lo guardavano tutti con grande attesa.

Oh, merda.

Ben improvvisamente capì cosa significava il clacson e cosa stava per accadere.

Sentì un urto quando uno dei coccodrilli lo spinse contro di sé. La gru spinse la foca ancora più in là, ora proprio sopra Ben.

E poi è caduto.

"Ben!" Julie gridò. "Esci dalla..."

Ben non aspettò di sentire il resto della frase. Sentì il panico salire nel petto, l'adrenalina scorrergli nelle vene mentre si stringevano e ogni muscolo del suo corpo urlava di dolore mentre si slanciava in avanti.

Non guardò la foca, ma vide un coccodrillo che usciva dall'acqua, gli volava *sopra* e poi tornava a schizzare dietro di lui, con la pesante coda del coccodrillo che atterrava proprio a destra della testa di Ben. La forza dell'impatto dell'acqua con la sua testa lo spinse di un piede di lato e per poco non ingurgitò una boccata d'acqua.

Sentì un altro schizzo dietro di sé - probabilmente la foca - e poi subito il rumore di migliaia di chili di carne istintivamente spinti che si sbranavano l'un l'altro per raggiungere il pasto.

Ben nuotava più velocemente di quanto sapesse possibile. Le braccia pungevano, le gambe scalciavano, ogni piede era un'agonia, ma non si fermava. Sentì altri due coccodrilli che lo urtavano e quando mise la testa sotto l'acqua fece l'errore di aprire gli occhi.

L'alfa era lì, che nuotava dritto verso di lui dalle profondità.

Il cuore gli si bloccò in gola, ma non volle esitare. Strinse di nuovo gli occhi e gettò le braccia, spingendo con la destra e tirando con la sinistra, mentre l'acqua rendeva tutto difficile. Si voltò, rotolando di lato appena in tempo.

Sperava.

Il corpo massiccio del coccodrillo uscì per metà dall'acqua e una delle sue zampe spesse e squamose colpì Ben sotto il mento. Fu un montante accidentale, ma estremamente efficace. Ben vide le stelle, ma strinse i denti, rifiutandosi di perdere i sensi.

Vai... al... bacino...

Le parole si ripetevano nella sua mente. Ancora e ancora. Il coccodrillo cadde, l'onda anomala che si creò spinse Ben ad allontanarsi più velocemente, e lui proseguì.

C'era una mano, poi un'altra. Lo tirarono, lo strattonarono.

Non riusciva a muoversi. Era già morto, incerto se fosse la sua mente a giocargli brutti scherzi o se questo fosse una sorta di inferno prolungato in cui era caduto.

Le mani si aggrapparono alla sua camicia, alle sue gambe, una si aggrappò ai suoi capelli. Faceva male, ma non veramente. Lo sentiva, ma non lo stava vivendo veramente.

Rumori di lotta e di lacerazione provengono da dietro di lui. E in qualche modo strilli della foca ancora morente.

L'acqua era spumosa, schiumosa e bianca per il caos, come se l'oceano stesse ora giocando con il gioco malato che si svolgeva intorno a lui. Era diventato un personaggio, una guida nella versione personale dell'inferno dantesco di Ben, e rideva di lui.

Non si può scappare.

Ora c'erano delle voci: l'oceano stava cercando di prendersi gioco di lui? I coccodrilli stessi?

Altri strappi, i capelli gli facevano male, ma si sentivano molto meglio del resto di lui. Aspettò, strinse gli occhi, probabilmente per sempre.

Altre voci. La foca? Implora aiuto?

No, queste erano voci femminili. Voci gentili. Lenitive, che lo riportano fuori da questa situazione.

Era vivo. Faceva caldo, c'era il sole.

Voleva aprire gli occhi, ma il sole era lì, troppo luminoso e minaccioso. Li tenne chiusi.

Cercò di respirare, poi sentì l'acqua. Era ancora dentro di lui.

Tossì, due volte, poi di nuovo una terza e una quarta volta. Gli faceva male, il ritorno all'esterno. Gli spruzzi si sparsero in giro, facendo sentire i suoi vestiti bagnati, l'umidità e la luce del sole, il caldo e il freddo lo colpirono tutti allo stesso tempo.

Gemette, poi si girò e vomitò.

"Ben", disse la voce. "Ben, ci sei?"

Che tipo di domanda è questa? Dove si trova "là"?

Vomitò di nuovo, tossendo bile e acqua di mare.

"Ben, torna indietro", disse la voce.

Alla fine, dopo aver deciso che valeva la pena rischiare, aprì gli occhi.

Julie era lì, inginocchiata, singhiozzante, che lo stringeva. Respirò, sentendo finalmente che il suo corpo era in grado di compiere l'azione involontaria senza provocare altro dolore.

"Ju - Jules", sussurrò.

Lei annuì.

"Sono qui".

"Lo so".

Si chinò di più e gli tenne la testa sollevata, poi lo baciò.

Stava per godersi il bacio, ma all'improvviso un'ombra cadde sul sole, bloccandolo.

Il Falco era lì, insieme a due dei suoi uomini.

CAPITOLO 54

"VAI AL SECONDO SQUILLO, *SUBITO*!". Crawford urlò al telefono.

"Signore, abbiamo già una squadra lì. Il nostro ufficio è proprio qui sotto, e Garza è già...".

"Non mi *interessa* dove sia l'ufficio! Voglio *tutti i soldati di Ravenshadow* su quel ring entro trenta secondi".

Il ragazzo all'altro capo del filo esitò. "Signore, non credo che sia un...".

Crawford riattaccò. Non aveva bisogno di sentire il particolare gusto dell'insubordinazione del ragazzo. *"Signore, non credo sia una buona idea"* o *"Signore, non credo sia possibile"*. Nessuna delle due era una risposta appropriata.

Era troppo sconvolto per pensare. Troppo sconvolto per pianificare un attacco strategico al gruppo CSO. Aveva assunto Garza per quel lavoro, e finora Garza non aveva fatto altro che sconvolgere i coccodrilli nella vasca di ricerca. Aveva assistito al sollevamento della gru, aveva visto l'alimentazione in diretta dal suo ufficio sopra l'hotel, aveva visto Harvey Bennett essere tirato fuori dalla vasca dalle due donne, Juliette e una delle sue dipendenti.

Uno spreco inutile, pensò. Cambiare la dieta dei coccodrilli avrebbe costretto il suo team a ricominciare un'importante e costosa linea di test. I livelli di insulina nel loro sangue sarebbero aumentati in modo massiccio, senza contare che avrebbero mandato in tilt tutte le altre letture attentamente calibrate che stavano cercando di raccogliere.

Ci vorrebbe una settimana per normalizzare il comportamento dei coccodrilli in modo da ottenere un campione di sangue soddisfacente.

Aveva sbattuto il pugno sul piano della scrivania dopo aver visto la farsa di potere sgargiante che il suo appaltatore della sicurezza aveva esibito. Si era assicurato di usare la mano sinistra. Era la mano che non sentiva più.

Raggiunse il flacone di pillole che teneva nel cassetto superiore della scrivania. Aprendo il coperchio, fece scivolare due capsule nella mano e poi in bocca.

Sto sentendo troppo, pensò. *Calmati, rilassati.*

La pillola era qualcosa che il laboratorio stava testando. Era impaziente per natura, e l'essere arrivato così vicino al suo obiettivo finale - sviluppare la capacità di far ricrescere gli arti - lo rendeva solo più zelante per la vittoria.

Aveva ignorato gli avvertimenti che gli erano stati dati dal dottor Joseph Lin e dal resto dello staff medico; che il farmaco era ancora lontano dall'essere compreso. Non gli importava se i suoi medici non comprendevano le sfumature e le complessità del nuovo farmaco: lui lo capiva.

Ha funzionato. Almeno finora.

Era tutto quello che aveva bisogno di sapere.

Il farmaco aveva un solo effetto collaterale dannoso noto, ma al dottor Lin era stato assegnato il compito di eliminarlo del tutto. Aveva fallito, ma ci era andato vicino.

Crawford aveva bisogno di raggiungere il secondo anello, ma tirò fuori il video del suo laboratorio che aveva salvato sul desktop del computer. L'aveva guardato centinaia di volte, anche prima che la dottoressa Lin cancellasse tutto ciò che era utile e cercasse di distruggere le prove. Crawford aveva salvato il video molto prima che i dischi rigidi del server sotto il laboratorio fossero stati cancellati.

Il backup era stato fatto comunque e Crawford si era assicurato che la maggior parte dei dati di cui aveva bisogno per andare avanti fosse conservata altrove, su un server esterno.

Questo video, tuttavia, aveva fatto in modo di tenerlo vicino. Era *speciale*.

Era una *prova*.

Sentì gli effetti del farmaco mentre premeva play, poi si sedette sulla sedia, si appoggiò allo schienale e guardò il filmato di sicurezza.

Il dottor Lin si avvicinò al recinto dell'uomo, il capo della tribù che avevano catturato nella foresta pluviale, ora chiamato *trentuno dash tre*. Prese la siringa e somministrò con cura la dose, poi il suo volto vide quello di 31-3 dietro il vetro.

Il sorriso.

Il capo di questa tribù, che sorrideva al suo rapitore. I suoi occhi mascheravano chiaramente e abilmente il dolore che provava.

Sarebbe stato impossibile.

31-3 mostrava sintomi di "risonanza emotiva" o, in parole povere, era "in grado di provare emozioni". Si supponeva che il farmaco fosse in grado di sopprimere completamente tali emozioni, per consentire al soggetto di essere sottoposto a forti stress e di sperimentare grandi quantità di dolore senza sentire - o almeno senza reagire.

31-3, fino a quel momento, aveva assunto il farmaco senza mostrare alcuna risonanza emotiva. Era semplicemente rimasto seduto, aveva permesso al farmaco di passare attraverso il suo sistema, aveva permesso all'équipe di Lin di documentare i cambiamenti fisici del suo corpo e aveva lasciato che la vita gli passasse accanto, proprio come tutti gli altri soggetti.

Finché il farmaco non ha smesso di funzionare.

L'uomo sorrise alla dottoressa Lin, un segno di risonanza emotiva che si pensava fosse impossibile durante l'assunzione del farmaco.

Ma Crawford sapeva che non era impossibile.

Lo sapeva, perché conosceva personalmente gli effetti collaterali del farmaco.

Il numero assegnato al laboratorio di Crawford non era presente in nessun record e le azioni meschine della dottoressa Lin, che aveva distrutto i dati del laboratorio, sarebbero state il capro espiatorio perfetto per spiegarne il motivo. Crawford si era assicurato che il suo record non fosse presente nella ricerca, che il suo nome o il valore del soggetto assegnato non esistessero nel sistema.

Ma Crawford lo sapeva.

Era il numero *31-0*.

"Paziente zero", amava dire.

La precedente assistente della dottoressa Lin non era stata rimossa per un'infrazione o perché aveva deviato da qualche protocollo.

No, il motivo era molto più semplice. La donna era stata rimossa perché *sapeva*. Sapeva di Crawford, perché era stata lei a somministrargli le dosi.

I suoi viaggi quotidiani al laboratorio, per "controllare la sua squadra", erano guidati da un obiettivo molto più importante: aveva bisogno del farmaco.

E sapeva che il farmaco funzionava bene, con un *piccolo* effetto collaterale.

Ha permesso al paziente di *sentire*.

Spense il computer, prese il flacone di pillole e uscì dal suo ufficio.

Era ora di porre fine a tutto questo.

CAPITOLO 55

NON C'ERA modo di rimuovere il serbatoio dal suo supporto e portarlo con sé, e probabilmente era comunque troppo grande, quindi temeva che non avrebbero avuto abbastanza aria per passare dal fondale marino alla superficie.

Reggie aveva capito la risposta al suo problema quando era quasi troppo tardi. La bombola di ossigeno era conservata sotto il Subshuttle, collegata a bocchette nel pavimento, con il portello di accesso e il pannello di controllo nascosti dietro l'armadio di plastica che Ben aveva trovato.

Fu fortunato: c'era un tubo di plastica che si estendeva dal serbatoio al pannello di controllo, dove il livello di ossigeno veniva misurato e riportato sullo schermo LCD. Ha dovuto solo aprire il resto dei pannelli della parete per rintracciare il tubo, poi ha tirato l'estremità del tubo stesso su e fuori dal pavimento della navetta. Riuscì a strappare l'estremità del tubo dal sistema di ventilazione, poi fece marcia indietro e tirò il tubo attraverso gli armadi e all'aperto. Le bolle d'aria che fuoriuscivano violentemente dall'estremità del tubo gli dissero tutto ciò che doveva sapere.

C'era ancora ossigeno - e pressione - nel serbatoio.

Lasciò che il petto collassasse, liberando i polmoni dall'ossigeno esaurito, poi appoggiò le labbra sull'estremità del tubo e respirò profondamente. L'aria aveva un sapore metallico, ma in quel momento era più fresca di qualsiasi altra aria di montagna che avesse mai respirato.

Avvicinò il tubo al dottor Lindgren, che lo afferrò e prese una boccata del prezioso ossigeno. Si scambiarono ancora una volta, ciascuno facendo un altro respiro profondo, sorridendo l'un l'altro per tutto il tempo.

Forse riusciremo a uscire da qui, pensò.

Si mise al lavoro sul piede, fermandosi ogni pochi secondi per prendere fiato dal tubo che Sarah gli porgeva. Fu necessario trovare la chiave improvvisata che Ben aveva ricavato dall'estremità del manico della scopa e usarla come leva per far uscire il piede e la caviglia dallo spazio in cui erano stati stipati.

Lei lo tirò via rapidamente non appena fu libero, strofinandolo con le mani. Lui le passò il tubo dell'ossigeno e le permise di prendere fiato, poi cercò di mimare il loro piano.

Nuotare. Su.

Era un piano piuttosto semplice, così lei fece un cenno di assenso e ognuno di loro diede un ultimo colpo al tubo dell'aria.

Aspirò tutta l'aria che i suoi polmoni erano in grado di trattenere, poi si spinse dal pavimento del Subshuttle e uscì dal foro laterale.

L'acqua all'esterno sembrava più fresca, effetto della vastità dello spazio aperto in cui si trovavano, ma non si fermò a guardarsi intorno o a riflettere su questo. Sarah era proprio dietro di lui, avendolo seguito subito dopo. Aspettò che lo raggiungesse, poi le afferrò la mano. Lei la strinse, permettendogli di guidarli verso l'alto.

Girò il viso verso l'acqua più chiara sopra di lui, notando le forme scure e lunghe che sguazzavano e nuotavano lassù. Qualunque cosa fossero, erano occupate. Non avevano notato i due umani che nuotavano per salutarli, e lui non aveva intenzione di cambiare la situazione.

Reggie cambiò un po' rotta, allontanandosi dalle creature, sperando che avessero abbastanza aria per salire in diagonale invece che dritto. Sarah era ancora lì, stretta a sé, ma scalciava con le gambe per affrettare il passo. Stavano facendo un buon tempo, nuotavano velocemente e sembrava che il fondo dell'oceano fosse a soli quaranta o cinquanta piedi sotto la superficie.

Finché non incontrarono problemi, Reggie sapeva che era una nuotata facile, considerando che il loro galleggiamento era dalla loro parte.

Non hanno avuto problemi, ma si sono imbattuti in qualcos'altro.

Una cosa che Reggie non si aspettava affatto.

Cominciarono a comparire pezzi di carne.

Sangue, dense volute di sangue.

Il tutto pioveva lentamente, come se fossero in una tempesta al rallentatore. L'acqua li teneva fermi, una macabra scena di gore da animazione sospesa.

Un osso, ancora attaccato a un pezzo di pelle e di muscoli, fluttuava proprio davanti al suo viso.

Scalciò più forte, senza osare guardare Sarah. Si sentiva già sul punto di vomitare.

Cercò di convincere la sua mente a concentrarsi sulle acque che si schiariscono, a uscire dall'acqua e *a* elaborare qualsiasi cosa fosse successa. Ma non riusciva a scacciare il pensiero, che continuava a scivolare davanti alla sua mente cosciente, senza essere provocato.

È questo ciò che è rimasto dei miei amici?

CAPITOLO 56

"ALZATI", disse Crawford. Si era alzato pochi istanti dopo l'arrivo di Vicente Garza e dei suoi uomini.

Ben era sdraiato sul cemento, con il sole caldo che ora gli era amico e non più nemico. Era bello, a parte il terreno duro. Ma duro o no, *qualsiasi cosa* era meglio dell'acqua.

I coccodrilli d'acqua salata si accanirono sui resti della foca, lottando tra loro per gli avanzi. L'alfa era scomparso, probabilmente imbronciato per la perdita del suo premio.

Ben alzò lo sguardo verso Crawford.

Si alzò a sedere.

"Fino in fondo", ha detto Crawford.

"Adrian, amico", disse Ben. "È finita. Hai cercato di farci mangiare dalle tue creature lì dentro, ma non ha funzionato".

Crawford si lamentò, ma i suoi occhi rimasero rigidamente fissi su quelli di Ben. La sua fossetta non si trovava da nessuna parte. Un braccio pendeva dal suo fianco, senza vita, mentre l'altro era in una tasca.

Il Falco era improvvisamente lì. "Alzati, Harvey. Dobbiamo finire questa cosa".

Ben era sorpreso, ma obbedì. Julie e Susan erano state prese da due uomini di Garza, ma non c'era nessun altro sul molo. Si mise in piedi, faccia a faccia con il soldato. Crawford si fece da parte, permettendo al Falco di prendere il suo posto.

"Hai intenzione di ributtarmi lì dentro?". Chiese Ben. "Ho già respinto il tuo grosso, sono sicuro di poterlo fare di nuovo".

"No", disse il Falco. "Sarebbe troppo complicato. E se non avessero più fame? E se non fossi di loro gradimento?", sorrise. "Anche se mi *piacerebbe* vederti squartato dai coccodrilli, ho bisogno che sia molto semplice. Un solo colpo, attraverso la tempia. Finisce in fretta, purtroppo per me, ma non sono stato assunto per la mia creatività".

Ben deglutì.

Il Falco alzò una pistola. Calibro 45, un oggetto mostruoso. "Questa è la mia preferita. Fa un gran baccano ed è un po' appariscente, ma se non fa il suo lavoro è *dannatamente utile"*.

Lo portò alla testa di Ben. "Girati".

"Sparerai a un uomo girato di spalle".

"Non c'è niente di poetico nel morire faccia a faccia con un uomo, Ben. Non mi interessa se è una pallottola in testa o un coltello nella schiena. È lo stesso, purché il cuore smetta di battere".

"In questo caso, fatela finita".

Ben era stanco. Non voleva morire, ma non poteva lottare. Non aveva senso. Reggie era morto, Julie era praticamente morta.

Se c'era una cosa ovvia da fare, non gli veniva in mente. Non poteva combattere per uscire da questa situazione. Anche senza il suo esercito, il Falco lo aveva circondato.

"Trovate Gareth Red e il dottore", disse il Falco nel suo microfono da polso. "Anche Sarah Lindgren non può andarsene".

Crawford li osservò. "È sicuro che non fossero sulla navetta?", chiese. "Alcuni dei suoi uomini dicono di averli visti salire con gli altri".

"Se l'hanno fatto, sono già morti", disse il Falco. "Sono annegati o sono stati fatti a pezzi dai coccodrilli. Abbiamo bisogno di tutti gli uomini che riusciamo a trovare sull'anello, a tutti i livelli. Non si fermeranno finché non li troveranno. *Morti*, preferibilmente".

Crawford annuì. Non sembrava contento.

Ben chiuse gli occhi. *Non avrebbero trovato il suo amico e Sarah Lindgren nei laboratori.* Ben sapeva *esattamente* dove si trovavano quando li aveva lasciati.

Abbassò la testa. "Falla finita, Garza".

Garza fece una pausa. "No, non ti renderò le cose *così* facili, Ben".

Ben si accigliò.

"Uccido le persone che mi ostacolano. Ma le persone che mi *infastidiscono*, con costanza, e mi *sottraggono* qualcosa, si beccano la mia piena ira".

"Sembra spaventoso", disse Ben. "Possiamo fare a meno dei convenevoli. Mi sono già trovato in questa situazione, amico. Basta premere il grilletto e farla finita...".

"No, Ben", disse il Falco. "Non credo che tu capisca. Ti farò *guardare*".

Ben girò la testa, ma Garza lo scosse con forza. Si raddrizzò di nuovo, fissando l'acqua bianca mentre i coccodrilli combattevano.

"Spingetela dentro", disse il Falco.

Ben lottò contro la presa del Falco, ma i suoi muscoli erano doloranti. Si liberò un braccio, ma poi l'enorme pistola di Garza scese e trovò un punto appena sopra la spina dorsale di Ben, sulla nuca. Ben cadde in ginocchio, stordito.

Susan cadde in acqua, spinta da uno degli uomini del Falco.

Julie urlò.

Ben non poteva credere a ciò che aveva appena visto, ma non aveva nemmeno intenzione di guardare.

Tre dei coccodrilli si voltarono immediatamente e nuotarono verso il punto in cui la donna era entrata in acqua. La donna riemerse rapidamente, con le braccia che si agitavano sopra la testa, la bocca e gli occhi che si aprivano e chiudevano rapidamente. Gridava.

E il primo coccodrillo la tirò sotto.

Ben chiuse gli occhi.

Il Falco gli premette la pistola sulla tempia, spingendogli la testa di lato. "Apri gli occhi, Ben", disse. "È colpa *tua. Sei stato tu* a fare questo, capisci?".

Ben strinse la mascella. Teneva gli occhi chiusi. Cercò di non sentire i rumori dei rettili che mangiavano.

"Se non dovessi morire qui, oggi, dovresti vivere con questa consapevolezza. Odio che non lo farai, ma voglio che tu lo *senta*, almeno per un minuto. Capito?"

Ben sentì il suo rapitore voltarsi verso Crawford. "Quando arriva l'elicottero, Crawford?".

"Gli investitori partono entro un'ora. Bahamas, poi tornano sulla terraferma con un aereo commerciale...".

"Non mi interessa il loro programma di viaggio, Crawford. Io requisisco quell'elicottero".

"Non puoi farlo!" Gridò Crawford. "Non è tuo per...".

"Ho bisogno di effettuare una perlustrazione dell'area, e posso fornire supporto meglio se sono in volo".

Si voltò di nuovo verso Ben e gli premette ancora una volta la pistola contro la testa. A quanto pare la conversazione era finita.

"Jacobsen", abbaiò il Falco. "Preparala per entrare. Ben, stai guardando?".

Ben sentì il cuore salire in gola. Deglutì e sbatté due volte le palpebre. *È tutto vero?*

Ha aspettato.

"Ok, Jacobsen", disse il Falco. "Buttala dentro".

CAPITOLO 57

GUARDÒ il corpo di Susan dilaniato dai coccodrilli, senza riuscire a distogliere lo sguardo. Era orribile, ma Julie era sotto shock. Era insensibile alla realtà, il dolore le rodeva le viscere ma non le faceva ancora male.

Il sangue oscurò l'acqua, diffondendosi verso l'esterno e rimanendo comunque profondamente cremisi come lo era stato dopo la fuoriuscita dal corpo del suo proprietario.

"Ok, Jacobsen", disse il Falco. "Buttala dentro".

Julie non era sicuro di chi stesse parlando. *Sono io?*

Ben stava per morire. Susan era già morta, Reggie e Sarah erano già morti. Sarebbero morti tutti.

Ormai non si poteva più negare questo fatto e, sebbene non fosse necessariamente favorevole alla propria morte, non era nemmeno sicura di essere contraria.

Anche Ben sembrava rassegnato al suo destino e lei aveva l'impressione di guardare i suoi occhi attraverso un filtro, come se i suoi occhi non fossero i propri ma quelli di qualcun altro. Era surreale.

È stato *irreale*.

Sentì l'uomo di Ravenshadow, Jacobsen, che la spingeva. Sentì il suo braccio, ma non era il suo. Sentì il suo corpo scivolare di lato, cedere, ma non era il suo. Si mise al suo fianco, permettendoglielo, *accogliendolo.*

Cosa sta succedendo?

Ben si girò e la guardò.

Improvvisamente, in quel momento, in quegli occhi, vide tutto. Il suo passato, il suo futuro e, naturalmente, il suo presente.

In questo momento.

Sapeva dove si trovava. Cosa stava succedendo.

Era su un molo. In piedi, precariamente vicino a una vasca d'acqua salata infestata da coccodrilli, su un'isola artificiale isolata chiamata *Paradisum.*

Era qui con il suo fidanzato e questo era tutto ciò che contava.

E ne aveva avuto abbastanza. Tutto tornò al suo posto, la sua realtà non fu più contaminata dal filtro succhia-vita attraverso il quale l'aveva vista.

Aveva chiuso. Voleva uscirne.

Lei si abbassò, si girò e afferrò il ginocchio dell'uomo con il piede. Non era forte come lui, ma non si aspettava la rappresaglia. Reggie l'aveva addestrata al combattimento corpo a corpo e lei migliorava di settimana in settimana. Il colpo fece cadere l'uomo a terra, ma lui si riprese e compensò cadendo sull'altro ginocchio.

Tirò fuori la sua mitragliatrice subcompatta dalla spalla e cercò di metterla in posizione per fare fuoco su di lei.

È un errore, pensò. Era nella posizione peggiore, quella più bassa, in piedi sul bordo della vasca.

Lei capitalizzò l'errore dell'uomo colpendolo con un pugno lungo e teso con le prime nocche appuntite, che lo colpì proprio sul pomo d'Adamo. Lui tossì, soffocando, e lei si girò con il corpo, ma gli mise l'angolo del gomito intorno al collo e usò il peso del suo corpo contro di lui.

Lui cadde all'indietro, ma lei non era ancora pronta. Cercò di rotolare, ma lei era ancora attaccata a lui. La pistola gli cadde dalla spalla e lui la scansò. Julie la sentì sbandare contro il cemento.

Con la coda dell'occhio colse un movimento e vide Ben reagire, cercando di afferrare l'estremità della pistola del Falco. Entrambi gli uomini erano bloccati in una lotta, ognuno dei quali danzava avanti e indietro e cambiava posizione penzolando sul bordo della vasca dei coccodrilli.

Il suo uomo si contorse di nuovo, cercando di liberarla. Non sarebbe stata in grado di soffocarlo a morte, né di trattenerlo per sempre, quindi escogitò un piano diverso.

È ora di cambiare marcia, pensò. *Fargli credere che sta vincendo.*

Lei urlò di dolore, poi lo lasciò andare. Si alzò in piedi in posizione accovacciata, assicurandosi di essere fuori dalla portata delle braccia. Scommetteva che l'uomo sarebbe stato in modalità di combattimento ravvicinato, dimenticando la sua arma o scegliendo di ignorarla a favore di battere questa donna molto più piccola senza l'aiuto supplementare di munizioni a propulsione.

Aveva ragione solo a metà.

Si fiondò in avanti, con un coltello Bowie di dimensioni impossibili in mano. Lo teneva bene, come Reggie aveva insegnato a lei e a Ben. Lei si scansò, si girò, poi si voltò di nuovo verso di lui.

Ora era in piedi sul bordo. Proprio dove si trovava lei un attimo prima.

Scalciò, con il piede basso e dritto, la gamba non più alta della vita dell'uomo. *Non ha senso cercare di essere un ninja,* avrebbe detto Reggie. *Bastava entrare, uscire, rimettere entrambi i piedi a terra.* Veloce, efficiente, efficace.

E così è stato.

L'uomo emise un forte grido di dolore quando il calcio basso di Julie lo colpì proprio all'inguine, facendolo raddoppiare.

Cercò di riprendersi, ma Julie era già lì. Proprio davanti alla sua faccia.

Spingendolo.

Cominciò a ruotare le braccia mentre sentiva l'assenza di gravità prendere il sopravvento, ma era troppo tardi. Non c'era più nulla a cui aggrapparsi, perché Julie aveva anticipato l'azione dell'uomo e indietreggiò di un passo, limitandosi a guardarlo cadere all'indietro nell'acqua.

Il primo coccodrillo lo stava già aspettando, a bocca aperta.

In quel momento si voltò.

Ben e il Falco erano ancora impegnati in una battaglia, nessuno dei due sembrava avere la meglio, ma Julie lo sapeva bene. Ben era testardo da morire e non si sarebbe tirato indietro, ma era stanco. Picchiato, logorato e scosso nel profondo, non ce l'avrebbe fatta ancora per molto.

Julie iniziò a correre.

Raggiungere Ben, pensò. *Raggiungere Ben e poi combattere. È così.* Non c'era altro da fare.

Aveva sconfitto un nemico, lei e Ben insieme potevano sconfiggerne un secondo.

Soprattutto qualcuno come il Falco, che aveva un posto fisso nella sua mente come un uomo che doveva morire.

Ma è stata intercettata a metà strada.

Crawford si era messo davanti a lei, bloccandole il percorso. Lei cercò di passargli attraverso, ma l'uomo allungò un braccio, una mossa da football che avrebbe funzionato in qualsiasi squadra professionistica della NFL. Il suo braccio dritto colpì con forza e lei cadde all'indietro sul pavimento di cemento del molo.

"Il gioco è finito, Juliette", disse Crawford.

Ci fu uno sparo e Crawford si girò di scatto. Vide un po' di sangue sgorgare dal braccio.

Si girò e vide Reggie in piedi, bagnato fradicio e in qualche modo vivo, con la dottoressa Sarah Lindgren al suo fianco. Aveva in mano la subcompact dell'uomo di Ravenshadow e stava prendendo la mira su Adrian Crawford.

"No", disse Reggie. "*Ora è* finita".

CAPITOLO 58

ACCADDERO ALCUNE COSE CONTEMPORANEAMENTE. Reggie sentì il rumore del rotore dell'elicottero che si avvicinava all'hotel dietro l'anello centrale, e il rumore aumentava man mano che si avvicinava per atterrare e far salire gli altri ospiti dell'hotel.

Si chiese quanto avessero visto: nell'hotel erano rimasti per lo più in disparte e lui non li aveva più visti da quando erano arrivati. Tuttavia, una raffica continua di spari e combattimenti non sarebbe passata inosservata.

Vide anche il Falco mollare la presa su Ben, girarsi verso Reggie e poi inciampare all'indietro. Ben lo colpì, ma lo mancò, e Garza iniziò a correre sul ponte che collegava il molo e il secondo anello all'anello centrale principale.

Dovrei andare a cercarlo, pensò Reggie. *È lui il motivo per cui siamo qui.*

Ma accadde anche una terza cosa. Sia Crawford che Julie si voltarono a guardarlo. Crawford sorrideva, un sorriso inquietante che sembrava del tutto fuori luogo. Lo spiazzò e vacillò.

Crawford fu veloce, soprattutto considerando la ferita da proiettile alla spalla. Afferrò Julie da dietro, poi la spinse fuori e oltre l'acqua, aggrappandosi al suo collo.

Sembrava impossibile che un uomo fisicamente nella media come Crawford potesse tenere la donna fuori e oltre il bordo senza appoggiarsi o ancorarsi a qualcosa.

Ben si precipitò da lui.

"*Non farlo*, Harvey", disse Crawford. La sua voce era un ringhio. "Fai un passo indietro".

Ben l'ha fatto.

"Reggie, metti pure giù quell'arma".

Reggie ci pensò. Poteva sparare con qualsiasi altra cosa che non fosse una piccola utilitaria, ma l'arma non era abbastanza precisa e lui non aveva fatto abbastanza pratica per sentirsi a suo agio a questa distanza. Un colpo largo a sinistra avrebbe colpito Julie, mentre un colpo troppo a destra avrebbe potuto colpire Ben.

Mise giù la pistola.

"Ora", disse Crawford. "Garza sta andando a prendere i suoi uomini. Torneranno e vi uccideranno".

Reggie sogghignò.

"Ho dato loro l'*ordine* di uccidervi tutti, e sono abbastanza bravi a seguire gli ordini. Quindi abbiamo meno di un minuto, credo, prima che dica ai suoi uomini che lei e il dottor Lindgren siete quassù con gli altri".

"Qual è il punto, Crawford?".

"Il *punto* è che tutti voi avreste potuto far parte di qualcosa di grandioso, una visione del futuro che io e il consiglio di amministrazione abbiamo sviluppato nel corso degli anni. Qualcosa che il mondo non ha mai visto".

"Far ricrescere arti umani?" Chiese Reggie. "Siete lontani anni dalla produzione. Qui non ci sono altro che camere di tortura e vasche piene dei vostri piccoli esperimenti scientifici".

Crawford sembrò offeso, ma si riprese e sorrise ancora una volta.

Poi, allungando l'altra mano, sbottonò la manica della camicia del braccio che teneva Julie e la tirò su.

Reggie non riuscì a trattenersi. Fece un passo avanti, cercando di avere una visuale migliore.

Il braccio era grigio, stranamente bulboso e dall'aspetto strano. La mano intorno al collo di Julie sembrava normale, ma il braccio in sé sembrava qualcosa che era stato portato a riva su una spiaggia dopo mesi passati a galleggiare morto in mare.

"Ma che..."

"Esatto", ha detto Crawford. "Sono stato paziente 31-0. Lo stesso farmaco che ha aiutato quei soggetti giù in laboratorio a mantenere il loro stato di assenza di emozioni scorre nelle mie vene da settimane".

Crawford si guardò il braccio, esaminandolo come un medico legale esaminerebbe un cadavere. Clinico, privo di emozioni.

"Lei... lei è uno di loro?". Chiese il dottor Lindgren.

"Lascia andare Julie", disse Reggie.

Crawford ignorò Reggie.

"La foto nel tuo ufficio", mormorò Ben. "Eri tu".

"Ho subito l'amputazione del braccio all'età di otto anni", ha raccontato. "È il motivo per cui ho fondato *OceanTech*. *Paradisum* è sempre stato un mio sogno. Volevo davvero costruire qualcosa di spettacolare, una moderna Disney. Una scoperta medica che avrebbe cambiato il mondo".

"La Disney non ha rapito tribù di nativi e non ha strappato loro le braccia", ha detto Reggie.

"La grandezza ha un costo, Gareth".

Improvvisamente Julie si tirò su, usando il braccio di Crawford come sostegno. Si girò e gettò le gambe sopra e intorno alla testa dell'uomo, tirandolo in ginocchio. Mantenne il movimento fluido, finendo a terra dietro di lui, con il braccio di lui stretto al petto mentre lei lo teneva.

Era una mossa brillantemente eseguita, una di quelle che lui le aveva insegnato, e Reggie ne fu orgoglioso e sorpreso.

Saltò all'indietro, allontanandosi dall'uomo. Crawford si sforzò di alzarsi, ma una delle sue gambe rotolò fuori dal bordo del molo e cadde in acqua. Reagì rapidamente e i coccodrilli lo mancarono di pochi centimetri.

Reggie scattò in azione. Crawford era sdraiato sul molo, a faccia in giù, e stava per tirarsi su. Julie era al sicuro dall'azione e Ben era fuori portata.

Ha sparato due colpi, entrambi alla schiena dell'uomo.

Crawford tossì, il sangue gli uscì dalla bocca, poi rotolò sulla schiena. Il suo respiro era stentato, irregolare. Nei suoi occhi c'era furia e confusione, mentre fissava Reggie.

"Io... non posso... non è stato fatto", disse infine. "Non avevo finito".

L'équipe del CSO e la dottoressa Sarah Lindgren si riunirono intorno al moribondo.

"*Hai* finito", disse Reggie. "Tutto questo è finito. Tutto quello che c'è qui sparirà. Ce ne assicureremo".

Un proiettile sfrecciò, impattando con una nuvola di polvere bianca contro il molo di cemento. Seguì il suono di altri due colpi di pistola, che finirono entrambi nell'acqua vicina.

"È ora di andare, Reggie", disse Ben. "Finisci questo".

Reggie annuì una volta, poi sparò un ultimo colpo. Sollevò l'arma e la puntò sul gruppo di uomini di Ravenshadow che avanzavano verso di loro attraverso il ponte.

Troppo lontano per un tiro preciso da entrambi i lati.

E sapeva che dovevano continuare così.

Il suono dell'elicottero tornò in primo piano nella mente di Reggie, che si guardò alle spalle. Era lì sull'eliporto, in attesa. Una fila di tre persone stava correndo verso di lui, coprendosi la testa.

Immagino che sappiano dei combattimenti, pensò.

Un altro suono giunse alle sue orecchie. Motori, più acuti dell'elicottero e più vicini.

Barche.

Ne vide tre che si allontanavano dalle acque tra l'anello centrale e il secondo, apparendo da qualche parte dall'altra parte dell'hotel. Sapeva che si trattava di Ravenshadow, poiché gli uomini a bordo di ciascuno di essi erano armati, tutti tranne i piloti che li fissavano nel mirino.

Una porta si aprì alla base dell'hotel, nel punto in cui erano entrati solo il giorno prima. Due enormi palme svettavano ai lati delle porte, mentre un bar con il tetto di paglia faceva da sentinella proprio accanto alle porte.

Una squadra di sei uomini di Ravenshadow si è riversata fuori dalle porte.

È ora di andare.

L'elicottero era a portata di mano, ma sarebbe stato molto stretto all'interno. Non era sicuro che l'elicottero avrebbe avuto abbastanza carburante per farcela con tutti loro a bordo, ma ora non importava.

Anche Ben lo vide. "All'elicottero!" urlò, correndo con la mano di Julie nella sua.

Reggie aspettò che passasse, poi spinse Sarah dietro di loro. "Entrate! Da qui vi coprirò meglio che posso!".

Il gruppo tornò a correre sul molo, verso le squadre di uomini e barche che stavano avanzando, poi prese a sinistra verso il ponte che collegava il secondo e il terzo anello. Corressero a tutta velocità sul ponte, puntando al punto in cui l'elicottero stava caricando all'interno l'ultimo gruppo di investitori e ospiti del parco.

Reggie si voltò e sparò contro una delle barche, che si era accostata al ponte appena dentro il secondo anello. Lo mancò, ma guadagnò qualche secondo in più, mentre i soldati si nascondevano tutti al riparo.

Julie raggiunse l'elicottero per prima, quasi tuffandosi all'interno.

L'elicottero si sollevò, ma lei iniziò a urlare qualcosa che Reggie non riuscì a sentire. Ben ce la fece, poi Sarah. Riuscì a intravedere uno degli investitori all'interno, un uomo grasso in giacca e cravatta, con un'espressione scioccata sul volto.

Corse più forte, ignorando per il momento l'assalto alle spalle. Si tuffò sul pattino dell'elicottero, lo afferrò con una mano e sentì il velivolo sollevarsi dalla piattaforma. I suoi piedi lasciarono il suolo e Ben e Julie lo aiutarono a salire a bordo.

I proiettili colpirono i pannelli intorno a lui. *Stanno* davvero *sparando contro di noi?* pensò. O non si erano resi conto che l'elicottero era pieno di civili innocenti o, più probabilmente, il Falco aveva ordinato l'attacco.

Si tirò su e raggiunse la pancia dell'elicottero, poi si arrampicò sulle persone per raggiungere il pilota. Era solo nella cabina di pilotaggio e Reggie capì che stava lottando con i comandi.

"Ci stanno sparando!" urlò il pilota.

"*Mi stanno* sparando", disse. "Alzatevi il più velocemente possibile e portateci fuori dal raggio d'azione".

Il pilota annuì, ma Reggie lo vide controllare il pannello degli strumenti. "Abbiamo superato la capacità", urlò. "Non sono sicuro che riusciremo ad arrivare a...".

"Tirateci *su*", disse Reggie. "Poi atterrate su qualsiasi cosa ci possa contenere. Scordatevi di arrivare a destinazione".

Il pilota annuì di nuovo, poi mormorò qualcosa sottovoce.

Si voltò verso il gruppo di investitori spaventati seduti sui sedili della cabina dell'elicottero, uno di fronte all'altro in due file, mentre la sua squadra era sparsa sul pavimento tra le loro gambe.

Julie aveva gli occhi chiusi ed era appoggiata alle ginocchia di Ben. Egli incrociò lo sguardo di Sarah. Lei gli sorrideva, respirando pesantemente.

Si voltò verso l'uomo grasso che aveva quasi calpestato entrando nell'elicottero. L'uomo sembrava più che arrabbiato.

"Vuoi dirmi di cosa si tratta?", abbaiò. Era quasi impossibile sentirlo sopra il rumore dell'elicottero teso.

"Non proprio", disse Reggie. "Ma so che il vostro investimento qui non sarà redditizio".

Si strinse nello spazio tra la pancia dell'uomo grasso e la donna sulla sedia accanto a lui. La sua faccia era bianca di paura, ma si spostò di qualche centimetro per lasciargli più spazio. Era scomodo, troppo stretto e poteva sentire il grasso dell'uomo che fuoriusciva dal suo spazio per entrare in quello di Reggie, e faceva caldo.

Ma non ci sparano addosso, si rese conto.

Appoggiò la testa all'indietro contro il duro pannello metallico che separava l'abitacolo dalla cabina e si addormentò sorridendo.

CAPITOLO 59

IL VOLO per le Bahamas fu tranquillo, della durata di mezz'ora. La maggior parte del volo fu tranquilla, con l'eccezione di quando il pilota ordinò di gettare in mare i bagagli dei civili. Il grassone e un altro uomo del gruppo di investitori si alzarono per discutere, ma la mitragliatrice subcompatta di Reggie e lo sguardo di Ben li fecero tornare a terra.

Finalmente sotto il limite di peso, il pilota è riuscito a farli muovere bene. Atterrarono all'aeroporto West End di Grand Bahamas, proprio sull'asfalto dell'unica pista, poiché non c'era una piazzola per gli elicotteri. Il piccolo gruppo di cinque edifici, circondato su tutti i lati da palme, era l'intero "aeroporto". Un dipendente solitario corse ad accoglierli, sorpreso dalla loro improvvisa apparizione sulla sua pista, nonostante il pilota avesse tentato di chiamare la sua frequenza UNICOM numerose volte.

Reggie saltò fuori per primo, offrì aiuto agli investitori e infine aiutò Ben, Julie e la dottoressa Lindgren a scendere dall'elicottero.

Si voltò per salutare il pilota e stringergli la mano mentre usciva dalla cabina di pilotaggio, e infine Reggie si voltò e seguì la processione nel primo degli edifici accanto alla pista.

Lì l'impiegato offrì loro bibite calde e birra fredda. Nella piccola hall c'era una brocca d'acqua rovesciata in una postazione di versamento, ma sembrava che fosse lì da quando erano state installate le strutture dell'aeroporto.

Reggie, Sarah e Ben optarono per una birra, mentre Julie prese una soda. Gli investitori si sedettero su sedie pieghevoli contro il muro, mentre l'arma di Reggie forniva ancora tutta la motivazione di cui avevano bisogno per rimanere nello stesso posto. Finché non fosse stato sicuro della loro innocenza, non li avrebbe lasciati andare via.

"E adesso?" Chiese Ben.

"Aspettiamo".

"Per cosa?"

"Per me", disse una voce.

Si voltarono e Reggie vide la sagoma incorniciata di un grosso corpo all'ingresso. Alto e muscoloso, con i capelli tagliati corti, avrebbe potuto essere un qualsiasi marine o soldato dell'esercito con cui aveva prestato servizio.

Ma non era un Marine.

"Signora E", disse Reggie. "Benvenuta".

"Sono contenta di avervi beccato", disse la donna con il suo accento marcato. Si guardò intorno nella stanza, lo sguardo cadde su ciascuno degli investitori e li fissò singolarmente come se avesse già deciso che erano colpevoli. "Mi ero stancata di stare seduta a lavorare ai progetti di ricerca di mio marito". Sorrise, stringendo la mano a ciascuno di loro. La dottoressa Sarah Lindgren fu presentata al loro benefattore, uno dei membri fondatori e rappresentanti della CSO.

"Sei arrivato in fretta", disse Ben. "Devi essere stato nelle vicinanze".

Annuì. "Sono alle Bahamas da ieri, in previsione di un'operazione di recupero, anche se sono felice di vedere che siete usciti tutti sani e salvi. Stavamo monitorando i canali UNICOM e ATC. Ho sentito il vostro pilota cercare di chiamare l'aeroporto di West End, annunciando un "carico pesante in arrivo". Ho confrontato le coordinate e ho deciso che era impossibile che un elicottero arrivasse così lontano dalla terraferma. Dovevate essere voi".

"Ed è stato così. Grazie per essere venuto, E", disse Reggie. "Cosa succederà a *Paradisum*? E a *OceanTech*?"

"Stiamo preparando una dichiarazione che sarà consegnata alle Nazioni Unite e a tutti i Paesi in cui l'azienda è presente. In totale ne abbiamo trovati quattro, anche se sospetto che ce ne siano molti altri. Sono certo che le persone dietro di voi saranno più che felici di aiutarvi. Il *Paradisum sta per essere* requisito dalle autorità delle Bahamas e alcuni membri della Guardia Costiera statunitense saranno lì entro domani mattina per sgomberare il personale rimasto e scortare le squadre di Ravenshadow fuori dai locali".

"Se sono ancora lì", mormorò Reggie.

"Prevediamo che se ne andranno da tempo". La signora E sospirò. "Forse ti stai dando del filo da torcere, Gareth, perché non sei riuscito a catturare Vicente Garza, ma la tua squadra è riuscita a scoprire un'importante copertura medica e farmaceutica. Questo non passerà inosservato".

Reggie appese la testa. "Tuttavia, mi sembra che siamo arrivati troppo tardi. Prendete nota che c'è un gruppo di persone, prigioniere, al livello inferiore sotto il secondo anello di *Paradisum*. Dovranno essere curati ed esaminati, ma voglio sapere che torneranno da dove sono venuti, sani e salvi".

Lei annuì. "Certamente. E il signor E è interessato a fare rapporto non appena sarete pronti".

Reggie sospirò. "Giusto. Lo immaginavo. Senti, E, ci farebbe bene un po' di sonno". Alzò la birra mezza vuota. "E altre quattro di queste".

Sorrise. "Gli ho detto che il debriefing avverrà non prima di domani, ma solo a una condizione.

Reggie sollevò un sopracciglio. "Sì?"

"Gli ho detto che dopo avresti avuto bisogno di una settimana qui per riposare e recuperare. Tutte le spese sono pagate, per gentile concessione delle Operazioni Speciali Civili".

"E?"

"Ha accettato. In questo momento sta lavorando alla vostra sistemazione".

"Ottimo", disse Reggie. "Posso sopportare qualche altro giorno alle Bahamas, credo".

Guardò Ben e Julie. Ben aveva un braccio sulla spalla della fidanzata e lei si appoggiava pesantemente a lui. Lui stava dritto, completamente stoico e silenzioso.

"Sono sicuro che anche loro avrebbero bisogno di una vacanza", ha aggiunto.

Ben annuì e Julie sorrise.

"Mio marito ha una stanza per voi due", disse. "E una per te, Gareth. Due stanze in totale, ma possiamo farne tre se volete. Non eravamo sicuri che sarebbe rimasto o meno, dottor Lindgren. Ma siamo felici di estendere la nostra offerta anche a lei".

Sorrise, poi strizzò l'occhio a Reggie. "Sarei felice di restare. Ma due stanze vanno bene".

POSTFAZIONE

Grazie per aver letto! Spero che questo thriller vi sia piaciuto e che lasciate una recensione onesta.

Per ringraziarvi, visitate nickthacker.com/italiano per scaricare gratuitamente un romanzo thriller!

OVER DE AUTEUR

Nick Thacker è un autore di thriller texano che vive alle Hawaii e in Colorado. Nel tempo libero, gli piace leggere su un'amaca in spiaggia, sciare, bere whisky e stare con la sua bellissima moglie, i suoi due cani e le sue due figlie.

Per maggiori informazioni e per un elenco degli altri lavori di Nick, visitate il sito web di Nick: www.nickthacker.com.